異常

L'ANOMALIE

埃爾韋・勒・泰利耶 Hervé Le Tellier
陳詠薇 譯

•

「予謂女夢，亦夢也。」

莊子

•

•

「真正的悲觀主義者知道，
現在為之已晚。」

《異常》

維Ø多・米塞爾

•

•

目次

✦

第二章　聽說，人生是一場夢　139

第三章　虛無之歌　235

第一章 像天空一樣黑

（二〇二一年三月到六月）

「有一種令人欽佩的東西總是能超越知識、智慧甚至天生的才能，即不解之謎。」──《異常》維Ø多．米塞爾

布萊克

殺人，這不算什麼。必須不斷地觀察、監視、思考，在時機到時，掘造虛無。就這樣。掘造虛無。設法使宇宙收縮，收縮直至凝結於槍管或刀尖。就這樣。不要想太多，不要被憤怒引導。訂定規則，有條不紊地行動。布萊克懂這套，如此之久，以至於他已經不知道自己何時開始懂的。然後，一旦知道怎麼做，剩下的便會順利進行。

布萊克以他人的死亡為生。拜託，別談道德。如果要討論倫理，他會以統計數據回答。因為——布萊克為自己辯護——當一位衛生部長削減預算，在這裡移除一部掃描器、在那裡開除一位醫生，又在那頭撤銷加護病房時，他知道這會縮短成千上萬的陌生生命。有責但無罪，眾所皆知。布萊克則相反。無論如何，他都不必為自己辯解，他不在乎。

殺戮，不是一種使命，而是一種傾向。或者是一種心態。布萊克十一歲，他其實並不叫做布萊克。他在母親身邊，寶獅汽車裡，波爾多附近的一條省道上。車速不快，一隻狗穿越馬路，衝擊幾乎使車輛偏離方向，母親尖叫，煞車，太用力了，車輛蛇形前進，引擎熄火。「待在車子裡，親愛的，我的天啊，好好待在車子裡。」布萊克沒有聽從，他跟隨母親。是隻灰色牧羊犬，撞擊壓碎了牠的胸膛，牠的鮮血在路旁流淌，但牠沒死，呻吟著，聽起來像嬰兒的哭聲。母親手忙腳亂，驚慌失措，她用雙手遮住布萊克的眼睛，含糊不清地說著沒頭沒尾的話，她想要呼叫救護車。「可是媽媽，是一隻狗，只是一隻狗。」一牧羊犬在裂開的馬路上喘息，牠扭曲破碎的身體形成一個詭異的角度，牠的抽搐逐漸虛弱，在布萊克的眼前奄奄一息，而布萊克好奇地看著動物失去生命。結束了。男孩表示出一點悲傷的樣子，至少，是他想像中悲傷的樣子，以免母親慌亂，但是他其實完全沒有感覺。母親留在那兒，在微小的屍體前愣著，布萊克不耐煩地拉了拉母親的袖子。「媽媽，走吧，留在這裡也沒有用，牠已經死了，我們走吧，我的足球賽要遲到了。」

殺戮，也是一種技能。在他的叔叔查理帶他去打獵的那天，布萊克發現他擁有他需要的一切。三次射擊，三隻野兔，即一種天賦。他瞄準迅速且準確，他知道如何適應最糟糕的破爛卡賓槍、校準最差的槍。女生們帶他到嘉年華會：「嘿，拜託，我想要長頸鹿、大象、掌上遊戲機，對，再去一次！」接著布萊克分送娃娃、遊戲機，在決定要警慎一點之前，他成為了射擊場的霸王。布萊克也喜歡查理叔叔教他的，割喉宰殺鹿，把兔子切成碎塊。別誤會：他並不把宰殺受傷的動物當作有趣的事。他不是壞人。不，他真正喜歡的是技巧高超的動作，是透過不斷練習而達到的完美套路。

布萊克二十歲，他以利波夫斯基、法薩蒂，或馬丁，很法式的姓註冊阿爾卑斯山一座小鎮的飯店管理學校。這可不是迫不得已的選擇，他能做任何事，他也喜歡電子學、程式設計，他很有語言天分，像是英文，三個月在倫敦的訓練足以讓他說話幾乎沒有口音。但布萊克喜歡下廚勝過一切，因為可以在閒暇之餘開發食譜，在匆促流逝的時間，即使在忙亂的廚房中，長時間平靜地看著奶油在鍋中化開、洋蔥軟化、舒芙蕾膨脹。他喜歡香料的味道，喜歡以色彩和味道擺盤。他原可以成為學校最傑出的學生，但「我說真的，他媽的，利波夫斯基（或法薩蒂，又或是馬丁），如果您可以對客人友善一點，這將不會是壞事。這是服務業，服務，聽到沒，利波夫斯基（或法薩蒂，又或是馬丁）！」

一晚，在一間酒吧，一個傢伙醉得不輕，提到想要讓他殺個人。他一定有合理的原因，與工作或是女人有關，但是布萊克不在乎。

「你會去吧，為了錢？」

「你瘋了。」布萊克答道。「完全瘋了。」

「我會付你錢，很多錢。」

他提出的價格有四位數，布萊克大笑出聲。

「不，你在開玩笑嗎？」

布萊克慢慢地、悠然地喝酒。那傢伙倒在吧檯上，布萊克搖了搖他。

「聽好了，我認識某個人會做這檔事。開價兩倍。我從沒見過他。明天，我告訴你怎麼和他聯繫，但是之後別再和我提這件事，明白嗎？」

這晚，布萊克發明了布萊克。威廉．布萊克，因為他看過安東尼．霍普金斯演的《紅龍》，也因為他喜歡一首詩：「我一頭跳進這危險的世界，赤身裸體，無依無靠，就像雲中的惡魔大呼大叫。」[1]而且布萊克，blake令人想起lake這個單字，押韻，黑色與湖泊。

隔天，一個北美伺服器接受了某個電子郵件帳號申請——blake.mick.22，在日內瓦一間網咖創建的，布萊克用現金向一位陌生人買了一臺二手筆電，弄到一支舊諾基亞和一張預付卡、一臺相機、一個長焦鏡頭。一旦設備齊全，廚房學徒便將這個「布萊克」的聯絡方法提供給那個傢伙，「不保證地址仍然有效」，接著他靜候。三天後，酒吧的男人傳給布萊克一則晦澀的訊息，看得出他持有疑心。他提問。尋找防禦的弱點。有時刻意等了一天才回覆。布萊克談論目標、手法、交貨時間，這些謹慎使他安心。他們達

1【譯註】譯文源自〈嬰兒的悲哀〉，收錄於英國詩人、畫家威廉．布萊克（William Blake）的詩集《天真與經驗之歌》，張德明譯。

成協議，布萊克要求一半的訂金：高達五位數。當男人表達他想要這像是「自然因素」導致的死亡，布萊克要求雙倍金額以及一個月的時間。那傢伙相信自己委託的是一位專業人士，便接受了所有的條件。

這是布萊克第一次行動，因此只能突發奇想。他已經極度地細心、謹慎、富含想像力。他看過無數電影。人們無法想像殺手從好萊塢電影得到多少啟發。自他從業以來，訂金、合約資訊，他都從一個自己指定的地點收到，一臺公車、一間速食店、一片工地、一個垃圾桶、一座公園裡的廢棄塑膠袋。他會避免太偏僻以致人們只看得到他的場所，避免太公開以致自己無法辨認他人的場所。為了勘查現場，他會提前幾小時到。他會戴上手套、風帽，再戴一頂帽子、眼鏡，染頭髮、學習戴假髮、修容，他會有十幾個車牌，來自不同國家。漸漸地，布萊克會學習如何根據距離扔刀，拋出半圈或整圈，如何製造炸彈，如何從水母中提取無法被檢測到的毒素，他會在幾秒鐘內組裝和拆卸一把白朗寧9毫米手槍、一把克拉克43手槍，他將獲得報酬並用比特幣購買武器，這種加密貨幣無法被追蹤。他會在暗網架設網站，這成了他的遊戲。所有教學都在網路上，只需要搜尋。

他的目標是一個男人，五十多歲，布萊克拿到他的照片、他的名字，但是先決定稱他為肯尼。沒錯，與芭比的老公一樣。好名字：肯尼，這使他不像一個真實存在的人物。

肯尼獨居，不錯，布萊克心想，因為一個結了婚、有著三個小孩的傢伙，他很難製造機會。要讓這個年紀的男人自然死亡只剩幾個選項：車禍、瓦斯漏氣、心臟病發作、不慎跌倒。沒了。破壞剎車、篡改方向，布萊克還不會，也不知道如何獲得氯化鉀，使心臟驟停；而對導致窒息的瓦斯，他有不好的預感。那就選跌倒吧。每年一萬人因此死亡，尤其是老人。但只能這樣。肯尼或許不像運動員一樣強壯，不過要和他打架是不可能的。

肯尼住在安納馬斯附近一棟小屋的一樓，兩房一廳。三個禮拜以來，布萊克全心觀察和擬定計畫。他用收到的訂金買了一輛舊雷諾廂型車，簡單裝置一下，一個座位、一張床墊、備用照明電池，然後他棲身一個較高處的偏僻停車場。他可以鳥瞰房屋。每天，肯尼約八點半出門，穿越瑞士國境，晚上約七點下班到家。週末，有時有個女人會來找他，一位法文老師，在離這裡十公里的博訥維爾教書。星期二是最規律、最能預測的一天。肯尼比平時早回家，接著馬上出門去健身房，兩小時後回來，在浴室待約二十分鐘，然後在電視前吃晚餐，睡前看一下電腦。星期二晚上是個好時機。他用說好的暗語傳訊息給客戶：「星期一，晚上八點？」早了一天又兩個小時。客戶將能製造星期二晚上十點的不在場證明。

計畫執行日的一個禮拜前，布萊克訂了披薩到肯尼家。外送員按門鈴，肯尼開門，毫無猶豫，兩人交談時，他看來驚訝。員工帶著盒子離開。布萊克不需要知道更多。

下一個星期二，他自己也帶著一盒披薩上門。他稍微觀察僻靜的街道，穿上防滑鞋套，檢查手套，接著靜候，等待肯尼從浴室出來的時機響鈴。肯尼開門，身著浴衣，看著外送員手上的披薩盒嘆氣。但在他還沒來得及說話之前，空盒子就掉了下來，布萊克將兩根電擊棒的末端壓在他的胸口。遭受電擊的肯尼跪倒在地，布萊克伴隨他的姿勢繼續按壓，十秒鐘，直到肯尼一動也不動。製造商宣稱電擊有八百萬伏特，布萊克之前用自己測試過了一根電擊棒，差點昏厥。他把流著口水呻吟的肯尼拖到浴室，以防萬一，他再次施加電擊，再以一個俐落、極度暴力的動作——他拿椰子練習了十次的動作——用雙手抓住太陽穴的位置，捧起肯尼的頭，以全力撞回去：頭骨撞在浴缸邊緣，一塊菱形磁磚因而碎裂。鮮血立刻噴湧而出，猩紅黏稠如指甲油，帶著一股溫熱的鐵鏽味，嘴巴張著，傻乎乎的，眼睛張大，瞪著天花板。布萊克掀開浴袍：電擊沒有留下任何痕跡。他盡可能假設肯尼滑了悲慘的一跤後，被地心引力所影響的軌跡安置屍體。

就在那時，當他起身，欣賞自己的成品時，一股強烈的尿意衝擊上來。布萊克從未想過這種事。不得不說，電影裡的殺手是不會撒尿的。這個需求如此迫切，以至於他想要在廁所解決，即使這意味著事後要徹底清潔。如果警察精明一點，或只是一貫地遵守程序，他們就會找到DNA。一定的。至少布萊克這麼覺得。因此，儘管膀胱的需求迫切，他還是繼續執行計畫，神情痛苦。他拿起肥皂，往肯尼的腳後跟搓，在地上壓出一道痕跡，然後扔到假設跌倒的方向：肥皂彈起並掉在馬桶後方。完美。調查人員找到這塊肥皂時一定很高興，因著解開謎團而開心。布萊克將淋浴的水溫調到最高，打開，將蓮蓬頭的水引往屍體的臉和上半身，然後避開熱水離開浴室。

布萊克衝向窗戶，關窗簾，最後檢查一次房間。沒有跡象透露一具屍體在這裡被拖行好幾公尺。粉紅色的水開始淹沒地板。電腦開著，螢幕顯示著英式草坪和花壇的影像。肯尼很擅長園藝。布萊克離開小屋，脫下手套，直接走向停在兩百公尺外的機車。他發動，騎了一公里，停下來撒尿，終於。他媽的，他還穿著他的黑色棉製防滑鞋套。

兩天後，一位擔心的同事報警，警方發現塞繆爾．塔德勒意外身亡。布萊克當天就收到了剩餘的金額。

這些都是很久以前的事了。自那時起，布萊克便過著雙重人生。一邊，他潛行匿跡，有著二十個姓名以及相應的護照，來自不同國家，包括生物特徵辨識護照，沒錯，這東西比我們想像中還要容易偽造。另一邊，以喬這個名字，他遠距管理一間在巴黎的素食外送公司，在波爾多、里昂設有分公司，目前在柏林和紐約也有據點。他的合作夥伴芙蘿菈，也是他的妻子，以及他們的兩個孩子抱怨他太常出差，有時甚至去得太久。這倒是真的。

✦

二〇二一年三月二十一日
紐約州，奎格

三月二十一日，布萊克正在旅行。細雨中，他在潮溼的沙灘上跑步。金色長髮、頭巾、黑框眼鏡、黃藍相間的運動服，這位慢跑者以五顏六色隱藏自己。他在十天前以一本澳洲護照到了紐約。這趟航渡大西洋的飛行是如此駭人，以至於他認為這將是自己在世上的最後一天，這是上天在懲罰他簽下的那些合約。在無盡的亂流中，他的金色假髮甚至差點從頭上掉落。九天以來，他都在奎格，每天都在烏雲密布之下的沙灘慢跑三公里，經過許多價值至少千萬美金的房子。人們治理了沙丘，順便將此路命名為沙丘路，為了防止鄰居窺看別墅內部，附近種滿了松樹和蘆葦，因此每位屋主都無疑地認為自己享有整片大海。布萊克不疾不徐地以小步伐跑著，突然，就像每天這個時間都會發生的一樣，他停在一棟貼著紅色寬木條的漂亮平房前，這棟房子有著大片凸窗，窗外露臺的階梯直接延伸到大海。每天，他都假裝自己氣喘吁吁，因為想像中的岔氣而彎下腰，然後抬起頭向遠處一位五十多歲，微胖，在遮雨篷下靠著欄杆喝咖啡的男子揮手打招呼。他的身邊有一位比較年輕的高大男子，有著棕色短髮。男子站在後方，靠著木板牆，一臉擔憂，目光注視著沙灘。在他的外套下，一件暗藏的手槍皮套使左側的布料鼓起。右撇子。今天是這週第二次，布萊克帶著微笑，沿著兩邊布滿金雀花和草叢的沙路走近他們。

布萊克平穩地前進，伸了個懶腰，打了個哈欠，從後背包拿出一條毛巾擦臉，再拿出水壺，喝下一大口冰涼的茶。他等著比較年長的那位男子向他搭話。

「早安，丹。你好嗎？」

「嗨，法蘭克。」還在喘的丹．布萊克答道，假裝因為抽筋而露出痛苦的表情。

「不適合跑步的糟糕天氣。」男人說。自從他們相遇，男人便開始留銀白色的鬍子，到現在已經一週了。

「真是糟糕的一天。」布萊克回答，並在離他們五公尺遠的地方停下。

「今天早上，我看到甲骨文公司的股價時想到了你。」

「別說了。法蘭克，你知道我可以預測接下來幾天會發生什麼事嗎？」

「什麼事？」

布萊克細心地把毛巾摺起來，收進後背包，收好水壺，然後迅速掏出手槍。他立即朝較年輕的男子開了三槍，力道將對方往後推，倒在一張長椅上，然後他朝目瞪口呆的法蘭克開了三槍。法蘭克還來不及反應，已跪倒在欄杆上。兩槍開在胸上，一槍開在額頭正中央。一秒內以配上消音器的P266開六槍，海浪聲也可以掩蓋槍聲。又完成一個合約，無懈可擊。十萬美金輕鬆入袋。

他將西格紹爾槍枝收進包裡，撿起沙地裡的六個彈殼，看著倒下的保鑣嘆了口氣。又是一個從車場挖角來的警衛，用兩個月培訓，就將這些外行人拋入現實世界。如果這傢伙有擅盡職責，他就會向老闆上報丹這個名字、從遠距離拍攝他的照片、布萊克短暫提過的甲骨文公司，這些資訊便可以使人確認，他到底是不是丹·米切爾，紐澤西甲骨文公司的物流副經理。布萊克畢竟參考了幾十家公司的組織結構圖，才在上千個面孔中找到有著金色長髮，酷似自己的人。

布萊克繼續慢跑。逐漸滂沱的落雨清洗掉他的腳印。租來的豐田汽車停在兩百公尺外，掛著普通的車牌，跟他前一個禮拜在布魯克林的路上選的車輛一模一樣。五小時後，他將以一個新的身分搭上前往倫敦的飛機，接著搭上往巴黎的歐洲之星。如果這次他的返程航班，沒有十天前巴黎往紐約那趟來得激烈，一切就會非常完美。

布萊克已經成為職業殺手，過程中不再會有尿意了。

✦

二〇二一年六月二十七日，禮拜日，上午十一時四十三分

巴黎，拉丁區

問布萊克就知道，塞納路上這間酒吧可以喝到聖日耳曼區最棒的咖啡。一杯好喝咖啡，布萊克所說的是真的很好喝的咖啡，是這些要素互相配合創造的奇蹟：優質咖啡豆，使用新鮮烘焙的尼加拉瓜豆、精細研磨，加上過濾和軟化的水、每天清洗的 La

Cimbali 咖啡機。

自從布萊克在奧德翁劇院附近的布茨街開了他的第一間素食餐廳，他便成了這地區的常客。如果想要對一切都感到絕望，不如去巴黎的露天座絕望。在小區裡，他是喬，喬納森的喬，或是喬瑟夫，又或著是喬書亞。連他的員工都叫他喬，但從來沒有人知道他的姓氏，除了可能出現在擁有控股公司資料的商業登記處。布萊克一直堅持祕密行動，或是說小心謹慎，他這麼做是有道理的。

但在這裡，布萊克沒那麼提防。他出門買菜、到學校接兩個小孩，自從請了兩個經理來管理他們的四間餐廳，他和芙蘿菈甚至也會去戲院和電影院。雖然在尋常平凡的生活中，也是有機會受傷，不過那只是因為帶馬蒂德去騎小馬時，不小心撞上馬廄的門，傷了眉骨。

他的兩個身分之間完全分開。喬和芙蘿菈償還盧森堡公園旁邊漂亮公寓的貸款；布萊克十二年前用現金買了北站附近的一房一廳公寓，位於拉法葉街上一棟漂亮的建築裡，門窗遮地，像保險箱內一樣密實。有一位正式登記的房客按時繳房租，但他每年都會改名，這很容易，因為這位房客根本不存在。不管怎樣，還是小心為上。

布萊克喝著他的咖啡，無糖無慮。他讀著芙蘿菈推薦給他的書；他沒有向妻子說他在三月巴黎往紐約的航班上，認出了這本書的作者。正午，芙蘿菈帶昆丁和馬蒂德去她的父母家了。他沒吃午餐，因為今早他排了下午三點的會面：前一晚收到的合約。簡單的工作，錢多，客人看起來很急。他只需要和平常一樣，去拉法葉街換身衣服。三十公尺外，一位穿著連帽上衣，表情捉摸不透的男子正關注著他。

維克多．米塞爾

維克多．米塞爾不乏魅力。多年來，他稜角分明的長臉逐漸圓潤，他茂密的頭髮、鷹鉤鼻、霧面的皮膚都讓人想起卡夫卡，一個精力充沛、活到四十多歲的卡夫卡。儘管他的工作需要久坐，使他有點發胖，他的身形依舊高大修長。

因為維克多寫作。唉，雖說兩部小說《群山將來找我們》和《錯失的失敗》都獲得了好評，還贏得一個巴黎非常在地的文學獎，那些紅書腰[2]卻沒引起任何購書風潮，銷量從來不超過千本。他說服自己這沒什麼，夢想破滅並不是失敗。

四十三歲，期間花了十五年寫作，小小的文學圈在他看來就像是輛滑稽的列車，沒能力的驗票員害得沒有車票的騙子吵吵鬧鬧地安置在車上，反之，謙遜的天才們則留在月臺——邁向絕種，米塞爾不認為自己屬於這群人。不過他也沒變得憤世嫉俗；最終，就算他花幾個小時坐在書展攤位，只為四本書簽名，他也完全不放在心上了；當鄰座的同行也因門可羅雀而得到一點清閒時，他們便愉悅地閒談。維克多，儘管看似漫不經心和冷淡，卻以幽默著稱。不過，一位能被大家認為幽默的人，不就是正因這個標籤，總得表現出幽默嗎？

米塞爾以翻譯維持生計。他翻譯英文、俄文，以及祖母在他小時候常和他說的波蘭文。他翻譯了弗拉基米爾‧奧多耶夫斯基、尼古拉‧列斯科夫的書，大多數人都不讀的前兩個世紀的作者。他也做過莫名其妙的工作，像是——根據一個藝術節要求的——將《等待果陀》翻譯成克林貢語，《星艦迷航記》之中殘酷外星人說的語言。為了維持良好的銀行信用，維克多也翻譯多種英文暢銷書，這種文學是給未成年的未成熟藝術。翻譯工作為他打開了通往聲譽良好，甚至是很有影響力的出版社的大門，但他自己的手稿卻從來沒有跨過門檻。

米塞爾有安撫自己的迷信：他的牛仔褲左邊口袋總是藏著一塊樂高，最普通的那種，二乘四顆粒磚，紅色的。這塊樂高，是從爸爸在他兒時的房間裡幫他建的城堡上拆下來的。工地發生了意外，這個模型因此成了永遠的半成品，留在他的床邊。小男孩經常默默地注視著城垛、吊橋、小雕像和堡塔。他若是獨自繼續這項建築工程，就好比接受了父親死亡的事實，無異於將它拆除。有一天，他把城牆的一塊樂高拆下，放進口袋，

2【譯註】在法國，得獎的書會被套上紅書腰販賣。

然後把城堡拆除了。那是三十四年前。兩次，維克多遺失了樂高，也是兩次，他找回了一個一模一樣的。先是痛苦，再來則是無感。去年，母親離世時，他將一塊樂高放進了她的棺材，然後馬上找到了一塊新的替代。這個紅色的小長方體不是他的父親，而是回憶的回憶，親情和忠誠的標誌。

維克多沒有小孩。感情上，他最後總是與人疏遠，熱情轉移到下一個對象身上。他無法讓別人信服，也未曾遇見能共同維持長久戀情的女人。或是說，他根本是以無法與他共度一生的條件來篩選伴侶。

謊言：這個女人，他在四年前的亞爾翻譯會議遇到的那個女人，在他講解「如何翻譯岡察洛夫的幽默」講座上，她坐在第一排。他試著不一直往她那裡看。一個編輯攔住了他——您考慮過幫我們翻譯柳波芙．古列維奇的書嗎？您覺得如何？不錯吧？——維克多因此沒有成功溜走。不過兩小時之後，在排甜點的隊伍中，她微笑地排在他後面。愛情一旦來臨，事實是，我們的內心馬上會注意到，並且向我們大聲宣告愛情的到來。當然，我們不會馬上向對方告白、丟出直球。她不會明白的。所以，通常為了掩飾我們已經是對方的人質，必須試著正常交談。

在快要拿到熔岩巧克力蛋糕前，維克多轉頭向她搭話。他結結巴巴地問她，「英式鮮奶油（crème anglaise）」的英文要如何翻譯，因為「法式鮮奶油」（french cream）就是香緹鮮奶油（chantilly）。沒錯，很抱歉，他沒能想到更好的話題。她禮貌地笑了，以一個他覺得非常美妙的沙啞嗓音回答，雅士谷鮮奶油（Ascot cream），接著她便回到朋友身邊的座位。花了一些時間他才反應過來，雅士谷和香緹一樣，曾經是賽馬場，不過是在英國。[3]

他們交換了眼神，他自行視為會心的眼神，之後大方地坐上吧檯，等著她來到身邊，但她卻困在一場交談中。他一發覺自己和青少年一樣窘迫，便回飯店了。他沒有在講者的照片中找到她的身影，但認為一定可以再見到她。整個早上，他都以各種理由到處蹭討論會，卻只是徒然。她也沒有出席會議最後的派對。她人間蒸發了。在享用飯店提供的最後一道早餐時，他向主辦的朋友描述那個女人，但是「嬌小」、「棕髮」與「魅力十足」之類的描述根本一點用也沒有。

接下來連續兩年，維克多都回來參加會議，說實在的，都只是為了見到她。從那時起——犯下嚴重的職業失誤——他翻譯時都會偷偷加入一些關於雅士谷賽馬場或是英式

3【譯註】法文 chantilly 有兩個含義，一是一座城市的名字，二是法式鮮奶油。在中文，此城市名通常翻譯為「尚蒂伊」，法式鮮奶油翻譯為「香緹」鮮奶油。這裡通用「香緹」以留住書中的文字遊戲。

鮮奶油的片段。而正是在翻譯古列維奇的文集時，他開始做這件壞事：在文章開頭，「為什麼女性應該被賦予所有的權利和自由」，他將句子寫為：「自由不是巧克力蛋糕上的英式鮮奶油，而是一種權利。」這很隱密，不過誰知道會不會有人注意到呢？至少，她對古列維奇有興趣。不對。如果她有讀到這本書，卻沒有注意到這個部分，編輯也沒有，此外也沒有任何讀者注意到。令人絕望，維克多浪費了他的人生。

年初，一個由法國大使館文化部門資助的法美組織授予他翻譯獎，表彰他的其中一部使他賺飽飽的恐怖小說。三月初，他前去美國領獎，結果飛機進入恐怖的亂流中。在這無盡的時刻，暴風不斷鞭打這艘機械大鳥。機長試圖安撫幾句，但機艙裡沒有人被說服，維克多更是沒有，他覺得他們會掉進海裡，撞碎在水形成的牆面上。漫長的幾分鐘過後，他開始反抗，將自己緊貼在座位上，繃緊肌肉以迎來每一個晃動。他的目光刻意避開機窗外面，黑暗中正下著冰雹。就在這時，在他前幾排，在一個套著連帽上衣，正在熟睡的金髮男子附近，他看到了那個女人。如果他登機時就注意到她，他便無法將目光從她身上移開。外貌不完全相似，但她馬上讓他想起了那位消失的亞爾會議的女人。從她柔弱、精緻的輪廓、皮膚的紋理、纖細的身材，她看起來是位非常年輕的女孩，但根據她眼周細小的皺紋來看，她應該三十多歲了。玳瑁眼鏡的鼻墊在她的鼻子上壓出了兩道短暫的蒼蠅翅膀印子。她偶爾向隔壁座位的男人微笑，比她年紀大一些，可能是她的爸爸，飛機的顛簸似乎讓他們很開心，除非他們是為了安心而假裝不在意。

但是飛機又掉進了一道氣流，突然，維克多感到有什麼不太對勁，他閉上眼睛，任由自己被拋向四面八方，不再試圖穩住身體。他成為了實驗室裡屈服於殘暴壓力的白老鼠，不再反抗，聽天由命。

終於，一段無盡的時間後，飛機逃脫了風暴。但是維克多仍處於虛脫狀態，他依舊覺得不真實。生命的力量在他身邊重新蔓延，人們歡笑、哭泣，他卻戴著不安的濾鏡注視著這一切。機長禁止任何人在著陸前解開安全帶離開座位，但是無論如何，全身精力都被掏空的維克多，也沒辦法從他的座位上掙脫。機艙門一打開，旅客便急忙地逃離這架飛機，機內漸漸清空，但維克多還留在機窗旁的座位上。一位空服員拍了拍他的肩膀，他站起來。這時，他更加強烈地，回想起那位年輕女子。他有預感，只有她才能將他從這個無形的深淵中拯救出來，他東張西望尋找著她，但她已經消失了，在入境檢查的隊伍中也沒有找到她。

領事館的圖書負責人到機場接他，對這位沉默且迷茫的翻譯表示關切。

「您確定一切都還好嗎，米塞爾先生？」

「還好。我想，我們差點死了。但我很好。」

單調的語氣使領事館的人有些擔心。到達飯店之前，他們都沒再說話。隔天下午他回來接維克多時，發現這位譯者一整天都沒有離開飯店房間，甚至沒有吃飯。他只好堅持要求維克多得洗澡更衣。授獎典禮在中央公園對面，第五大道上的艾伯丁書店。

在一個適當的時刻，文化專員以手勢示意，維克多從口袋中掏出在巴黎寫的謝詞，用平淡的口吻說翻譯是「透過搬移來解放作品中被囚禁的純粹語言」，他淡淡地說些稱讚那位美國作家的話。她正在他身旁微笑，是一位妝化得很糟的金髮女人。突然，他安靜了下來。現場氣氛逐漸尷尬。女作家奪走麥克風，大力地感謝他，並宣布她的奇幻小說會再出兩本續集。接著是雞尾酒會時間；維克多一副心不在焉的樣子。

「媽的，這種派對花我們這麼多錢，他至少要稍微努力些才對啊。」文化顧問在一旁抱怨。圖書顧問含糊地為維克多辯護。他將搭隔天早上的飛機回去。

一回到巴黎，他便開始寫作，像是在抄寫聽寫，如機械般完全失控的寫作，甚至使他掉入無止盡的焦慮。這本書的書名將是《異常》，作者的第七本書。

「在我至今的人生中，我沒有採取過任何行動。我知道從亙古的時間看來，是那些行動成就了我，卻也知道沒有任何一個是我自己作主。我的身體滿足在我沒有牽的線之間活動。當我們只會沿著最不費力的路徑前進時，說自己是宇宙的主宰就太傲慢了。界線之界限。沒有任何一趟飛翔可以劃開天際。」

幾個禮拜下來，書寫狂維克多．米塞爾寫滿了一百多頁這類抒情和玄學之間搖擺不定的內容：「受珍珠之苦的扇貝，唯一的意識只有痛苦，而這其實是痛苦中的快感……枕頭的清涼每次都讓我想到血液裡無意義的溫度。如果我冷得發抖，那是因為我孤獨的皮毛無法溫暖這個世界。」

最後幾天，他閉門不出。在寫給出版社的最後一段文字中，他提到這段喪失現實感的經驗是如此地難以克服：「我從來都不知道，沒有我的世界將會如何，也不知道，如果我用盡全力活著，我將會帶世界通往哪個彼岸，更看不出，我的消逝會如何擾亂世界的轉動。我腳下踩著帶我通向虛無，不存在的石板前進。我成了生死的模糊交界點，在那，生者的面具沉靜地戴在逝者的臉龐上。今晨，無雲的日子，我能從這裡看見遠方的自己，看到了我和他人無異。我不會終結我的存在，我將賦予永垂不朽生命。最終，徒勞地，我寫下不為了改變這一刻的句子。」

寫下這些話後，將檔案發送給編輯，維克多．米塞爾被一種無法言喻的強烈痛苦侵襲，跨過陽臺，摔落。或是說將自己拋下。他沒有留下任何遺書，但他寫下的所有文字都將他引向這個最終的行動。

「我不會終結我的存在，我將賦予永垂不朽生命。」

這天是二〇二一年四月二十二日正中午。

露西

二〇二一年六月二十八日，星期一
巴黎，梅尼爾蒙當

早晨幽暗的光線中，一位臉頰消瘦的男子輕輕地推開了房間的門，他疲勞的眼神盯向一個應該是床的物體，一位女子正在上面熟睡。三秒的場景，但是露西·博加不喜歡。太亮、太消散，太靜態了。攝影師一定是在打瞌睡。她記下電影特效組必須調整能增強飽和的伽瑪值和對比度，將背景中太顯眼的畫作模糊掉。她將畫面對向演員文森·卡索的臉，重新構圖，製造些微的對焦效果，放慢幾個場景使得畫面具有節奏。這些只花她一分鐘。就這樣。好多了。就是她這對細節的注重，這種電影的直覺，使她成為眾多導演最愛的剪輯師。

還很早，早上五點，路易在睡覺。兩小時之後，她將叫醒他，去叫醒，醒了，被叫醒，她將準備早餐，去吃，吃了，被吃了，沒錯，她將和他一起複習五年級課程中的英文不規則動詞。不過，目前，露西正忙於重新剪輯某個室內場景，她必須與導演麥雯在中午前再次確認這個景。脖子痠痛，雙眼乾澀，她起身。壁爐上面的大片鏡子映出一位嬌小纖細的女子，年輕女子輕盈的身形、蒼白的肌膚、細緻的輪廓，有著一頭棕色的短髮。希臘式纖細的鼻子上戴著一副玳瑁大眼鏡，使她像個學生。她走到客廳的窗前。感到空虛不堪時，她總是會把額頭靠在這冰冷的玻璃窗上。梅尼爾蒙當這座城市沉睡中，但她感覺將被吸入。她想要的是拋下自己的身體，連同外面的一切一起消融。

電子郵件的通知聲響起。她看著安德烈的名字嘆氣。她氣炸了，並不只是他很煩，還更因為他知道不應該煩她，卻還是無法自拔地擾亂她。他怎麼可以同時這麼聰明又這麼脆弱？但是，愛情，意味著無法阻止你的心去踐踏智慧。

三年前，她在電影圈朋友家的派對上遇見了安德烈。她抵達的時間有點晚，一位原本要離開的男子留下了。大家都在笑他：「啊！原來，美麗的露西來了，安德烈突然就不急著回家了……」原來就是他，「瓦尼耶與艾德曼」的安德烈．瓦尼耶，大家和她提過的建築師。一位高大纖細的男子，看起來大約五十多歲，也有可能更年邁。他的手掌寬大，又喜又憂的雙眼藏著不朽的青春。她馬上就感覺到，她一旦說話，他就被迷住了，而她也喜歡被他迷戀。

不久之後他們又見面了。他小心翼翼地向她獻殷勤，而她也明白他害怕尷尬勝過被嘲笑。起初，她很客氣地拒絕了他。不過兩人還是頻繁見面，每次他都展現出親切、有趣、和藹的樣子。她猜他對單身生活並不感到自豪，他每次都迴避這個話題。她推斷他有一堆情婦，但之間幾乎沒有什麼神奇的事情。

某個春天的夜晚，他邀請她來家裡吃飯。她對他的交友廣闊感到驚奇：一位非常主張觀念藝術的畫家、一位剛好經過的英國外科醫生、一位《世界報》記者、一位頗嗜酒的圖書管理員，甚至還有阿芒．梅洛，高雅的男子——她在吃飯時才聽說——管理著法國對外情報和反間諜局。露西還發現了一間寬敞的奧斯曼[4]公寓，配有樸素的家具，主要是木質調和工業風格，堆滿了書籍、小說，完全不是大家所認為的建築師極簡冰冷的世界。一座架子上放著鮮豔的米老鼠石膏像。她驚訝地拿起模型，在手上把玩。安德烈靠近她：「奇醜無比，對吧？」

露西微笑。

「我買來，是為了讓家裡的某項物品能抵禦常態。我們不習慣醜陋。這就是人生。

4【編註】Georges Eugène Haussmann（1809-1891），法國都市計畫師，以規畫巴黎城市聞名。

醜陋的人生，但就是人生。」

整個晚上，露西的視線像被吸住一樣，不斷移回到這難看的米老鼠。突然，不知為何，這隻迪士尼的老鼠和她說話了，老鼠告訴她，與這個男人，幸福也有可能到來。

她向他介紹路易。安德烈很單純：他立刻就喜歡上了這個有活力又有趣的男孩，男孩即將成為青少年，安德烈沒打算把他拉作同盟。但是他也不會那麼愚昧：在這爭討露西之愛的戰爭中，他並不需要敵人。

有一天，午餐後，她向他道別，跨出一步要穿越馬路，安德烈猛力地抓住她的手臂將她往後拉。一輛卡車從她身邊呼嘯而過。她的肩膀很痛，但她真的差點死了。安德烈的臉色刷白。他們在彼此身邊待了一下，城市的聲響似乎更震耳了。他呼吸急促，她也是，轉瞬間，他把她拉進懷中，對她說：「我弄痛妳了，抱歉，我很害怕，我以為……我是這麼地愛妳。」

接著他向後退，被這脫口而出的句子嚇到，再次結結巴巴地道了歉，然後離開。她看著他離去，而這是第一次，她發現他的步伐又直又快，他還這麼年輕。心慌意亂，她等了兩個星期才又聯繫他，再見面時，他將不會提起這件事。

可是他說了。我愛妳。露西不信任這句話。要她聽這句話還太早了。她喜歡過另一個男人，那個男人濫用這個充滿謊言的動詞，他侮辱她，對她很差勁，總是消失，出現，又消失。她想告訴安德烈，她受夠了那些只為了她柔軟的肌膚、纖細的雙腿、蒼白的雙唇，只為了這些他們所謂的美麗的男人，受夠了幸福的承諾，那些只在她身上看到這些東西的男人。受夠了那些像獵人一樣接近她，那些想把她和獎牌一樣掛在牆上的人。她值得比衝動的貪慾更好的，她不想再被玩弄。她想告訴他，就是因為這些原因，她才漸漸地走向他，就是如此，她才在這裡。為了他獻給她的時間，為了她在他身上感受到的甜蜜，也是為了他給的尊重。她希望他不要一直表現得像沉默的愛慕者，她希望徹底分手，要不然就徹底放手屈服於他。她對自己苛刻和時而的殘酷感到慚愧，一邊又抗拒他對她日益增長的吸引力。

冬天又來了，四個多月過去了，在瑪黑區一間他們常去的，小小的韓國餐廳「金」一起吃晚餐時，他再次和她說：「妳知道嗎，露西，我很在乎妳，我也知道所有我們之間的障礙。可是如果有一天，妳想要我當妳的伴侶，不管要在一起多久，都必須是妳要跨出這一步……」他這一刻的眼神中彷彿青春永駐。她不知所措，她微笑，也知道必須再給自己多一點時間，可是她怕他會厭倦這種徒勞的等待。她決定用她的紅色髮絲抓住小凱羅斯，這位掌管著良機的希臘神明。他的整個存在將她拉向那座長凳，在他的身旁坐下，然後她溫柔地親吻他。沒有任何一部英式浪漫喜劇曾有比這更美麗的一幕。她完全不後悔。

從這不可思議的時刻起，安德烈和她不再分離。

十五天後，三月初，安德烈要去銀環建築工地，得飛一趟紐約；同一時間，她剪輯完成馮．特羅塔[5]最新的影片，一個多月之後她要開始替麥雯工作，這段期間她沒有任何計畫。他建議她一起去：他們會有很多時間，去和中央公園的鴨子致敬，去拜訪古根漢美術館的克利，或是去百老匯看音樂喜劇。她毫無猶豫地答應了，不過也要求要帶她去看他的建築工地。這是她表示想要「參與」的方式。一回到家，她就快樂地提前整理行李。「我要帶哪些書呢，庫切，這本，然後這本，嘿咻，羅曼．加里的七星文庫，這本沒那麼重，然後這條黑裙，嗯，很適合我，這條短裙太短了，不過我會穿絲襪。」三月如此寒冽，她依然因為找到小東西而如此雀躍。路易同意給外婆帶幾天。

這趟飛行很顛簸，甚至非常嚇人。當飛機差點斷成兩半，她幾乎快被恐懼淹沒，安德烈還是不斷微笑地和她說話。她喜歡這個他比她更熟的紐約。他們原本要待在那裡八天，結果變成十五天。在東村一家貴得嚇人的髮廊，她把棕色長髮剪掉了，剪得很短。「以前的我從來不敢這樣做，你知道嗎。我將迎來新的人生。」這樣說當然很老套，但她很感謝安德烈沒有指出這一點。她能感覺他如此地讓她安心，他們能夠如此地，對，相愛。

然後，他們回到巴黎，接著一切，慢慢地，將崩壞。漸漸地，面對安德烈的激昂，面對他想要將她束縛的雙臂，面對他不斷降在她身上的親吻，面對那些他「一定要讓他們見見妳」的朋友，就像戰場上贏來的戰利品一樣，她退怯了。為什麼那些抓老鼠的貓不讓老鼠生存呢？她沒準備面對這樣的入侵者；她想要的是更漫長、更平靜的承諾，而不是命令。他這雙男人的貪婪之手使她恐懼，這使人喘不過氣的貪慾禁止了她慾望的萌芽。他也沒打算理解，而這個安德烈完美隱藏的脆弱則已近在咫尺，不要，她不想要被逼著讓他安心，不，她不想要屈就於他的獨裁傾向，不管是不是因為年紀，她沒必要遷就他受傷的自尊心，也沒有必要承受這種動物收容所裡的小狗哭喊著「帶我走，帶我走」的眼神。他為什麼就是不願意看到自己的雙臂和床中都設下了陷阱。為什麼她在拒絕他時要感到虧欠，而虧欠任何人，正是她最不想要的。

接著，六月初，最後的晚餐。在這頓晚餐中，安德烈想要在一切都已經完蛋了的時

5 【編註】Margarethe von Trotta，德國電影導演。

候，再次將她征服，他又堅持去那家韓國餐館「金」，就好像這些老氣的半禪風、半江南風的裝潢對她有什麼魔力似的，然後在他冷掉的韓式蘑菇奶油義大利麵面前一直說話，一直說話，他只聽得到他自己，沉溺於自己毫無節制的文字品味，然而每句漂亮的句子都使這個永別更加醜陋。她看著他，他牽起她拋下了的手，她只想待在別處，冷風吹進了她的心，她毫無憤怒地對著這位魅力十足，返老還童的先生微笑，他怎麼就看不到她的心已經不在了呢？可能是因為她沒那個精力，又或著只是沒了愛——我的天，她好討厭這個字。儘管如此，安德烈還是在癒合的時期扮演了藥膏的角色，但現在傷口好了，這藥膏就只是又臭又嗆鼻而已……不對，她不應該這樣，為什麼要用他們美好的開端來反思他們結局的苦澀呢？並非她不把他放在眼裡，而是他自己不明白如何到達他們期望的相處模式。

為了以所有手段讓他明白，從此以後只有他和她，而不再有他們，她堅持各付各的。然後他將一本書交給她：維克多．米塞爾的《異常》。她好像聽過這個名字。

「收下吧，妳會喜歡的……」

她隨便翻開，就看到這句話：「希望令我們在幸福的階梯上等待。得到我們想要的之後，我們就會進入不幸的前廳。」我的天，這個隱喻，這一開頭就不對了。還有句子寫著：「誘惑一直都是平凡的技術，而分手是一流的藝術。」所以她是藝術家。好吧，一流的藝術。

她收下禮物，然後離去。

那是三個禮拜前，安德烈為了那該死的索雅拉還是蘇雅拉大樓去孟買之前，他不斷讚嘆大樓的優雅，可是她對他建造的東西已經完全不感興趣了。

螢幕上，他昨天寄出的郵件標題還是藍色粗體的。

她還是打開了信。沒有任何一句不多餘、不空洞、不荒謬的話。她沒有被觸動，毫無疑問，沒什麼能觸及到她的。「我想要和妳走過最漫長的道路，甚至是所有道路中最長遠的那條。」盡是陳腔濫調。「我永遠不知道妳最終會不會愛上我對妳充滿愛意和慾望的眼神。」她翻了個白眼。最後還有這個可悲的抵賴：「我不期待任何回覆。」

總之，回覆，露西想都沒想。

電話突然響起，未顯示號碼。他怎麼敢，在星期一一大早，明知這時對露西來說是半夜，還在她在房間睡覺的時間打給她？為了讓鈴聲停止，氣炸的露西接起電話。然而是一位女性的聲音：「露西・博加嗎？」

「對。」露西低聲回答。

「這裡是毛帕員警。法國國家警察。」

「可是……您應該搞錯了。」

「您在一九八九年一月二十二日於蒙特勒伊出生沒錯吧？」

「沒錯。」

「很好。我們在您的門前。請讓我們進去。」

「可是為什麼？你們會吵醒我兒子的。」

「我們會向您解釋。我們有搜查令，我從門縫塞給您。拜託，開門吧。」

大衛

二〇二一年五月二十九日

紐約，第三大道

榕樹渴了，棕葉乾枯而卷起，枝條已死，如果「化身」這個動詞適用於綠色植物，它已在塑膠盆中化身為憂傷。大衛說，不趕快澆水的話，它就會死掉。照理來說，我們應該可以在時間線上找到一個無法再回頭的點，一個無法挽回的轉折點，從那刻起，再也沒有任何人能夠拯救這棵榕樹。星期四下午五點三十五分，有人會替榕樹澆水，使之存活下來。然而到了星期四下午五點三十六分，不管是誰帶著一瓶水出現，都將會是「不，親愛的，三十秒前，這樣很好心，可是現在，你以為這樣有用嗎，唯一可以重啟機器的細胞，最後一位能夠喚醒鄰居的英勇真核細胞，和他們說『起來囉，動起來，我們抵抗，重新振作，我們不放棄』，可是最後那一個剛剛已經離開了我們，所以帶著可憐小水瓶的你太晚到了，掰掰。」沒錯，時間線上的某處。

「大衛？」

一個柔和的男聲，將大衛從植物和生存的白日夢拉回。他起身擁抱一位五十多歲的高大男子，只比他年長一點點，頭上卻已長出了白髮。這位男子和他長得很像，就像有著差不多DNA似的。

「嗨，保羅。」

「你過得好嗎，大衛？嬌笛沒有和你一起來嗎？」

「她一有空就會過來。她在歌德學院教課，我不想要她延後課程。」

「好吧。」

大衛跟著他的哥哥到診療室。法式的帝國風格辦公室，有著橡木書櫃，新藝術風的水晶吊燈，洋紅色的厚重天鵝絨窗簾，窗外可見壯麗的萊辛頓大道，以及對面第三大道旁星期五壁球俱樂部的入口。這間房間巧妙地掩飾了它原本的作用：最棒的腫瘤學家的診療室。

「你要喝咖啡嗎，大衛？還是茶？」

「咖啡。」

保羅把一個膠囊放到咖啡機裡，在出水孔下放一個優雅的義大利咖啡杯，找到逃避幾秒弟弟視線的方法。他猜，大衛在聽到他提到自己的名字那麼多次後，應該已經知道了。在戰爭電影中，當一位軍人尿出血尿，但中士還是跟他說「沒事，吉姆，你會沒事的，吉姆」，這不是個好徵兆。親切的修辭，帶著油亮慕斯的義式濃縮咖啡，這種一直推延談話的方法，所有的一切都說明了這是最壞的情形。

「給你。」

大衛點頭，不自覺地接下了咖啡杯，然後把杯子放到辦公桌上。

「說吧。我準備好了。」

「很好，你記得，大衛，昨天做內視鏡檢查的時候，我們做了活體組織檢查……我收到結果了。」

保羅把杯子推到一旁，從一個信封裡拿出幾張照片，放在弟弟面前的桌子上。

「這正是我害怕的。胰臟尾部的腫瘤，小腸的另一邊，這裡，是惡性腫瘤。癌性的。腫瘤不僅侵入了血管和附近的淋巴，還轉移到肝臟和小腸。臨床上，你在第四期。」

「第四期．也就是說？」

「要執行末端胰臟與脾臟的切除手術，但目前還沒有這個技術。也就是說切除胰臟和脾臟的時機已經太晚了。」

大衛深受打擊，呼吸變得困難。保羅早已準備好一杯水，遞給了他。他的弟弟看向他。正是因為保羅注意到弟弟眼白中出現不健康的醒目黃色，他才要求進行檢查。大衛深深地吸了一口氣，然後問：「預後呢？」

「因為我們不能開刀，所以我們要同時做化學和放射治療，讓腫瘤變小。」

「預後呢，保羅？」大衛又問了一次。

「該怎麼說呢？這真的很糟。」

「什麼意思？我的機率呢？」

「百分之二十的存活率，五年，就這樣，機率就是這樣。但機率不代表一切。我們要試著戰勝它。我幫你預約了索羅醫生，看看他有什麼別的意見。他是最好的醫生。我幫你約了緊急看診，明天就可以過去，我已經把檢查報告和你的核磁共振影像寄過去了。」

「不需要，保羅。我相信你。我們照你說的做。從什麼時候開始？」

「只要你可以，我們就開始。之後，你要請假，至少三個月。馬上通知你的公司。你有買真正可靠的醫療保險嗎？」

「有吧。我沒機會確認過。不過應該有，一定有。」

大衛起身，走了幾步。他氣得發抖，不過這真的是因為憤怒嗎？他全身都拒絕保持堅定。主啊，為什麼我們總是想著回到幾個禮拜之前，為什麼我們不能抗拒想要衡量自身盲目的衝動？這些無憂無慮的日子裡，在這無知的幸福中，吃晚餐、說笑話、帶小孩去電影院、和嬌笛做愛、與保羅打壁球，然後可能只需要一臺掃瞄儀器，三個月後，就確診了，然後，也有可能，被救回來。大衛不禁想，他是不是已經猜到了某些被隱瞞的事情。

「是從什麼時候開始的？」

「我不知道，大衛。我們沒辦法知道。腫瘤可能已經長了一年，或是兩個月。沒有人可以知道。每個胰臟癌都不一樣。」

「如果兩個月前就做些治療，還是會太晚嗎？在那趟我們被冰雹虐待的巴黎紐約地獄飛行，我當時已經有點累了，你記得嗎？我尿液的顏色也很深。我那時候沒有時間去做檢查。」

「我不知道。可以確定的是，我們必須專注在當下可以做的事，目前還能做的事。」

「有新的治療方法嗎？像是什麼新的藥？」

「有，我們要把所有的都試一遍，你想要的話，我們也可以試試看還在實驗的化學藥品，這是很革命性的東西，還沒上市。但我可以向你保證。」

保羅說了謊，因為這比說「沒有，大衛，沒有什麼新的東西，這是灘爛泥，我再跟你說一次，我們不知道該怎麼做，什麼都沒有，大家沒有發現什麼神奇藥方。我們甚至不知道為什麼，根據某些病患的說法，某種治療方法比另外一種好」還來得好。

「這癌症會讓我很痛，對不對？」

「我向你保證，在治療期間，我們會盡全力把疼痛降到最低。當然，會有一點點不良的副作用。這是無法避免的。有得必有失。」

一點點不良的副作用。你胡說。「我的弟弟啊，沒錯，你會把腸子都吐出來，把整個身體掏空，你會掉髮，還有你的眉毛，還會掉二十公斤，然後呢？這都是為了什麼，可能是再活三個月，百分之二十的機率可以活五年，百分之二十，沒錯，但不是在你這個階段，我的弟弟啊，你甚至只有百分之十的存活率」，媽的，這不公平，真讓人想吐……保羅把扶手椅拉直，在完全癱軟失神的大衛旁邊坐下，他把手放在精神恍惚的弟弟手臂上，希望能安撫大衛心中湧上的冰冷焦慮，他希望他的這隻手能夠帶走並摧毀黑暗，這個念頭很瘋狂，但他還是會這樣做，多年的經驗和數百名死亡的病患，還是沒辦法阻止這種他的奇思異想，就算在最理性的頭腦中。也是在此刻，他又突然想到——為什麼是現在？——在皮奧里亞的保齡球賽中，當大衛不管怎麼亂丟球，結果還是全倒的時候，眾人的大笑聲，這個有著狗屎運的白痴，還有在露娜阿姨家的瓦斯上面烤粉紅棉花糖的味道，他們兩個都好喜歡的金髮嬌小女子黛博拉．斯賓塞所散發的甜甜果香香水味，結果她最後跟那個愚蠢的恐龍托尼上床了，等等，當初我們怎麼會這樣叫他？還有大衛在第一個婚禮上的演講，話說這個和費歐娜的婚禮真的很失敗，如此荒謬，他又白痴又好笑的演講是如此美妙。還有保羅兒子的出生，他也名為大衛，小大衛在這個因為感動和母愛而流淚的大衛叔叔的懷中睡覺，然後這一切都要完蛋了，癌症將如黑色炫風吞噬一切，就這樣，驟然，淚水湧了上來，毫無預警，壓制不住，媽的，一個哭哭啼啼的腫瘤學家，這像什麼樣子？保羅轉過身，抽了一張面紙，放聲擤鼻涕。

一縷陽光照進了診療室。這不是最好的時機，可是金色的日光還是映在了大衛身上，那是一道生命之光。不管是在冬天還是夏天，當這個該死的太陽在下午五點二十一分往西邊去時，照進第三大道上的摩天大樓，這個短暫的奇蹟就會發生。這個奇觀只會維持不多不少的十二分鐘，到了下午五點三十三分就結束了。

「好吧，大衛。我今天沒有病人。我們一起等嬌笛，我與你說明療程。」

保羅慢慢地說明，大衛聆聽，沒有打斷他。不過隔天，保羅必須再和他說明一遍，因為他完全沒有聽進去。當大衛必須解釋說爸爸病得很重時，他會想起嬌笛的臉，她無以名之的憂傷眼神，她童稚的雙眼，葛蕾絲、班雅明，我的寶貝，你們兩個都要很勇敢，也要幫媽媽的忙，要很乖，知道嗎？他當然還會想到他優秀的醫療保險，但保險公司會調查他，並譴責他隱瞞十五到二十五歲間，十年的吸菸史，他會想到無法避免的痛苦、最終幾日的衰退，甚至想到火葬，想到要播什麼音樂給朋友們聽，播個不錯的音樂吧，保羅，搖滾樂、藍調，可是不要播不知名的陰沉安魂曲，他還會想到學費、他提前繳好的房貸，這個笨蛋，如果死掉的話，保險公司就得幫他繳房貸，他會想到所有目前以及未來要面對的事。他還想到了一些奇怪的事。

「其實，保羅……在候診室……」

「嗯？」

「榕樹。我必須幫它澆水。」

下午五點三十三分，太陽已悄悄溜走。

✦

二〇二一年六月二十四日，星期四，下午十時二十八分

紐約，西奈山醫院

保羅的候診室裡，榕樹沒死。可是大衛沒有回來，他也不會再看到照進摩天大樓的日光，甚至不會再見到太陽。西奈山醫院的344號房在最北邊，而且再過幾天，他一定會離開這房間。死亡已經占據了他削瘦的容顏。

針對疼痛，他們正在測試一種法國人開發的藥，是以嗎啡為基礎的奈米藥物，這種藥不用持續增加劑量。針對癌症，醫療團隊已經認輸了。這癌症太凶猛，太過侵略也太威脅。

有人敲門，但沒有人回應：在無意識的大衛身旁，嬌笛正在沙發上熟睡，她守了好幾個晚上而筋疲力盡。從三天前開始，孩子們就在保羅家了。此時房門輕輕地被推開，兩位穿著黑西裝的男人從門後出現，戴著金色徽章。第一位男人無聲地走向大衛，從他的嘴角採集唾液，將棒子放進試管中，接著馬上離開了房間。第二位男人拿出手機，拍了張插著管的臨終者的照片，他傳送照片，然後坐在椅子上，無法將視線從那削瘦的臉龐移開。

洗衣機

二〇二一年三月十日
美國東岸，公海
N 42° 8' 50" W 65° 25' 9"

安全的飛行無不相似，不安的飛行各有不安。下午四點十三分，巴黎往紐約的AF006航班在新斯科細亞南邊，一片巨大的積雨雲在飛機面前升起。雲鋒正在迅速上升。距離目的地還要飛行十五分鐘，南北邊都出現了弧形的積雨雲，且高度達到四萬五千英尺。這架高度在三萬九千英尺的波音七八七，即將朝向紐約降落，無法逃脫，駕駛艙裡發生騷動。副駕駛查看地圖與天氣雷達，這大片的多雲冷鋒沒有顯現在雷達上。現在，吉德·法弗羅不只驚訝，還非常擔心。

不透光的灰牆頂端，在耀眼陽光的照射下呈現彩虹色澤，牆面以瘋狂的速度撲向他們，同時貪婪地吞噬滋養和維持它的雲層。機長馬寇查看波士頓的頻率，檢查儀器，氣象雷達在一百二十海里處變成紅色。當波士頓對到他的頻率時，他點了點頭，放下咖啡。

「致所有波士頓空中交通控制中心的飛機。由於東海岸的特殊情況，除了約翰．甘迺迪國際機場之外，所有機場均將關閉。從半小時起不得再有任何飛機從東海岸起飛。情況發展得太快，我們無法提前警告任何飛機。約翰．甘迺迪國際機場仍然開放著陸。

「波士頓控制中心，您好，法國航空〇〇六，高度三九〇往肯內班克。我們面前有個怪物。請讓我們在接下來的八十海里航向三五〇。」

「法國航空〇〇六，這裡是波士頓控制中心。機動自由。請立即使用125．7聯絡甘迺迪。再見。」

馬寇哀號了一聲，看著地平線從北到南都毫無遺漏地被遮住了。為了他倒數第二次穿越大西洋的飛行，天空給了他難忘的回憶。他與機場連線。

「甘迺迪近場臺。法航〇〇六，我們有足夠的機油沿著雲鋒向南偏航前往華盛頓。」

咔嚓一聲，傳來一個更低沉的女人聲音。

「抱歉，〇〇六，駁回。直到諾福克都是同樣的情形。往南還有可能更糟。可以的時候，下降至八節然後重新向肯內班克前進。保持數據。」

馬寇搖搖頭，切斷連線，拿起麥克風，以安撫的聲音向乘客宣布情形，首先以英文，接著是馬馬虎虎的法文。

「機長廣播，請立即回到座位上，繫緊安全帶，並關閉所有電子設備。我們將通過一段非常不穩定的亂流。我再重複一次：非常不穩定的亂流。請把包包和電腦收到前方座位下方。身邊不要留有任何液體，收好桌子。航空人員，請檢查乘客及機上安全，並立即回到座位。我再重複一次，確認乘客安全後，請立即回到座位。」

積雨雲即將來臨，這是個超級體，但遠遠超過超級體的尋常標準。這並非一個單獨上升到大氣上層的砧狀積雨雲，是十幾個聚集著，彷彿被一隻無形的手舉起，在對流層頂融合。在海上，一艘艘船隻應該已經面臨了世界末日般的低氣壓。二十年的長途飛行經驗中，馬寇從未見過這種情況。至少是這年度最猛烈的暴風。平流層頂高達十六公里。他可以試著穿過冰雨形成的兩道柱子之間，但在這之後又會進入下一個。氣象雷達現在顯示出一條長長的紅色斜線：一道水冰之牆。

「你有看到這東西成長得多快嗎？」吉德很憂慮。「一旦我們到達超級體的側翼，就會瘋狂下降。我們永遠無法成功穿越。」

吉德的擔心有道理，即使他只有一年跨大西洋飛行和三年長途飛行的經驗，馬寇心想。他再次打開麥克風，以歡樂、較為輕鬆的語氣廣播。

「哈囉，大夥們，又是機長馬寇，再一次，請你們坐好，扣上安全帶，也幫身邊的孩童確認。我再重複一次，請關閉電子設備。我們很有可能會在幾分鐘後遇到一段不穩定的氣流。航空人員，如果已確認機上安全，請立刻回到座位……歸位後請向我確認。」

「確認每個人都在安全位置。」傳來座艙長的聲音。

「好，這會令人印象深刻，我保證你們會永生難忘，不過我也向你們擔保，如果你們繫妥安全帶，任何人都不會有危險。對喜歡派對的人來說，這只是一趟雲霄飛車……」

突然間，都還沒到達鋒面的盡頭，這架波音就沒了支撐機身的空氣，往下俯衝。儘管機艙門將他們隔開，馬寇和吉德仍然確信聽到了乘客的尖叫聲。

飛機經歷了十秒無止盡的自由落體，然後進入積雨雲最危險的地方，也就是氣流的西南方向，自動駕駛使飛機以三十度的駭人傾斜角度進入。這架波音立刻在雲形成的漩渦中翻滾，駕駛艙也立即亮了起來，因為周圍一片漆黑，接著發出一陣嚇人的爆裂聲：數百個巨大的冰雹掃射著機窗，在風窗上到處撞擊。這片刻似乎永無止盡。儘管還是有暴風，這架波音依然找到了溫暖的上升氣流和一點支撐；這次，是一種強烈的雲霄飛車底部被碾碎的感覺。

被綁在座位上的馬寇用力按下兩個控制鈕，因為，沒錯，這是什麼爛局面，如果是在里約到馬德里靠近赤道的航程，遇到這赤道低氣壓就算了，這種東西來北大西洋幹什麼？幹，太智障了，我們有最強大的引擎，還有極致靈活的機翼，不該像一架破飛機似的被斷成兩截，這怎麼可能。我們在模擬飛行中逃脫了數十次，引擎失靈、失壓、儀表故障，媽的，我們可不能在現實中搞砸吧。馬寇想都沒想到他的小孩，也沒想到他的妻子，還沒，可能所有的飛行員在死前連人生跑馬燈的時間都沒有吧，而且馬寇也完全沒想到乘客，當下，他只試著拯救這架又大又笨重的波音，他重複著已經死背起來的流程，一次又一次，相信身體的反射動作與二十年的經驗。不過這情況依舊很該死。

搖搖晃晃、歪歪倒倒、面無人色的馬寇和吉德專注操作儀器，與暴風戰鬥。稍晚一些，人們將會知道這是十年來最險惡驟然的風暴。左渦輪機的指示燈顯示少了百分之十五的動力，然而強烈的電場干擾了電子儀表。最後，在這場暴風中，飛機存活下來，勉強地維持水平，最終穩定了。就算冰雹沒有減緩，擋風玻璃的表面布滿刮擦，內層玻璃並沒有出現任何令人擔憂的裂紋。

晃動稍稍平息後，馬寇對著機艙廣播。儘管客艙裡吵得不得了，他還是盡量不叫喊。

「大夥們，很抱歉讓你們經歷這場亂流。為了飛向紐約，我們必須繼續穿越積雨雲，所以我們還要待在這臺洗衣機裡面至少……」

忽然，耀眼的陽光照進駕駛艙，波音猛烈加速，寂靜再次降臨，騷動緊隨其後。

馬寇檢查裝置，他驚愣。飛機完美地飛行著，有著規律的轟隆聲，可是所有的顯示儀器都失靈了。儘管下降令人暈眩，又長達五分鐘不知道身在何處，但高度再次顯示在三萬九千英尺，氣象雷達上仍然無法顯示任何干擾，航向二六〇。他重新拿起機艙的麥克風。

「很好，就像你們跟我一起見證到的，我們目前幾乎安全地從雲層中出來了。請各位乘客靜候新的指示，不要打開電子設備。航空人員，你們可以離位了，謝謝。請向機艙長報告。」

馬寇關掉麥克風，然後在無線電對講機輸入緊急代號七七〇〇。他重新戴上耳機，打給甘迺迪近場臺。

「Mayday、Mayday、Mayday，甘迺迪近場臺，這裡是法國航空〇〇六。經歷亂流和嚴重的冰雹，沒有傷者，但是我們的儀器失靈了，沒有高度與速度的指示，雷達故障，風窗嚴重損壞。」

甘迺迪控制中心傳來男性的聲音，而且聽起來很驚訝。

「收到法國航空〇〇六的 Mayday。您可以確認通話代號七七〇〇嗎？」

「紐約，法國航空〇〇六，確認，通話代號七七〇〇。」

帶著很明顯疑惑的聲音又重複：「法國航空，甘迺迪近場臺，請確認通話代號七七〇〇。您確定您是法國航空〇〇六？」

「確認，法國航空〇〇六，Mayday。確認通話代號七七〇〇，我們剛剛穿越了很厚的結冰雲層，風窗破裂，雷達天線罩絕對已經被撞破了。」

通話中斷了數個漫長的片刻。馬寇漠然轉向吉德。他確認三次通話代號，甘迺迪還是沒辦法辨認出他們。突然，重新連線了。這次是一個女性的聲音，不過沒有第一位悅耳，也沒那麼友善。

「法國航空〇〇六，Mayday，甘迺迪近場臺。這裡是航空交通管制，請問機長的大名？」

馬寇傻了眼。在他的職業生涯中，他從來沒有被交通管制員問過他的名字。

「法國航空〇〇六，Mayday，甘迺迪近場臺。我再重複一遍：請問誰是機長？」

蘇菲亞・克萊夫曼

二〇二一年六月二十五日，星期五
紐約州，霍華德海灘

青蛙貝蒂，是某個星期六下午，利亞姆在廚房水槽旁邊的暖氣後面找到的，那時牠已經完全乾掉了。牠輕如羽毛，半透明，像是加上剪好的腿和蹼，用被揉壓過的描圖紙做出的紙雨蛙。利亞姆告訴妹妹：「牠死了，妳的貝蒂，完全死了。」這讓他覺得很好玩，他開始手舞足蹈，「貝蒂死了貝蒂死了」，惹得蘇菲亞嚎啕大哭。

三週前，貝蒂從飼養箱逃走了，牠應該覺得待在裡面無聊透頂，儘管有漂亮潮溼的青苔、發亮的綠色植物與蘇菲亞選的灰色圓形鵝卵石、半個核桃殼做成的游泳池，還有她晚上放學回家餵給牠的活蒼蠅。蘇菲亞把飼養箱放在她床邊的一張矮桌上，每天晚上，小女孩都會起床，把自己裹在毯子裡，低聲向草叢下一動也不動的青蛙講述她的一天。蘇菲亞想要的只是貝蒂的安全，也想要牠快樂，不過最重要的是安全，遠離掠食者，這是她剛學到，而且很喜歡的單字，可能只是因為這個單字的發音讓人有點不安吧。但是青蛙還是逃走了。牠應該是四處尋找熱源和溼度，才淪落到了下面那裡，靠在對流暖器微溫的金屬上。牠又餓又渴，皮膚龜裂得像是幾天無雨，花園裡的土地一樣，然後，在死亡中凝結，貝蒂成為了青蛙的外質。

蘇菲亞不敢摸牠。儘管利亞姆很勇敢，而且一直在小遺骸旁邊吵鬧打轉，他也不敢碰牠。媽媽對他們說：「你們安靜，冷靜一點，會吵醒爸爸的。」但是爸爸已經下樓來了，穿著T恤，開始吼叫。「現在是什麼情形，四月，我休假時妳就不能叫妳的小孩安靜一點嗎，而且妳不是應該去買菜嗎？」看到真的死透的貝蒂與依然哭泣的女兒，克拉克・克萊夫曼中尉笑了。「很好，蘇菲亞，妳的青蛙，妳知道嗎？跟爛掉的中餐水餃一樣！」

克拉克冷冷地用兩根手指抓起了牠的一隻腳，把牠拿起來，放在湯盤裡。

儘管不知道牠信什麼教，克萊夫曼一家還是要為貝蒂送葬，四月擅自決定了牠已經受洗，就和他們一樣；縱然牠沒有接受過真正的浸信會信徒洗禮，但牠大部分時間都在水中度過。這樣比較簡單。這隻重生之蛙將會上青蛙天堂。最終，克拉克會把牠丟入馬桶，這樣也比較簡單。

貝蒂是蘇菲亞的六歲生日禮物。蘇菲亞與牠一起學了很多關於青蛙的事。例如，牠們已經存活了三億年、牠們遇過恐龍、發展出數千種物種、殺蟲劑中的草脫淨對牠們很危險，因為牠們的皮膚是可滲透的，縱使牠們「很有用，因為牠們會吃蟲」。青蛙是兩棲類動物，就像蠑螈和蟾蜍。話說，貝蒂是隻蟾蜍，Anaxyrus debilis，蘇菲亞認真地在一張卡紙上抄下牠的名字，貼在飼養箱上，其實，牠可能是一隻公蟾蜍，店員也不太清楚——「小姐。」安迪說。總之，蘇菲亞在他的掛牌上看到寫著安迪。「很抱歉，這隻蟾蜍勉強只有一個拇指大，我沒辦法辨認生殖器官，給牠一個中性的名字吧，像是摩根或是瑪迪森。」不過蘇菲亞還是叫牠貝蒂。當蘇菲亞接近飼養箱時，貝蒂就會躲在洞穴或石頭下。牠也很畏懼吸塵器的聲音，以及從拉瓜地亞機場起飛並穿越霍華德海灘的飛機聲。牠什麼都怕，乃至我們永遠見不到牠。「牠確實是個小妞。」克拉克冷笑著。四月聽了哀嘆道：「不要與利亞姆或是蘇菲亞這樣講話。」

克拉克拾起湯盤裡的貝蒂。蘇菲亞喊叫道：「貝蒂動了，媽媽。貝蒂動了！」

「什麼？牠沒有動，蘇菲亞，只是爸爸把盤子拿起來而已。」

「有，牠動了。你看，有水留在湯盤裡面！水把牠喚醒了！媽媽，媽媽，再多加點水，拜託！」

四月聳聳肩，依然去拿了一個杯子，打開水龍頭裝水，倒在貝蒂身上。青蛙抖動一條腿，又擺動另外一條，牠重生了，像海綿一樣吸收了所有的水，接著就在盤中跳動，就連牠的皮膚也逐漸恢復成之前失去的綠色。

「不可能吧。」克拉克說道。他顯得呆若木雞。

「牠和蠑螈在乾旱的時候一樣，媽媽，妳記得吧，蠑螈，我們有看過，牠做了一樣的事，休眠等到雨季來臨。」

「不可能吧。」克拉克重複說著。「我從來沒看過這種事。這隻笨青蛙百分之百葛屁死翹翹了，然後現在像個發情的婊子一樣扭來扭去。不可能。」

「克拉克，拜託，在小孩面前不要這樣說話。」四月說。

「幹，我在我家，我想怎麼說話就怎麼說話！對你們來說我是誰？只是一臺付生活費還有去其他白痴國家等著被殺的機器，是嗎？我受夠了，四月，我受夠了，妳聽到了嗎？」

四月低下頭。蘇菲亞和利亞姆嚇傻了。圍繞著克拉克怒氣的空氣逐漸凝結。

克拉克握緊拳頭，不這樣做的話他就必須砸碎周圍的所有一切。該死，在阿富汗，他差點死了十次，這就是大家感謝他的方式。十次，沒什麼，沒錯。大家一直嘲笑他們，連死去都不值得，他們不是政治人物的小孩，就像那些在越戰期間躲在國民自衛隊裡的小白痴。去年，好吧，換掉這些被稱為滾輪棺材的悍馬，軍隊得到了奧什科什，又重又大的車，真正的壞孩子，這種車的裝甲應該可以擋下13毫米槍枝的攻擊。可是沒有，該死的，有了碉堡剋星這種巨型鑽地彈，奧什科什只不過是漆成沙色的紙板。

青蛙貝蒂重生的兩個禮拜前，在從巴格拉姆空軍基地到喀布爾的路上，奧什科什被密集的火力攻擊；聽那武器的聲音，一定是扎斯塔瓦——敘利亞標配的半自動步槍。一顆子彈穿過左後車門的玻璃，他們說那是堅不可摧的玻璃，最終落在湯普森的胸口，他突然意識到子彈是為屍體製造的，像個掉入地獄的人一樣放聲尖叫。湯普森是來自軍事公司Academi的傭兵，比烏龜更白癡的可憐傢伙。當工廠設置在其他國家，而另一個可憐的傢伙以每小時三十分美元的時薪生產同一款引擎的火星塞時，他就失去了通用汽車分公司的爛工作。湯普森想要的，不過只是蒙大拿的小屋，為此，他當起雅寶公司的貼身保鑣：四個月，他們為了勘探鋰，不敢離開喀布爾塞雷納酒店，四個月以來，他們試著搶先中國的贛鋒鋰業簽署開採合約。但是很可惜地，Academi的支援車在前往喀布爾的路上拋棄了他。他付了兩百美元才得以搭上奧什科什，就為了那兩小時的路程、那飽受十年戰爭蹂躪的悲慘郊區，經過瓦礫坑洞和鐵皮堆。傑克中士照顧翻著白眼、嘔吐著血的湯普森時，克拉克溜進旋轉砲塔裡，開始掃射他認為槍聲的來源，一邊喊著所有他知道的髒話。彈雨落向一座光禿山丘上的兩個泥棚屋，棚屋在射擊下化為塵土。

奧什科什以飛速駛回有著手術房的巴格拉姆。醫務室人滿為患：前一天，一位阿富汗後勤清潔工在公共餐廳引爆腰間皮帶的炸彈，炸死自己的同時高喊真主至大，造成兩死十傷，據說是因為一些喝醉的士兵把喝下的十幾瓶百威啤酒尿在古蘭經上。

這個故事可能是真的：在關塔那摩灣，火腿片被丟進監獄牢籠裡。垃圾們總是能在愛國精神中找到寄託。反正，也不必為湯普森找床位了，抵達地點時，他已經死了，車內沾滿鮮血。可以確定的是，在那裡，我們仍然可以向湯普森的屍體澆水，可是這樣並不會讓他起死回生。所以很抱歉，克拉克真的完全不在乎在小孩面前用「小妞」或是「發情的婊子」這些字眼，他們遲早要在自己生存下去的、這該死的世界中學會這些。

「我沒力氣聽妳說這些廢話，四月，快去買妳他媽的菜，帶這小子一起去。利亞姆，不要打你該死的電動了，去幫你媽提東西。蘇菲亞，過來，我們把妳的青蛙放進飼養箱。」克拉克說。

蘇菲亞看著正在默默拿車鑰匙的媽媽，她牽起牢騷滿腹的利亞姆的手。蘇菲亞隨著父親上樓，手中的盤子裝著精神煥發的貝蒂。

飼養箱裡還有一座小艾菲爾鐵塔，貼在一塊小石頭上。因為四個月前，克萊夫曼一家為了慶祝結婚紀念日，去了法國巴黎。他們租了在美麗城區的一房一廳套房，孩子們睡在客廳的沙發床。他們參觀了巴黎聖母院、凱旋門，逛了蒙馬特區和香榭麗舍大道。蘇菲亞還堅持要去看兩棲類。四月答應了，她帶女兒去了植物園，蘇菲亞第一次看到了蠑螈；這種特別的動物能夠重建受損的眼睛，甚至一部分的大腦。

之後，蘇菲亞、利亞姆和母親直接回去紐約，搭上了一趟非常動盪的班機，最後半小時孩子們不停尖叫。克拉克沒有和他們一起回去；他收到了新任務，得從巴黎去華沙，到了華沙立刻轉往巴格達，這次是搭上C17運輸機，護衛兩輛艾布蘭戰車和一枚威力龐大的炸彈，所謂的「炸彈之母」，一枚十噸、十公尺的怪獸。克拉克在那裡待了九週才回到霍華德海灘，身上仍有湯普森血液的溫熱金屬氣味。

蘇菲亞的聰慧，是四月的驕傲，可是她卻自責於嫉妒女兒，嫉妒她的活潑、她的好奇心。在蘇菲亞這個年紀時，四月總是黏著媽媽，幫動物圖案著色，尤其是小馬。當她不得不和姊姊們一起幫失去理智的媽媽搬家時，她發現了數百張小馬著色圖。實在難以置信：紫色、靛藍、綠色和橘色小馬，彩虹的所有顏色都出現了，不過畫的總是小馬。她完全不記得這些了。此外，她也完全不記得這個時期的事了。她很早就離開家庭，只為了和這個金髮、纖瘦，如此溫和、如此親切的男孩結婚。他在一張撕下來的紙上寫下美麗詩句，默默遞給她，同時為自己的大膽感到尷尬：

鐘聲繞梁
玩捉迷藏
我親了四月的臉龐

對，在當時，克拉克很體貼。沒有證照的他想當房仲、駕訓班教練，不過當遇到一位猶豫不決的女房客、一位駕駛新手，他很快就失去了耐心，也失去了工作。軍隊給了他一個位置，使他找回了自尊。二十二歲，這看起來還像十八歲的小夥子被剃了頭，戴上貝雷帽，最重要的是得到了一萬五千美元的獎金。有了這筆錢和軍人固定的薪資，四月得以成功貸款，並在房地產崩盤時買了霍華德海灘一棟正在拋售的房子，房東因為破產而剛被驅逐；離開時，他們氣急敗壞，砸爛了所有能砸的東西，洗手檯、水槽、廚房，甚至臥室的隔板。幾年後，當南極洲的思韋茨冰川，這兩公里厚，面積和佛羅里達一樣大的冰塊開始破裂融化，這間房子將會佇立水中。但是克拉克和她沒辦法預知到這個事實。他們將所有的東西都恢復原樣，儘管身懷六甲，四月還是獨自重漆了整間房子。

四月和藹，四月陰霾，
哦，我甜蜜又殘忍的女士
四月以柔和的色彩綻放

幾個月後，克拉克已自信滿滿，甚至獨斷專行。她再也認不出從前寫給她詩句的溫柔男孩了。軍事訓練完全改變了他，他長了肌肉，變得結實。當他們做愛，這從前有著少女般身體，畏畏縮縮的年輕男子，曾經如此害羞，變得粗暴及自私。正是這時，她開始畏懼他。但是當克拉克結束訓練，通過考試，利亞姆出生了，蘇菲亞也即將降臨。

四月陷入冰冷的風暴
四月柔軟，溫暖睡意

許多年之後，和藹的四月，陰霾的四月，不小心打開了她姊姊家裡的一本書，然後她目瞪口呆，就像條被沖上岸邊的鯉魚。他的詩，他專門為她寫的這首美麗的詩，原來是一位被遺忘的英國詩人的《為四月傾倒》。克拉克在他們第一次見面時遞給她的紙條，她竟然還像個笨蛋一樣對折起來珍藏在錢包裡。他在學校讀到這首詩費力地抄了下來。她和小孩一起回家，那晚，在最後這卑微的記憶面前，她憤怒又悲傷地哭泣，從此被踐踏的記憶中，克拉克握著她的手，帶著少年的青澀，以及從筆記本撕下的紙條。

四月，我愛上了妳。

✦

克拉克拉開飼養箱的門，將盤子傾斜，青蛙跌入彈在青苔上，然後馬上跳進當作池塘的椰子殼中。

「要餵貝蒂吃東西，爸爸，牠應該餓了。」

「讓牠休息，親愛的，妳也是，妳去泡個澡，像貝蒂一樣在浴缸裡面玩。」

蘇菲亞沒有回答。她聽到樓下的關門聲，媽媽和利亞姆的腳步聲逐漸變小，車門啪地關上，車子發動。克拉克打開水龍頭，確認水溫，倒入一些沐浴鹽，脫掉鞋子。蘇菲亞慢吞吞。他皺眉。

「快點，蘇菲，快，進去浴缸，我們沒有那種法國時間。」

門鈴響了，父親停下動作。又響了一次。蘇菲亞聽到門鎖轉動。克拉克翻了白眼。

一個女性的聲音。

「克拉夫曼先生？克拉夫曼小姐？我是查普曼探員，聯邦調查局。」

「好吧，蘇菲，我下去。妳去浴缸裡，待在泡泡裡，等到水半滿的時候關水，好嗎？」

克拉克離開浴室後，蘇菲亞可以聽到爸爸在一樓說話變得大聲。一個男子的聲音堅定地回答他，然後又有另一個聲音。爭吵持續，有人敲了浴室的門。

「我可以進去嗎，蘇菲亞？」女性的聲音問道。

「可以，女士。」女孩回答。

一位黑人女士進來，微笑著，她的頭髮燙直柔順，有著像媽媽一樣的短髮，不過她看起來沒那麼累，蘇菲亞心想。聯邦調查局探員跪下，摸了摸她的臉頰，輕輕地，專業地。神經學家證實，觸摸可以使兒童感到保護安撫。

探員遞給她一條毛巾。

「妳好，蘇菲亞，我是希瑟。希瑟·查普曼探員。快把身體擦乾，穿好衣服，我在外面等妳，可以嗎？妳知道媽媽去哪裡了嗎？」

「她和利亞姆去買菜。」

女人從浴室出來，播了通電話。

「蘇菲亞・克萊夫曼和我在一起。去找四月・克萊夫曼，應該是在附近的美斯超市，開黑色 Chevrolet Trax，你們有車牌。她和兒子在一起，利亞姆。」

小女孩穿好衣服。女人在樓梯轉角等她，向她伸出手。樓下，吵叫聲停了，她的爸爸已經離開了。

「來，蘇菲亞，我們去找妳媽媽，妳哥哥利亞姆，然後我們一起開車兜風。」

「我們之後會回家嗎？因為還要餵貝蒂吃飯。」

「貝蒂？」

「我的青蛙，女士。我們以為牠死了，結果牠只是乾掉了。就像蠑螈一樣。」

女人剛剛早已拿出手機，她又把手機收了起來。

「別擔心妳的青蛙。我們會照顧好牠。一切都會沒事的。叫我希瑟。好嗎，蘇菲亞？」

「好的，女士。」

喬安娜

二〇二一年六月二十五日，星期五

費城

「喬安娜。」肖恩·普萊爾說。「您的腦袋是一座哥德式教堂。」

喬安娜·瓦瑟曼對上肖恩·普萊爾的視線，掩飾著她的驚愕。真的嗎？教堂？哥德式？至少是華麗的哥德式，律師心想。但為什麼不是泰姬瑪哈陵、金字塔或拉斯維加斯的凱薩宮酒店呢？啞口無言了片刻，她終於知道該怎麼回答。

「嗯，比男人的腦袋好多了。」

「不好意思？」

「西蒙·德·波娃。她爸爸總是告訴她，她有個『男人的腦袋』。」

瓦爾迪奧的執行長會心地咯咯笑，就像他是西蒙、她的狗、她的爸爸最好的朋友似的。喬安娜暗自在內心竊笑。普萊爾對這個該死的西蒙是誰，最多有一個模糊的概念，但一位價值三百億美元的藥店巨頭老闆是無權表現半點破綻的。一座哥德式教堂……可憐吶。

喬安娜和一位年輕的助理律師一起到了瓦爾迪奧在費城的總部，那位律師負責攜帶文件。這間製藥公司是丹頓洛弗事務所七年的客戶了，負責大部分稅務與收購要約，她在事務所工作了三個月，普萊爾兩個月前開始直接和她對談。他們第一次見面，普萊爾就不知黃雀在後，用他熱愛的德州式緩慢語調微笑地問她：「告訴我，律師，您知道我是怎麼從丹頓洛弗那麼多白痴中選擇您的嗎？」

「讓我猜猜，普萊爾先生。也許是我在史丹佛以第一名的成績畢業，可能是我是年輕女性，當然，因為我是黑人。也是因為我贏了所有您在哈佛認識的老白人的官司。」

普萊爾大笑。

「沒錯，律師，也是因為您是唯一敢這樣回答的人。」

「我嘛，普萊爾先生，我會答應處理您的案件，只是因為您受得了我。」

普萊爾無法容忍自己不是最後發言的人，因此補充道：「別忘了我也是從卡內基美隆大學出來的。」

平分秋色。自從這場比賽開始，喬安娜．瓦瑟曼和肖恩．普萊爾就假裝是地球上最好的朋友。假裝彼此平等地說話。普萊爾視為一種榮耀，這是他的另一種重大時刻，應對社會與種族的多樣性。這位千萬富翁的繼承人感到自豪，甚至享受，懂得與一位休斯頓來的天才小黑鬼聊天而不表現出絲毫藐視。她是值得獲得「平權行動」獎學金的學生，水電工和裁縫的女兒——他已調查過背景。

他們交談時，儘管兩人有些許差異——三十三歲，二十億美元的股權和閃爍的陶瓷牙齒。兩人卻都濫用稱謂，為談話增添了一絲毒辣的虛偽。如果他們是拉丁人，他們就會用平語互相稱呼，不用敬語。普萊爾像個宣稱與園丁是朋友的資產階級，已被自己幻想出來的友愛說服。不過喬安娜沒那麼容易上當。她能從普萊爾的假笑中辨別，他如影隨形且難以描述的南方風格，這些象徵性的跡象和細微差別滲透著所有種族關係。她認得出這種下意識的姿態，能使一位妝髮考究的富有白人女士向她的黑人司機露出最燦爛的微笑，這令人負擔、充滿友愛的微笑，可以使她專橫地確信這個奴隸子孫天生就是低等的，這道惡毒的微笑，自從《亂世佳人》以來沒有絲毫變動，小時候的喬安娜，總是可以在裁縫師母親的白人客戶搽脂抹粉的臉上看到這道微笑。

有一天——那時二十世紀要結束了——讀中學的小喬安娜下課了，等著校車，一臺黑色耀眼的加長型禮車停在她面前，後座的車窗搖下，一位班上的女同學邀她上車，臉上帶著一道簡單快樂的笑容，訴說著她只是想要再與喬安娜多待幾分鐘。

「當然可以，喬安娜。上車吧，我們會帶妳繞一圈再讓妳下車，沒關係的。」朋友的媽媽誇張地說道。

「沒關係的。」喬安娜理解的是：感到不快的母親只能屈服於女兒的意志。小女孩接著上了這臺德國大轎車，與朋友坐在後座。駕駛座的女人想要表示禮貌，試著交談。

「喬安娜，妳以後要做什麼呢？不會是和媽媽一樣當裁縫吧？」

喬安娜沒有回答。一回到家，她就撲向媽媽的懷中，雙眼溼潤，緊緊抱著母親，然後拿出她的課本。就在剛剛，這傲慢的句子成就了這位最懂得感恩的女兒、全校最用功的女學生。

二十年後，喬安娜知道自己從哪裡來，也知道自己將會去哪。最重要的是，她知道在這個七氯的審判中，許多搬運工都是女性，幾乎都是有色人種。一位好鬥的黑人律師會改變情勢，壓制對手的氣勢。這也是普萊爾所指望的。喬安娜甚至猜想，他如此想要她成為他的律師，以致於要求丹頓洛弗錄用她，儘管她要求的工資非常駭人。她馬上被指派給一位客戶，就只有這一位：瓦爾迪奧。更妙的是，事務所非常罕見地將她晉升成了合夥人。

普萊爾的辦公室在一棟一九三〇年代的建築物頂樓，從室內大片的窗戶可看到德拉瓦河。在訪客面前，普萊爾像個滿意的屋主，大步走來走去，假裝沉浸在窗外的河景，像墨索里尼似地抬著頭，雙手交叉。事務所派來兩個律師，每分鐘以百元計算，因此每次，律師都授與他擺出看似冥想的姿勢好幾秒鐘。她曾經提醒過他這點。普萊爾則回想起一個非常憤世嫉俗的美麗句子：如果金錢沒有被高估，它的價值會更低……這不是他的句子，但普萊爾喜歡引經據典。在這個不適合文學氣息的管理者世界，他以文學當作強力的工具，一種象徵性的主宰。面對關於七氯的刑事審判威脅，這個未經測試就上市的殺蟲劑，當董事會開始焦慮，普萊爾便巧妙地使出那條預防原則：「親愛的同事們，我常想到拉爾夫・沃爾多・愛默生這首美麗的詩，結尾是這樣的：『不要沿著前人的路走，要到沒有路的地方，以自己的足跡闢出一條小徑。』沒錯，在養活人類這道無休止的課題，我們將會留下足跡。」

七氯……喬安娜會在這間辦公室，都是因為這種活性分子可以防止某些昆蟲產卵成蟲。瓦爾迪奧在兩千年初合成的，該專利已落入公共領域，其他公司也在生產。但很明顯的，它極度致癌，即使在低劑量下也是如此，還會干擾內分泌。如今，奧斯汀貝克公司發起集體訴訟，瓦爾迪奧恐怕得要支付數億美元。

「肖恩，如果您不介意的話，談談我們的案子。至今有六十五位患者指責瓦爾迪奧不謹慎，這可能會讓我們損失慘重。」

喬安娜很喜歡「不謹慎」這個詞，這個詞影射了對方沒有意圖。她也不討厭「我們」這個詞，這代表公司和客戶的利益如此密切。她接著說：「告訴我，肖恩，奧斯汀貝克有沒有可能提供證據，證明瓦爾迪奧知道這種分子的危險，並且隱瞞使用者？」

「我不覺得他們有辦法。」

「如果在法庭上被問了這種問題，絕對不要回答：『我不覺得他們有辦法。』就像我說的，這種措辭不好，如果是我就會反對。首先要一直堅稱這個分子是無害的。」

「它當然是無害的。我們當時的醫學測試，與奧斯汀貝克的獨立研究結果正好相反。」

「完美。但我還是得再次重申。這將是專家對上專家的鬥爭，肖恩。我們的問題，是您的前工程師，弗朗西斯·哥德根。他聲稱，瓦爾迪奧忽略了他證明七氯有害的分析。」

「我們對他的分析方法有所質疑，因此駁回了他的結論。此外，我們調查了他私底下的生活，發現他有撒謊的習慣，至少對他的妻子並不坦白。」

律師嘆了一口氣。以這種方法贏得訴訟，可能長期有損公司形象。但短期內輸掉官司也不是個好選擇。

「我不希望這樣詆毀他。瓦爾迪奧不會在這場官司中贏得聲譽。正義也不會。」

「您知道嗎，喬安娜，正義，就像母愛一樣，幾乎大家都會支持……因為我們談的是家庭，喬安娜，您的妹妹近來還好嗎？」

他心知肚明，律師也馬上明白。很顯然普萊爾調查過她的家庭，知道她的妹妹在二月被診斷出原發性硬化性膽管炎。他也知道，像愛倫這樣的年輕學生一定已經購買了一般的健康保險，然後才驚愕地意識到，她買的保險並沒有給付這種疾病。普萊爾認為喬安娜就是為了愛倫，才接受了丹頓洛弗薪水優渥的職位。如果不是那二十萬美元的肝移植手術，愛倫早就死了，從今以後，每年至少要付十萬元，就只是讓她繼續活著，十年，也可能十五年，一邊希望她虛弱的身體能抵抗膽管炎，希望堅持到有望治癒的那天出現。但普萊爾錯了。薪水當然是一個原因，可是喬安娜渴望的是這個最高的位置，在這金錢山頂，她可以遠眺復仇的面積。

執行長以一種深沉的聲音掩飾自己的內疚：「對她來說真的很不幸，相信我，我的心與您同在。」

「我……很感動。」

「如果您的妹妹有任何需要，喬安娜，我們會盡力協助。診所、藥物，或是新的治療方法。」

「謝謝，肖恩。目前，最要緊的只有肝移植手術。不過我會考慮您的建議。請讓我們回到七氯集體訴訟。我要請我的同事史賓塞律師為你們大致說明我們的防守計畫。」

年輕律師一結束他的報告，執行長就以下巴示意，表示他同意丹頓洛弗的計畫。他們彼此握手，表示會議結束。喬安娜要離開辦公室時，他則攔住了她。

「喬安娜，我要向您提供一個好機會。明天，星期六晚上來我們的多爾德俱樂部。您知道多爾德吧？」

喬安娜點點頭。她知道。一個很封閉的俱樂部，比它仿效的彼爾德伯格會議還要神祕。彼爾德伯格會議每年有約一百位商業和政界人士祕密登門造訪。多爾德則只有二十位製藥圈的知名老闆；過去五十年以來，沒有任何人知道聚會時間，也不知道聚會要談什麼。可能討論藥物的價格，「朋友之間」互相通融，或是決定一些長期計畫。這俱樂部給了陰謀論者許多樂趣。普萊爾接著又補充。

「我將把您介紹為我的私人顧問，對我來說，您確實是我的私人顧問。這次年度聚會將在美國召開，所以將會由我，一位美國人，有幸開場演講。您會對這次主題有興趣的，是『死亡的終結』。朱利葉斯．布勞恩，沒錯，二〇二〇年諾貝爾獎得主，將會介紹他在胚胎系統發育方面的研究，另外兩位講者的演說也會讓您驚嘆不已。請原諒我這麼晚才邀請您，您也知道我們這個產業有多麼疑心。聚會將辦在曼哈頓，在上東城薩里的梵谷沙龍。您可以在晚上八點左右抵達嗎？」

喬安娜正在思考如何回答。是的，這是我的榮幸，肖恩，不過您太晚告訴我了，我恐怕不能……她出於本能，把手以一種保護、原始的姿勢放到肚子上。普萊爾並不知道：喬安娜懷孕了。

確切是在七週前。與合夥人的會議中，大家狼吞虎嚥著生魚片時，她在丹頓洛弗的廁所驗孕。棒子顯現兩條紅線，喬安娜欣喜若狂。

喬安娜的情人是報社插圖家。去年十月底，一位新納粹主義領導人對他一幅他認為具有冒犯性的插畫提出了訴訟，她在法庭上代表報社並大獲全勝。「凱勒 vs. 瓦瑟曼」這個案子，甚至開創了法律上的先例：以文字、圖畫或其他方式表示白人至上主義者缺乏智商，並不是一種侮辱，而是一種觀點，甚至是一種診斷。輕而易舉。當晚，艾比・瓦瑟曼邀她到Tomba's吃飯，一間對她來說太昂貴的餐廳，在晚餐最後時刻，面對內心無可辯駁的肯定，他結結巴巴地問她對未來的打算。就算他內心這麼想，他也忍住了，沒有告訴她，他的誕生是為了愛慕以及追隨她。喬安娜也不會懷疑這點的。他送給她一支鋼筆。「給妳，喬安娜，這是一支威迪文鋼筆，念起來很像我的德文名字……我想要給妳冠上我的名字，不過妳知道，我也願意冠上妳的名字。」喬安娜拿起鋼筆，打開筆蓋，在布餐巾簡單地寫下了喬安娜・伍茲・瓦瑟曼，一邊忍住淚水。餐廳老闆最後允許他們帶這條餐巾回家。

他們馬上就想要生個小孩。兩人很頻繁、長時間地歡愛，在許多地方盡可能努力。醫生確信：喬安娜在三月初從歐洲飛回來後，在那次糟糕透頂的飛行途中，她決定，如果她能活下來就要盡快嫁給他，而在四月初結婚之前，他們的配子相遇且馬上決定融合。他們永遠不會感謝白人至上主義。不過，有著亞伯拉罕這個暱稱的猶太人艾比建議，如果是男孩，我們就叫他阿道夫。「當作是他的中間名。」喬安娜笑著妥協。一想到她妹妹正在慢慢死去，她立刻為自己如此快樂而內疚。但這幾公克的幸福在她身上滋長，侵入一切。

普萊爾再次邀請。

「喬安娜？要來多爾德俱樂部嗎？」

明晚？情況變得複雜，她原本想和父母一起慶祝懷孕滿三個月……但另一方面，與魔鬼共舞也不無樂趣。

律師還沒來得及決定，一臺黑色笨重的電話，一臺塑膠古董，在普萊爾的辦公桌上響起。他馬上接起，氣惱地說：「我說過不要打擾我……好吧……我會和她說。」

普萊爾轉向喬安娜，臉上帶著謎樣的笑容。

「這一定會嚇到您，喬安娜，有人在門外等您。兩位聯邦調查局探員。我還是等著您明天的到來，當然，要是他們肯放您走的話。」

米塞爾事件

四月二十二日，維克多．米塞爾從陽臺墜下的日子，是個星期四。

克萊蒙絲．巴勒梅在羅斯丹餐廳的午餐延後了，電腦發出收到米塞爾的電子郵件通知聲時，她正準備去旁邊的盧森堡公園逛逛。克萊蒙絲挺喜歡米塞爾的：他是位有才能的作家，他會讓人以為自己只是即興創作，但其實是深思熟慮的結果。他的書總是有架構，他的文字可以同時書面正式又流暢，寫的從來不會是同樣的東西。米塞爾為克萊蒙絲的工作增添了樂趣。榮耀的時刻遲遲沒有到來，不過可能有一天，大眾會……無人能免於成功。總之，米塞爾完全不在乎。《錯失的失敗》，他的最新一本小說出現在美第奇獎、龔固爾文學獎、勒諾多文學獎的初審，只為了十五天後消失在第二輪的名單中。她既生氣又感到抱歉，她打給他試著安撫，不過幾秒之後，反而是他鼓舞了她，接著又問她隔天是否有空，他有兩張奧德翁劇院的門票。所有事情對他來說都如同水從鴉羽上滑落。

憑著編輯的本能，克萊蒙絲將附檔傳到她的閱讀器。她馬上就對標題感到好奇，

《異常》，比他以前的任何標題都更苛刻、更銳利，信中沒有對這文檔有任何說明。打開檔案，她瞠目結舌。

克萊蒙絲能讀得很快，那是她的工作，一小時內她便讀完了。《異常》，與米塞爾寫過的任何東西都不同。這不是一本小說，不是一本自白，也不是一連串不相關的高明句子或才華洋溢的用語。這是一本古怪的書，節奏擾人，使人停不下來，她從中感覺得到所有影響了米塞爾的一切，從楊凱列維奇到卡繆、岡察洛夫等等。灰暗的文本，沒有距離，連嘲諷也似心如刀割：「天吶，從宗教精神中流露出愚蠢。任何定論都會傷害智力。為了使死亡成為災禍之一，信徒失去了理智。如果疑心曾使我成為人生課題的自學者，我將會更加享受每一刻。即使面對光彩耀眼的雲彩，我也從未被信仰的情緒所淹沒過。在溺水之際，我試著游泳，但我仍然不會懇求阿基米德。而在我沉沒的這一天，我的雙眼會在沒有任何定理的深淵中睜開。」

不安湧上。克萊蒙絲決定馬上打給米塞爾，先撥手機，然後是室話。警察接了電話。得知米塞爾做了什麼後，她震驚、悲痛不已。她回答警察的問題，感到一股悲傷以及黯然的怒火。她最後一次見到維克多是什麼時候呢？三月初，為了慶祝翻譯獎，他們一起去了力普啤酒館吃晚餐，他照常點了特魯瓦香腸，她點了巴黎的家常沙拉，兩人一起喝了皮克聖路葡萄酒，她卻完全沒有預料到即將發生的事，完全沒有，沒有從她朋友的口中辨別出任何跡象。鑑於這本書宣告的災難，她重讀了《異常》。她發現他的簽名是維Ø多．米塞爾，以代表不含任何元素的空集符號Ø取代克。悲愴的矯情。

克萊蒙絲聯絡所有她可以聯絡的人。米塞爾已無父無母，也無兄弟姊妹。確實有一位伊蓮娜．萊斯科娃，這位在法國國立東方語言文化學院教俄語的年輕女老師，和他一起經歷風風雨雨的一年後離開了他；她還是維克多曾經翻譯的尼古拉．列斯科夫的曾孫女。伊蓮娜帶著肅穆的口吻不斷地說「波久謀已！」[6]、「太可怕了！」、「這怎麼可能？」，然後急忙結束了通話。她想起剛剛在米塞爾筆下讀過的這句話：「無人能活得夠久來足以得知人們彼此之間漠不關心。」

編輯負責一切，打電話給朋友、葬禮，當然還有身後事，然後登記了《世界報》的訃聞。

橘樹出版

6【譯註】俄文的「我的天吶！」

克萊蒙絲·巴勒梅及所有同仁
在此悲痛地向各位宣布
作家、詩人、翻譯，以及我們的摯友
維克多·米塞爾長辭

她為《法新社》撰寫了一篇長篇新聞稿，回顧了他最負盛名的譯作以及受到好評的書籍。她補充，一份特別的手稿很快就會面世，米塞爾自殺之前已經完成最後的潤校。她從《異常》摘錄三個片段，不喝酒的她，啜飲著給自己倒的威士忌，這是從前米塞爾喜歡的單一麥芽蘇格蘭威士忌。

隔天早晨，在「祕密委員會」中；這是種自嘲，因為整間出版社的人都在裡面，甚至連兩位實習生都在。她堅定地念了文章開頭，獲得兩位總監的同意。行銷總監則堅持，要以不提及死訊的前提，用最快的速度出版：在這縱身一跳之後，書評和大眾一定會很喜歡這個故事。他腦中有個例子，十三年前的一齣事件，那位作家叫啥？我們可以修改書名，讓人能直接聯想到作者悲慘的結局嗎？總監詢問。不行，克萊蒙絲·巴勒梅生硬地回答。書腰呢，還是書衣？也不行。不然至少把維Ø多改成維克多，登記在厄勒克特拉書本資料庫時，用這種拼法更方便吧？不。

週末完成校稿，星期一排版，第一批印樣馬上送來，週末前就送印，米塞爾在拉雪茲神父公墓的火葬場火化的那天，印刷廠就上機印書了。他的骨灰都還沒散去，書就被送去給經銷商了。前所未有的紀錄。自從黛安娜王妃的傳記以來，出版界沒有這麼有效率過了。五月的第一個星期三，《異常》陳列在所有書店中。為了給它一個機會，巴勒梅決定印一萬本，只加上簡單的藍色貼紙，上面寫著：米塞爾。

成功來得很快。《解放報》藝文部如同承諾的刊出兩頁版面。此前一直沉默的《世界報圖書》以一則充滿讚揚的長篇訃聞來彌補，上面寫著「祝賀橘樹出版社出版了米塞爾的書」。《廣大書店》挖掘米塞爾出現其中的所有影片，再用這些畫面描繪此作家。法國文化廣播電臺製作了三集關於米塞爾的節目：米塞爾事件正式開跑。編輯緊急再刷《錯失的失敗》，甚至再刷了他五年前的《群山將來找我們》，這本小說的庫存曾差點面臨被銷毀的命運。

人們籌辦許多見面會，克萊蒙絲同意參加其中幾場。一些演員在書店朗讀書中片段。巴黎的詩歌之家舉辦了「米塞爾之夜」，現場座無虛席，一位被《異常》所深深撼動，有著優美深沉音色的著名演員花了四小時朗誦了整本書。伊蓮娜也在場，熱淚盈眶。在五月出版，並不利於參加秋季的重大文學獎，不過米塞爾——評審傳言——不可小覷。甚至聽說他會得到美第奇獎。

同年五月，人們建立了維Ø多．米塞爾之友協會，聚集著各界的朋友以及維Ø多．米塞爾的粉絲，很顯然地，他們並不是都認識他，有些人甚至沒讀過他的書。維Ø多．米塞爾從此有著過量的「摯友」，從某位聲音高亢，講究穿著，總是穿著黑色薄外套的T先生，到某位薩萊諾——西爾維奧，還是利維奧？——某位克萊蒙絲從未聽過的「老友」。很快地，這個協會改名為維米之友，然後是「異常者」。伊蓮娜是其中一員，透過改寫他們之間不光彩的愛情故事，萊斯科娃小姐漸漸地得到了悲愴性的地位，接著榮升為正式的寡婦。

克萊蒙絲隱隱覺得反感，她遠遠地看著這一切發生。五十歲才得到的成功，已經是上甜點後才補來的芥末醬。維克多死後才得來的名聲，使編輯難以忍受，比起他曾不公平地被忽視更令她痛苦。就像維克多寫過的：「所有的榮譽都只是騙局，也許只有賽跑除外。但我懷疑任何聲稱不屑於榮譽的人，其實都是不得不放棄而惱羞成怒。」

苗條男孩

二〇二一年六月二十五日，星期五
奈及利亞，拉各斯，艾可阿特蘭提克

去拿花色小蛋糕的路上，義大利駐拉各斯領事一路踉蹌。他在奈及利亞還是酒量方面都沒有任何成果。跌跌撞撞、搖搖晃晃，當香檳從他的酒杯灑出，弄髒艾可阿特蘭提克飯店不成比例的接待室，那異國風的鑲木地板時，他用沙啞和醉醺醺的聲音道歉。

達奇尼靠近自助吧旁的法國領事，就像是個尋找救生圈的遇難者。他覺得她檸檬色的裙子具有催眠效果，金色的螺旋狀，讓人想起烏布王的肚子。在奈及利亞派對上，自從五顏六色的達西基衣著[7]和傳統的阿格巴達[8]取代了凡賽斯女式套裝和亞曼尼菸裝後，人們必須用盡各種方法才能成為場上焦點。三位正與法國領事聊天的奈及利亞人，一發

7 【編註】Dashiki，西非一種鮮豔的服飾，經常可見刺繡與印花。
8 【編註】Agbada，西非約魯巴男子的傳統服飾。

現這位義大利人就馬上離開了，就像他有傳染病似的。檸檬色裙子的漩渦將領事的目光吸了進去，他隱約覺得噁心。

「Buona sera[9]，愛蓮。您的服裝很鹹……很玄學。抱歉，我其實只有喝兩杯酒而已。」

「您好，烏戈，我正想向您問好。我以為那件事之後，您會回義大利。我知道您的女兒和她母親一起回西恩納了。」

烏戈．達奇尼咧嘴假笑。不，愛蓮．夏希耶不會懂的，與吸食冰毒的誘拐犯談判換回他十四歲的女兒當天，她並不在場，她沒能想像蕾娜塔經歷過什麼，害怕著其中一個垃圾切掉女兒的手指、割掉女兒的耳朵，只為了能更快從他那裡收到七萬美金。他把錢託付給了「安全顧問」泰和，一個很可疑的傢伙，不過是埃尼石油勘探部副主任推薦的。兩年前，當副主任的兒子被綁架，泰和也居中協調，在阿帕帕靠近碼頭處與街頭混混交流，一座閃爍著「行中祈禱」霓虹燈的福音派教堂對面的一條小巷中，兩邊都布了有著揹帶的卡拉希尼柯夫自動步槍。當時只要五萬美金。現在什麼都漲了。

從駐阿布賈大使到領事館的電話接線員，每個人都告訴他：「領事先生，當您的女兒上國際高中時，一定要非常小心，這裡，人們窮困潦倒，所以綁架就像做生意一樣，甚至是更好的生意。」但是，如果他想在一兩年內去到雅典工作，拉各斯的職位就是必經之路。為了讓蕾娜塔認識非洲，瑪莉亞堅持要陪父親一起去。有一天，就只是那麼一天，他沒有勇氣禁止女兒在沒有武裝護衛的情況下，冒險離開家裡的警備區域。就只是那麼一天。

「她們回去義大利是好事。」法國領事哀嘆道。「我敢說，拉各斯愈來愈糟糕了。電力只持續三十分鐘就會突然停掉，一停連續好幾個小時。我不知道沒有冰箱，大家怎麼保存食物的。在領事館，一旦沒有發電機，我們就沒辦法工作，沒有蓄水池，就沒有水。一切都是這樣，烏戈。Tutto[10]。」

沒錯，一切如此。烏戈心知肚明。他對拉各斯的第一印象，是從機窗透過被汙染成棕色的雲，看到數平方公里的貧民窟，無秩序劃分，數以萬計生鏽的鐵皮屋頂，還有一條條塞得水泄不通的路，車龍被成千上萬的小公車渲染成黑黃相間的顏色，酷似科羅拉多金花蟲，人們曾想禁止這種危險的小公車，但沒能成功。每到夏天，一旦降下傾盆大雨，街道就成了瘟疫沼澤，大家會想到拉各斯在葡萄牙語中有「湖泊」之意。數十年來，這座城市自暴自棄、腐敗到連外國公共工程公司都拒絕與市政府簽訂任何合約。甚至連政

9【譯註】義大利文的「晚安」。
10【譯註】義大利文「全部、一切」的意思。

府都放棄了，五年來，沒有任何一位奈及利亞總統曾拜訪拉各斯。

烏戈每天聽聞各種悲劇。一位少女為了從唯一的水龍頭取飲用水，步行穿越快速道路，被車子撞到，又被十輛汽車輾過，車子連停都沒停。一位癲癇發作的男人倒在路邊——那是昨天，他的廚師納魯馬親眼看到的——路人把他留在地上，痙攣發抖，流著口水，他甚至可能已經死了。一位奧什地貧民窟的老先生為了搶救三件衣服，跑到推土機的履帶下，推土機甚至沒有停下過。

如果你覺得自己很強大，來拉各斯，你就知道了。

法國領事放下杯子，招呼一位身穿紫色達西基、身材高大、豐滿的年輕黑人女性，她走近並熱情地親吻對方。

「啊，愛蓮！我在找拉各斯時裝週的負責人，可是我不知道她在……」

「史瓦希拉，容我向您介紹烏戈·達奇尼，我的義大利同行。史瓦希拉·歐迪亞卡擔任我們在拉各斯的文化專員已有一年了。」

女人微笑並握了領事軟趴趴的手。房間的入口處，閃光燈劈里啪啦地響起，尖叫聲也跟著竄起。

「喔！是苗條男孩！」文化專員驚嘆道。「兩小時後，他會在維多利亞島舉辦演唱會。

愛蓮，您一定知道苗條男孩吧。」

愛蓮不知道。文化專員邊唱邊笑：「金錢不值得，不值得，不值得……不過，愛蓮，您沒在看YouTube嗎？他三、四個月前還只是地方上的名人，現在，很誇張，他的歌〈亞巴女孩〉只花了幾個禮拜就超過十億次觀看了，媒體都在報導。就像十年前那個韓國人，您知道吧？肯定的……苗條男孩？那你呢，領事先生？」

烏戈禮貌地回答：「很抱歉，歐迪亞卡女士，我也沒有聽過苗條男孩。我的話，我比較知道威爾第、普契尼，不然頂多就是帕羅·康堤。」

這一次，史瓦希拉假裝無知——是個小小的報復。

「〈亞巴女孩〉的節奏相當貼近嘻哈和R&B，嗯，其實更像是非洲流行樂。這首歌是為了他媽媽寫的，她在亞巴的時尚區有一間店。」

她做了個手勢。「跟我來。我們去他那邊，他要召開記者會。文化部幫忙舉辦過他三月在巴黎的一場音樂會。」

兩位領事跟隨文化專員，她興奮地穿過愈來愈密集的人群，走向音樂家和他的同伴，走向歌迷和狗仔隊的尖叫聲。

「苗條男孩！苗條男孩！看這裡！親一下索咪！」

非洲流行音樂天王聽從攝影師的要求，在閃光燈前跪下，把自己變得和矮小的未婚妻一樣高，並親吻這位年輕的女演員。就這樣，他們溫順配合地擺了很久的姿勢。幸福，也許就是如此。

費米·哈邁德·卡杜納，別名苗條男孩，一直沒有搞懂發生了什麼事。三個月前，只有小拉各斯的人知道他，也就是倫敦南邊的佩克漢，頂多就到休斯頓郊區的韋斯特查斯，就算他以自己的方式重新詮釋費拉·庫蒂的歌，不管是在巴黎還是接下來的紐約都沒什麼成功之處。

巴黎往紐約飛行的最後一小時，在他以為自己將要入土為安，接著大吐特吐之後，苗條男孩有了〈亞巴女孩〉的想法。

這首歌的歌詞會很簡單，來闡述他對童年鄰里以及如「縫衣針和剪刀」般女孩們的依戀。這首歌將吟唱小費米對從前在市場賣項鍊、每天祈禱，剛剛去世的母親的感激之情。這會是一首溫柔、出眾、優美的歌。

返回拉各斯的班機上，他決定不要在這次的音樂錄影帶中炫耀大臺的摩托車和摩托艇，不會有半裸美女在沙灘上跳舞、與他在奢侈的別墅床上扭來扭去，他不會戴金項鍊，也不會邊笑邊數鈔票。不。每個人都在做這些事，他想做些別的。所以我們要展現平凡人的尊嚴，疲憊的工人、店舖老闆、裁縫、正在工作的熨燙工，他們在四十五度氣溫下的陰涼處嘻笑跳舞，只以蠟染荷蘭布條當作點綴。而他，苗條男孩，會在骯髒的街道上穿著全白服裝，用英文和約魯巴文唱歌，尊敬、謙虛地向他們一位一位問候，甚至展現他在快樂童年時會做的屈膝禮。而他，苗條男孩，他會打破非洲饒舌氛圍音樂的規則，他將不使用調整人聲的音樂軟體、殘響、延遲及其他老掉牙的效果。至於旋律，一個薩克斯風將會以復調加入，使歌曲聽來協調平衡。苗條男孩甚至已經找到了音樂家，一位瘦骨嶙峋、幾乎沒有頭髮的白人老頭，他是魁北克的演奏大師，有時與加拿大饒舌歌手德瑞克一起出演，他將是新舊世界交替的象徵。

兩天之內，他們在亞巴街頭拍攝完成影片，立即發布到網路上，歌曲傳遍了世界。〈亞巴女孩〉已有四種混音版本，其中一版是法蘭克斯製作的。苗條男孩成為科切拉音樂節的驚喜嘉賓。他與碧昂絲一起演唱，和阿姆二重唱。他獲邀上歐普拉脫口秀。沒錯，幸福也許就是如此。

五月，他在英國巡迴演出。結束後，他還是買了一輛黃色藍寶堅尼、一間在艾可阿特蘭提克大樓頂樓的超大公寓，這間公寓還沒開始建造。牛牽到北京還是牛。總之，奈及利亞青年想要的就是這些，想要有個夢想，他們想要在跑車裡喝香檳，想要參觀眺望海景的空中別墅，想要人們告訴他們，儘管他們每天早上都在破爛的鐵皮屋中醒來，置身廢棄輪胎堆和死老鼠中，財富和榮譽就在轉角處。好吧，只有百萬分之一的機會，但他們才不管，因為得到這些的一定會是他們。

兩位領事和文化專員設法接近苗條男孩。他們聽不太清楚問題，不過麥克風前的歌手似乎在思考和回答：「我期望，艾可阿特蘭提克成為拉各斯和奈及利亞的大好機會。我也希望所有附近的居民，都能從非洲這座城市中最雄心勃勃的建設中受益。」

法國領事搖搖頭，嘆了口氣。這種荒謬的下滲經濟學理論還要持續很久。她轉向達奇尼。

「正好，烏戈，您對舉辦一個接著一個的新大樓開幕式，並用花色小蛋糕果腹，這種可怕的事有什麼看法呢？」

義大利領事撇了嘴。沒錯，艾可阿特蘭提克，這座被征服的人造島嶼非常可憎。這島現在還是一大片荒地，不過二十萬名拉各斯的超級富翁將逃離到這些閃耀的摩天大樓，被布滿武裝警衛的橋梁保護著，遠離大城市的危險。在這座碉堡中，他們將會有自己的發電廠、汙水處理廠、餐廳、豪華飯店、游泳池、停他們遊艇的碼頭……

「非洲的杜拜，就像他們說的。」愛蓮繼續說。「考量海面可能上升，他們甚至加高了好幾公尺。在這些豪華建築物的頂端，我們將看到拉各斯及其四千萬居民溺水身亡，從庫拉末海灘到馬可可貧民窟，這座露天的汙水道……抱歉，烏戈，我覺得這真的很可惡。您知道最糟的情況是什麼嗎？這將是不久的將來。有人丟了一塊海綿，而人人都想要抓住，最終，沒人會得救。遠離文明的不是拉各斯，而是我們，我們所有人，無論在何處，都在接近拉各斯的狀態。」

「您說得太誇張了，愛蓮。」

「我也真的希望是我太誇大，烏戈。」

記者會現場，空氣突然安靜。一位記者問了苗條男孩一個問題。

「埃茲．歐涅迪卡，《Punch》雜誌。苗條男孩，聽說您要和費克醫生（Doctor Fake）合唱一首新歌？這是一首挺同性戀的歌嗎？您是同性戀嗎？」

一片如磚頭堅固的寂靜落下。如果整個非洲都是同性戀的地獄，那麼奈及利亞就處在第九圈[11]。有著可以處以十四年徒刑的法律威脅著他們，有著追捕、勒索他們的警察，有著排斥、討厭、憎惡他們的全體人民，這些人民腦中充斥著被南部的主教及福音教派

11【編註】但丁的《神曲》之中，地獄共有九圈。

神父所灌輸的恨意及謠言，而北部則有著實行伊斯蘭教法的穆斯林。沒有任何一天，沒有年輕人被刺殺、處死，沒有任何一天，沒有一位歌手、演員、運動員，聲音中充滿恐懼，不得不捍衛自己不是同性戀的事實。所以，沒錯，三個月前，非常文雅的費克醫生，即使沒敢直接展現出對男人的喜好，卻透過含糊不清歌詞的熱門歌曲打破了禁忌，〈做自己〉。

「很多問題呢。」苗條男孩回道。「沒錯，我要和費克醫生合唱一首歌，歌名是〈真男人說真話〉，但不代表這是首『挺同性戀』的歌。當我唱〈我的奈萊塢女孩〉，這是一首關於愛情的歌，不是一首『挺異性戀』的歌。你明白這個差別嗎？此外，我還有個獨家新聞要告訴你們，幾分鐘前我剛剛得知，我很快就要在倫敦和艾爾頓．強一起錄音了。他的飛機後天會來接我。」

記者堅持不放棄。

「你是同性戀嗎，苗條男孩？」

「你喜歡約會嗎？」

記者們大笑。苗條男孩重拾辯論：「你為什麼不問索咪一樣的問題呢？」

年輕女孩被迫微笑，然後馬上貪婪又頑皮地對著苗條男孩的嘴親了下去。在記者們的掌聲下，親吻沒有持續很久。苗條男孩瀟灑地抽身並說：「不過當我讀到，某個城鎮的人用亂石砸死兩個十六歲的孩子，只因為某個傳道者在布道時揭發他倆親吻，我便很確定我們國家需要一些改變。索咪和我都同意這點。我們不能強迫任何人成為別的樣子。我們需要寬容、需要愛。當我們傷害別人，要如何相信自己會變得幸福呢？」

一陣喧譁聲，更多其他的問題。苗條男孩轉向他不安的經紀人，他便提前結束了這場記者會。不過，如果苗條男孩真的照著自己的意願，他會訴說湯姆的命運，他十五歲時的第一位愛人。湯姆在他面前活活地被激憤的民眾燒死，他自己則害怕、驚恐地連夜赤腳逃跑，滿臉鮮血。他的逃亡路上，緊接著將面對伊巴丹帶著敵意的民眾、從此變得如此危險和短暫的幽會、同性戀者在奈及利亞以及非洲其他地區所遭遇的不幸，這些人最終還是只能逃跑，永遠地流亡國外，到那些冷颼颼的白人國家，在那裡，他們至少還有呼吸的權利。他與費克醫生要一起唱〈真男人說真話〉，多諷刺呀，充滿著多少謊言，甚至是多大背叛啊！苗條男孩很清楚，要繼續在拉各斯生活，他必須為自己創造另一個身分，直到與奈萊塢[12]的後起之秀索咪達成協議，迷人的索咪，當然，就像他一樣，她

12【編註】Nollywood，奈及利亞與「好萊塢」結合的詞彙。

更愛的是女人。

突然，愛蓮注意到一個穿著深色西裝的高大黑人。他隱密地待在角落觀察年輕歌手。她轉向義大利領事並以下巴示意。

「烏戈？那一直用手機拍照的傢伙，您有看到嗎？我向您介紹，他是英國商務專員。約翰·格雷。我賭那不是真名，不過，我很確定他幫英國情報局工作。而且他不是一個人。還有兩個領事館的保安人員，以及半打我從沒見過的奇怪傢伙。我敢確定，他們是英國祕密情報員。」

「所以，您監視他們，愛蓮。您也是法國情報局的？」

「才不是，烏戈，當然不是。證據就是：如果我是的話，您可以想像我會和您說不是。」

「當然，愛蓮。是說，您知道美國間諜在蘇聯執行任務的故事嗎——喔，說這故事讓我們好像老人——誰想透露自己的年紀？總之，他去了盧比揚卡。」

「盧什麼？」

「盧比揚卡……蘇聯國家安全委員會在莫斯科的總部……總之，他說：『我是間諜，我要投降。』『您為誰工作』在櫃檯的傢伙問道。『美國。』『很好，請去二號辦公室。』

美國間諜去了二號辦公室，然後說：『我是美國間諜，我要投降。』『您身上有武器嗎？』『有，我有武器。』『請去三號辦公室。』他到了三號辦公室，說：『我是美國間諜，我身上有武器，我要投降。』『您正在執行任務嗎？』『沒錯。』美國探員開始感到惱火。『好吧，四號辦公室。』他去了四號辦公室，然後說：『我是美國間諜，我身上有武器，我正在執行任務，我要投降！』『您真的在任務中？』『真的。』『那就去執行您那該死的任務！不要煩這些正在工作的人！』」

烏戈講完笑話，自己微微一笑。

「您的笑話很棒。」愛蓮承認，雖然她早就聽過了，因為大家在「游泳池」——也就是法國對外情報和反間諜局的總部，也說過這個笑話。她被任命為駐拉各斯領事之前，曾是國安部門在肯亞和南非的眼線。

間諜們一動也不動，緊盯著苗條男孩。

「看不出來他們在這裡有什麼搞頭，而且什麼時候開始，情報機構對非洲流行音樂還有R&B感興趣了。」

阿德里安與梅蕾蒂思

二〇二一年六月二十四日，星期四
紐澤西，普林斯頓大學，數學系大樓

普林斯頓大學數學系，一棟優雅、現代主義風格（如今看來已退流行）的紅磚玻璃建築前，學生們擺放工作桌，架起白色尖頭帳篷，點燃烤肉架的火。他們以許多香腸慶祝菲爾茲獎。機率學家阿德里安·米勒知道自己正帶著時不時僵掉的微笑或愚蠢的多愁善感，看著同事梅蕾蒂思·哈伯。阿德里安第一次見到梅蕾蒂思時，他覺得她真的很醜。不過這樣的印象轉瞬即逝，所有最優秀的作家都可以向他證實這一點。這位英國拓撲學家到這裡有兩個月了；從此，那雙太細的腿、太整齊的棕髮、太細長的鼻子、太黝黑的雙眼，以及總是很冷淡的梅蕾蒂思不可理喻地吸引著他。

為了鼓起勇氣向她搭話，阿德里安喝了一瓶啤酒，接著又一瓶。還清醒時，他就可以隱約產生幻覺——梅蕾蒂思某天不帶惡意地告訴他，他是「比較難看和有點禿頭版的雷恩・葛斯林」——現在，他只像是一個喝醉的傢伙。他估計自己有百分之二十七的成功機會，如果身上沒那麼多酒臭味，應該可以提升到百分之四十。不過另一方面，酒醉可以減輕約百分之六十被拒絕的痛苦。機率學家得出的結論就是，如果失敗的機率這麼高，還不如喝醉。

阿德里安人生中多數的時間都花在了機率學，偶爾聽聽巴哈和海灘男孩。他沒有成家，沒有給任何孩子冠上自己的姓，除非我們將一個未知的定理當作是他的後代。在梅蕾蒂思之前，他已經很久沒感受到愛情了，而目前，他甚至有點誇張地認為：他從來沒有體會過愛情。她獨自在一棵大相思樹下，身著黑色棉質長裙，模樣優雅。他努力筆直地朝她走去。

「我喝了酒。」他一下子就開口。

「看得出來。」梅蕾蒂思回應道。她發現他的步伐確實很不穩。

「而且我全身散發啤酒臭味，抱歉。」

「我自己也不好意思說什麼，阿德里安，因為我也是。」

她秀出手中的空瓶，身體向前傾，隱隱約約擺出一個動人的姿勢，然後往他的鼻子吹出溫暖、帶有啤酒花香味的氣息。

「你聞，阿德里安，這是氣憤和厭倦的香氣。」

梅蕾蒂思在普林斯頓感到無聊。這位倫敦人不喜歡這座地方小鎮，這裡的日本餐廳——大家說開到「很晚」的那間——從九點半就開始閃燈示意即將關門。這校園想要以堡塔和十九世紀的中世紀風鐘樓模仿霍格華茲，她無法習慣這些自以為是直接從愛神邱比特雙腿中蹦出來的學生，以父母支付了每年六萬美金學費為藉口，不斷寄電子郵件問她一些格羅莫夫非模壓定理的瑣碎問題，那些他們要求立即得到答案的問題，見鬼，他們只需要查閱維基百科上寫得很好的條目。她討厭以鼻孔看她的老師，聖安德魯斯——她的母校——和普林斯頓當然沒得比，因為他們在普林斯頓，QED[13]。阿德里安不一樣，而且如果他沒有那麼笨手笨腳，他在很久之前就會知道她滿喜歡他的。對一位機率學家來說，他是夢想家。他有一對數論家會有的綠色眼眸，儘管他有著和賽局理論家一樣的長髮、戴著邏輯學家的托洛斯基式金屬框小眼鏡、穿著代數家的破舊T恤（那件衣服特別寬鬆和荒謬）。她認為他很出色。如果他很糟糕，他早就投身金融產業了。出色，但是害羞，而當他嘟囔著「梅蕾蒂思，我想要問您……嗯……您是不是在研究……局部對稱空間還有……」，她打斷了他。

「不是，阿德里安，一點也不是。現在，我在認真研究如何將自己灌醉。我是很高興看到谷崎和史丹佛的沙豬布倫納，以他們拓撲代數幾何的接觸面問題得到了菲爾茲獎。在這個領域，我與他們共同著作了幾乎所有的文章，而且幾乎都是我寫的。此外，我住在特倫頓一間破屋中，一天是冷水，另一天則只有溫水。我的油電混合豐田汽車六天前壞了，應該是電池問題。我和我人生的摯愛分手了，至少我曾這樣認為。一年了，這樣看來，讓我算算，我四個月沒做愛了。現在是六月底吧？不對，六個月了。六個月……而且這還不算什麼。您呢，阿德里安，一切都還好嗎？房子，車子，性生活？」

對話才剛開始，阿德里安就處於混亂之中。他試著清楚地擠出幾個字：「嗯……我的車子沒壞。我家裡有熱水。我……」

「那麼，為何您看起來總像是溺在水盆裡的可憐卡可犬？我想，我要喝完這瓶啤酒，然後再喝一瓶。」

「如果您想要更快昏迷，梅蕾蒂思，圖靈房的櫃子有一瓶龍舌蘭，就放在白板筆後面。」

「真是完美的主意。」

13【譯註】拉丁文片語，代表「證明完畢」（Quod Erat Demonstrandum）。

梅蕾蒂思放下酒瓶，踉蹌地穿過草坪來到大廳門前，她笨拙地推開了門。阿德里安有點擔心地跟著她，同時試著不要在她沿著樓梯往上跑時——至少不要一直死盯著——看著她的屁股。她停在房間的門前，背靠著牆。

「我是英國人，阿德里安，我事先警告您，如果您要侵犯我，我不會反抗，而且會一邊想著女王。」

「您喝太多了，梅蕾蒂思。」

「而您，喝得不夠多。」

梅蕾蒂思轉動門把，左右搖晃地進門，差點摔倒，接著跌坐在椅子上，頭暈目眩。她看了看周圍。

「您說的龍舌蘭在哪裡？」

「我不確定這樣做明不明智……」

「來我旁邊坐下。喔，不要和我談隨機函數，我才不在乎，來這裡。」

阿德里安聽了她的話，看著她，無法反駁。

「喔，該死，親我，阿德里安。您想親我想到瘋了，現在，馬上，我不在乎您笨手笨腳地親我。」

「我……梅蕾蒂思，我向您保證……雖然我很喜歡您，可是我……」

「好，好吧，這不是很浪漫。可是什麼？我們以後再和我們的孩子一起嘲笑這個故事。親我，不然我就要哭了。或是尖叫。哈！救命啊！」

「梅蕾蒂思，拜託。」阿德里安緊張地說。「不要開這種玩笑。」

「啊哈！我有您的把柄了。沒有啦，開玩笑的。為什麼當女人主動，你們男人就手足無措？」

梅蕾蒂思突然將他拉向她，她親了他。他的嘴唇嘗起來有草莓味，她閉上眼。他倆就這樣互相貼著很長一段時間，也沒有真正熱吻起來，直到阿德里安的外套口袋突然傳來震動並響起。他從和他一樣茫然的梅蕾蒂思身邊移開，拿出他的灰色金屬手機，表情訝異。

「是您的妻子嗎？」梅蕾蒂思立刻問道——在這種情況下她完全不在意後果。

「我還沒有結婚。」

響了三聲，鈴聲突然安靜停了五秒，接著重新震動響起。來電者這次只響了一聲就掛斷。阿德里安無法將目光遠離手機。現在，認真？

「如果不是您的妻子，就是位鍥而不捨的人。」

「他媽的，他媽的。抱歉，我一定得要……梅蕾蒂思，我必須……」

他急著出去，在走廊上奔跑，十秒後電話又響了。三聲，一聲，三聲，這是先前約好的密碼。他接起電話。一個男人，堅定沒有起伏，軍人般的聲音。

「阿德里安·米勒教授嗎？」

「嗯……是的。」他遲疑地回答。

「托托，我有種預感……」

電話另外一頭的人靜待，又靜待，然後阿德里安以一個惶恐的聲音回覆：「我們已經不在堪薩斯州了。」

托托，我有種預感……我們已經不在堪薩斯州了。莫名其妙。阿德里安只能怪自己，怪二十年前有著小學生般幽默的自己，選了這個從《綠野仙蹤》節錄的句子，從沒想過有一天，他必須為了確認自己的身分而念完。二十年來，他持有這支經常升級的手機，光是持有，他每月便可賺進一千美元，但必須無時無刻開機，機不離身，這都是為了阿德里安能夠在任何狀況下——所有狀況下，就像現在——即時回覆。在此之前，這支電話從未響起。

「阿德里安，就算是您的妻子也沒關係，回來親我！」梅蕾蒂思嚷著。

「請準備好，米勒教授。」電話那頭的聲音繼續說著。「一分鐘後將有一輛警車停到數學系大樓前，您將會被載往聯絡窗口。」

「數學系大樓前？您知道我在哪裡？」

「當然，米勒教授。您所在地點的三百公尺內都已被定位。當您上路，我們將再次打給您，將您轉到營運中心。」

「阿德里安？」圖靈房內的梅蕾蒂思吼叫著。「您這個混蛋，阿德里安，您這個大混蛋。」

阿德里安往門外跑。梅蕾蒂思一動也不動，僵坐在椅子上，頭髮亂七八糟，看起來非常生氣。

「我很抱歉，梅蕾蒂思。這是很重要的事，我……我晚點再和您解釋。」

阿德里安大步下樓。梅蕾蒂思喊叫著一個關於血跡斑斑的機率學家和他將下地獄之類的句子時，他人已經在大廳了。

✦

要知道為什麼阿德里安．米勒要在二〇二一年六月二十四日，用這支匿名的灰色防彈手機接電話，我們必須回到二〇〇一年九月十日，那時，他是羅伯．波奇教授機率學團隊中最年輕的博士後研究員，他在麻省理工慶祝他的二十歲生日。翌日，新聞將會報導：日本出現一例狂牛症案例；兩位突尼西亞的蓋達組織成員發動自殺恐怖攻擊後，發出反馬蘇德的政治宣言；麥可．喬丹宣布回到華盛頓巫師隊。最重要的是，這是班．史林尼第一天上班，他剛得到美國聯邦航空總署營運經理的職位。咖啡和甜甜圈歡迎會後兩小時，他將停飛四千兩百架飛機，這是一個前所未見的決定。總是會有這種日子。

九月十一日，八點十四分，一位波士頓的交通管制員正為了美國航空十一號班機（AA11）的通訊失聯而擔心。六分鐘後，一位空服員呼叫她唯一可以呼叫的號碼——美航緊急專線。她通知飛機被狹持了，機艙內有一些人遭到殺害。她的身分經過確認後，八點二十五分，一位監察員警告了航空交通管制局。班．史林尼及交通管制員根據雷達回波發現，AA11正往南飛向紐約。按照規定，被劫機時必須——此刻先不談得由機長通知的規範。現在，被刺傷的飛行員要在對講機輸入七五〇〇——通知民航總部。在總部，一位「特殊劫機」協調員應該通知五角大廈，五角大廈接著通知國防部，國防部應向部長示警，部長的指令則要遵循這套流程再跑一遍。然後，終於，國家軍事指揮中心的負責人才可以出動戰機以攔截飛機。自從冷戰結束以來，待機的空軍基地從二十六座降到七座，東岸僅有兩座，一座在波士頓附近的奧德斯，另一座在蘭利，中央情報局總部所在地，靠近華盛頓。

這些程序相當耗時，因此，二〇〇一年九月十一日，波士頓主管親自緊急呼叫了奧德斯軍事基地。由於這不屬於他的職責，奧德斯堅持要他聯絡東北地區位於紐約州羅馬的軍事指揮部。他打去那裡，又被指出沒有遵守程序。儘管如此，被說服的羅伯·馬爾上校還是請求了奧德斯基地準備出動戰機，雖然尚未取得國防部授意。

早在九一一襲擊事件委員會提出正式結論之前，五角大廈就已經知道，那天，決策鏈的一切都出了問題。他們創建了一個不公開的工作小組，負責提出應對各種緊急狀況的流程。這個小組將制定SOP的工作分包給麻省理工應用數學系。阿德里安·米勒的名字就在那裡。

麻省理工應數系的主任——波奇，在他的團隊中，阿德里安是位非常年輕的機率學家。二十歲時，阿德里安才剛剛通過關於馬可夫鏈、開恩特羅符號等等的論文口試。簡單來說，他對等候理論感興趣。他尤其喜歡利特爾法則，這是指在一個穩定的系統中，平均單位數等於他們的平均到達率乘以在系統中等待的時間。不過我們跳過這段。

實驗室裡每個人都很忙，與國防部的合約也讓波奇很厭煩，因此，當作戲弄新人，這個建立應對緊急狀況的模型，以及想辦法如何減去更多步驟、能更省時的任務就交付給了阿德里安。阿德里安請求王蒂娜的幫助，協助他不太在行的圖論部分。她是波奇的博士生，非常聰明。他們工作到很晚，隨便填飽肚子，睡得很少，講所有他們能講的國防部壞話，當他們感到無力時，兩人就在半夜開著阿德里安的舊本田汽車去波士頓好彩保齡球館，那裡從不打烊。一晚，在一段關於遍歷假設和平穩分布的爭吵後，他們共度了一段性感而不色情的時間。總之，是一個美好的回憶。

最重要的是，阿德里安和蒂娜統計了所有可能影響航空的變數，他們分配了統計值，列出所有可以造成災難的因素——甚至只是稍微擾亂一下交通狀況——遠遠超出五角大廈的預期。他們的模型周全地考慮到一切：事件鏈、溝通方式、語言誤解、單位差異——英尺、公尺？——飛行員失誤、機械故障、技術問題、天氣、破壞、劫機、駭客攻擊、判斷錯誤、缺乏維護，以及其他許多因素……兩位研究員列出三十七項標準程序，每種都有七到二十條可能的發展路線，也就是大約五百個基本情況和對應的解決方法。二〇〇一年十二月，理查·瑞德藏著炸藥的鞋底成功通過安檢時，這是程序12A的範圍；在伯明罕馬拉加事故中，駕駛艙的擋風玻璃破裂，這是程序7K其中一個例子；

雪落下，空中巴士在哈利法克斯著陸時脫離跑道，這是4F；冰島火山爆發導致機場關閉，13E；一位憂鬱的德國之翼航空飛行員將飛機往山上撞去，25D。

五個月的工作之後，兩人在約一千五百頁的祕密國防備忘錄記下他們的建言，樸素地題名為《民用航空交通：危機診斷、決策鏈優化及對策／安全程序》。儘管他們倆加起來只有四十一歲（又或是就是因為這樣），他們共同簽署了「王蒂娜、阿德里安‧米勒及其他，麻省理工應用數學系、圖論系、機率系」。「其他」是他們實驗室裡倉鼠的名字。真的存在的孩子。

沒有什麼能逃離他們的掌心。如果五角大廈請他們以擲硬幣的方式列出可能的答案，他們會有三個答案：正面、反面，以及硬幣垂直立著的罕見情況。不過在二〇〇二年四月，報告交出的兩天後，國防部退回了報告，並以紅筆標註一個問題：「如果我們面臨一個不符合任何研究情況的案件該怎麼辦？」

如果擲硬幣後，它懸在空中呢？蒂娜翻了個白眼。

他們用五天為最後「不符合任何研究情況的案件」添加最終程序。雖然在其他程序，蒂娜和阿德里安都建議一位民事或是軍事負責人來管理，蒂娜最後卻決定，「由於事件的不合理性構成此程序」，這程序的負責人應將託付給一對科學家。她加上了自己和阿德里安·米勒的名字。她建議，配給他們為了這個程序專用的匿名手機，他們必須無時無刻帶著，不得關機。由於阿德里安·米勒熱愛道格拉斯·亞當斯的《銀河便車指南》以及其「生命、宇宙以及任何事情的終極答案」，這是有史以來第二大的電腦「非常仔細地推敲過後」，經過七百五十萬年的思考而得到的答案：「四十二」，所以他命名為程序四十二。

為了看起來正經一點，或著是為了好玩，又或著是試著正經讓他覺得很好玩，阿德里安加了一段初始化代碼短語序列：

1. 操作人員：托托，我有種預感……

2. 負責人：……我們已經不在堪薩斯州了。

阿德里安從實驗室出來時，一輛警車已在烤肉架前等著他了，香腸快樂地滋滋作響。警員像是對著一位上將般向他敬禮，同事都看向阿德里安。他笨拙地向警察行了一個差不多的禮，然後爬到車子後座，頭沒有撞到頂部。車子發動，警笛響起，燈光閃爍。阿德里安與梅蕾蒂思的性愛遠去，駛向未知。

某人，在銀河系的某處，擲了一枚硬幣，它真的懸在了空中。

玩笑

美國東海岸，公海

N 41° 25’ 27” W 65° 49’ 23”

馬寇確認麥克風，但什麼反應都沒有。甘迺迪切斷了通話。通訊中響起一陣喀喀聲後安靜了一段時間，接著出現另一個更低沉的聲音。

「法國航空〇〇六 Mayday，我是路德．戴維斯，聯邦航空總署特種作戰指揮官。可以請您再次確認您的身分嗎？請輸入對講機代號一二三四。」

馬寇哀嘆了一聲。同時，吉德輸入指定的代號。與聯邦航空總署特種作戰指揮官說話，可不是每天都會遇到的……又一次斷線，然後聲音又回來了。

「謝謝，這裡是路德．戴維斯，聯邦航空總署特種作戰指揮官，可以告訴我您的出生日期和地點嗎，馬寇機長？」

馬寇嘆了口氣並遵從：「一九七三年一月十二日，伊利諾州，皮奧里亞。」

「可以告訴我所有機組人員的姓名嗎？」

「甘迺迪，我不知道您清不清楚，我正在試著安置一架損壞的七八七……」

又一陣寂靜，斷線，然後一個女性的聲音。

「法國航空〇〇六嗎？凱瑟琳·布盧姆菲爾德，北美防空司令部。聽得到我說話嗎？」

北美防空司令部。認真嗎？馬寇皺了眉。

「這裡是法國航空〇〇六。北美防空司令部，請問你們需要什麼？」

「由於安全問題，您必須關掉飛機上的無線網路。」

馬寇沒有反駁，他照做。同樣的聲音繼續說：「謝謝。現在，請要求乘客關閉手機及所有電子設備。」

「我早就要求過了，北美防空司令部，我們遭遇了亂流，而且我們還……」

「很好。法弗羅副駕駛。接下來幾分鐘，您和機組人員要搜集全部的設備，我說得很清楚，是全部可以和外界溝通的設備：平板、電話、醫療呼叫器、遊戲機、電腦等等。不要忘了擴增實境眼鏡還有智慧手錶。不允許任何例外。馬寇機長，我們現在面臨一個外部駭客針對導航系統的嚴重攻擊，電子設備可能會被當作中繼器……如果您覺得需要告訴乘客這些資訊，以便尋求他們協助，您可以這麼做。」

「可是這會引起不安。」

「那就算了。告訴他們，這些設備會在抵達紐約後一個小時交還給他們。法弗羅副機長，如果有人不配合，請堅持說這是為了機上安全，設備可能會干擾儀器。您有權沒收全部的電子設備。我們正在遵循一道很特殊的程序。」

「可是……所有的設備……我們要收在哪裡？」吉德擔心了起來。「手機都長得差不多，我們要怎麼分辨？」

「使用嘔吐袋，用奇異筆寫上座位號碼。你們自己想辦法。請向乘客保證他們在降落後就可以拿回了。」

副駕駛咕噜著一個不清不楚的「好」。他起身離開，向機組人員傳達指示，而馬寇則一字不漏地在麥克風前解釋指令。駕駛艙內，副駕駛預計會出現一波抗議，然而不知道是亂流帶來的恐懼還沒散去，還是駭客攻擊的消息，又或是機長聲音中的權威，大多數乘客都好好地遵從了指示。少數的反抗者甚至被鄰座的乘客強迫服從。這行動也許遇到一些困難，但全程出乎意料地只花了幾分鐘。得知電子設備都收進駕駛艙的資訊後，北美防空司令部軍官接著說：「該措施也涉及機組人員。你們也是。你們的手機和電腦。馬寇機長，您在這架飛機上有很大的權力。您被命令……」

「我是機長，防空司令部女士！」馬寇氣憤地說。「在這架飛機上我當然有很大的權力，但是您……」

「馬寇機長，這關乎國家安全。我們將執行程序四十二。」

馬寇呆若木雞。他從沒聽過什麼程序四十二。

「法國航空〇〇六，你們的新目的地是紐澤西，麥奎爾空軍基地。我再重複一遍，紐澤西麥奎爾空軍基地。」

麥奎爾基地……一九三七年，就是在那裡，德國興登堡號飛船懸掛在裝載的桅杆上，起火焚毀。馬寇慢慢地將飛機轉向東南方，順從地在駕駛艙廣播：「抱歉，大夥們，由於飛機嚴重損壞，我們將改道飛往紐澤西。」這次，很多人開始抗議，有些人發出噓聲，尤其現在日落時分，從飛機上可清楚看見曼哈頓閃耀的摩天大樓，這些大樓彷彿嘲笑著他們。馬寇可以向乘客講述興登堡空難的故事，試著逗他們笑，但他的直覺告訴他，現在不是時候。

紐約返回對講機：「又是甘迺迪機場。馬寇機長，我將您轉接到五角大廈的國家軍事指揮中心。」

馬寇連反駁的時間都沒有。這次是另一個男聲，帶有鼻音、拖長音，非常美國北部慣有的口音，非常像是新罕布夏人。

「馬寇機長。這裡是派翠克．西爾維亞將軍，國家軍事指揮中心。我在國防部長授意下向您談話。兩架海軍戰機將在三分鐘內加入您的行列。他們剛從哈瑞．S．杜魯門號航空母艦那裡起飛，將護送你們到美國領海。如果試圖逃逸或是反抗他們的指令，他們將接到擊落飛機的命令。」

這次真的太誇張了。馬寇大笑。他終於懂了。

「馬寇機長嗎？這裡是國家軍事指揮中心的西爾維亞將軍。您還在嗎？」

馬寇笑到停不下來，甚至笑到哭了。這是什麼天大的玩笑。幹，甘迺迪這群智障的交通管制員，這些推鉛的蠢貨，他真的快抓狂了，先是北美防空司令部、程序四十二，現在又是五角大廈……他重拾對講機。

「哈囉，笨蛋西爾維亞將軍！你都說完了嗎？說真的，我一度相信了，但擊落飛機，太誇張了。您覺得在我們剛度過暴風的這個時候，說這些是好時機嗎？而且，您搞錯了，我最後的飛航，是後天，不是今天。不過我很清楚：當作餞別禮，這比一塊差勁的紅蘿蔔蛋糕好多了。」

「法國航空〇〇六嗎？這裡是五角大廈的西爾維亞將軍。我把您轉接到哈瑞．S．杜魯門航空母艦。」

「是，我是機長！法蘭基，是你嗎？不過這是什麼靠北的北方口音……你們真的很……照著你們的傻話，我們還真的沒收了所有機艙內的手機。你們想要我們被乘客砍嗎，是這樣嗎？」

對講機出現了另一個聲音，這次更尖銳，是德州口音。

「法國航空〇〇六嗎？我是哈瑞．S．杜魯門航空母艦的海軍上將，約翰．巴特勒。」

馬寇的嘴角依然掛著嘲諷的微笑。

「哈囉，差勁的約翰．巴特勒。好了啦，法蘭基，不要再裝口音了。不好笑了。」

「馬寇機長嗎？我是巴特勒海軍上將。你們正在我們的兩架F／A—18大黃蜂庇護中。一架就在你們的波音後面，處於攔截位置，而另外一架……請看右舷。」

馬寇翻了個白眼，不過也轉了頭。在右翼尾端幾公尺處，有一架裝備著十枚空對空飛彈的大黃蜂。在駕駛艙內，駕駛員招手向他示意。

「現在，請遵從指令。」

安德烈

二〇二一年六月二十七日，星期日
印度，孟買

「我用我的 Rolleiflex 相機為你拍照……」孟買君悅飯店寬敞的大廳，低聲放送著史坦蓋茲、裘賓與若昂·吉爾伯托悲情的巴薩諾瓦音樂。這首歌和那位剛從電梯出來，肩膀下垂、呼吸急促的男人一樣有年代了。當強烈的霓虹燈照在電梯中，鏡子反射出那六十歲的模樣時，他轉移了目光。

安德烈·瓦尼耶整夜沒睡，他還沒調回時差。他感到悲傷、晦暗。離開房間前，他寫給露西一封很長的電子郵件，他克制著不要寄出。在巴黎的黑夜，她在電話中以一個厭倦的聲音打擊他，說她已經「向前邁進了」之後，這就只是一個可笑的瓶中信。他還是寫信給她，就算知道沒有用，反而適得其反。但是當遙控器沒電時，我們總是會更用力地按著。這是人性。

建築師從國際飯店出來——一切都令他生厭，欠缺活力的比例、一點也不優雅的建材、浮誇到滯礙的空間——他離開如北極的冷氣房，結果被黏在印度熱帶夏天的火爐中。噪音突然震耳欲聾，這使人窒息的空氣不配擁有空氣這個名字。孟買散發著燒焦的輪胎及半死不活柴油機的臭味。在擁擠的派普蘭路上，他叫了一輛骯髒的綠色人力車，車子在他面前停下，十個喇叭聲傳來。安德烈給了卡馬提普拉區的工地地址，他給了很大方的車費，然後把身體蜷縮起來，以便他細長的身體得以進入三輪車狹窄的空間。人力車匆匆出發——又幾聲喇叭——陷入擁擠的車流中，沿著一條只有司機知曉的道路前進。

「你還是一直在搭人力車嗎？」尼爾森前一天問他。「搭計程車輕鬆多了。」

沒錯，可是這個一頭金色長髮的尼爾森，穿著直到肩寬都量身訂做的完美 Hugo Boss 套裝，還有他兩年的夜生活。這個剛從學校畢業的新鮮人尼爾森——啊，這個「自從您的密西西比中心計畫，先生，我就夢想著在『瓦尼耶與艾德曼』工作」——尼爾森還不知道，這幾分鐘的窒息，對安德烈來說是奢侈。他希望能找到的、他有時候能找到的是，三輪車後方破爛的長椅上，他在斯里蘭卡度過二十歲時光，那時他與一位那不勒斯瘋瘋癲癲的女孩在一起，他突然想不起她的名字。她的胸脯沉重，笑容美妙，茱莉亞？

沒錯，就是茱莉亞，他差點想不起來了。

人力車猛烈加速、按著尖銳的喇叭，鑽進蘇亞里大樓又吵又臭的工地。安德烈驚嘆著，車子的擋泥板竟沒有互相碰撞的痕跡，後照鏡也都完好無缺。這次，司機不是一位精力被榨乾的青少年；這些青少年一起買了輛三輪車，三個人輪班，在完全不懂路面標誌的情況下，把自己的命運交給了位智[14]。不，這次是一位看不出年紀的矮胖男人，戴著一副黑色大飛行員眼鏡，在卡車和汽車之間自在且猛烈地穿梭，大膽地越過白線，完全不怕駛向他的數十輛汽車。他毫髮無傷地在車流中前進就是一個奇蹟，看來掛在車把上的半透明塑膠佛祖在那裡不是沒有原因的。

蘇亞里大樓，是瓦尼耶與艾德曼事務所贏得的最有野心的項目，展現了他們的工藝和美學：由玻璃和竹子打造的八十公尺高建築物，在重點處以鋼條加強。北面聚集流水，並用以灌溉種在東邊的植物牆，西南側的牆交替使用天窗和太陽能板——蘇亞里的意思正是太陽——供給整棟建築物的電力。這座大樓將會是博物館區和大學區之間象徵性的橋梁，它將容納正在塑造形象的新創公司，而每一層樓都已經被預訂了。沒有任何

14【譯註】Waze，GPS導航軟體。

多餘的裝飾破壞大樓的簡潔風格：這是由不斷的減法所達成的完美。就連他們的中國競爭者都欽佩不已。

但是一家印度分包商在地基的混凝土偷工減料，可憐的尼爾森發現得太晚，工地進度現在延遲了兩個禮拜。安德烈·瓦尼耶以這兩天的拜訪來威脅、談判及達成目標，那天是星期日，而且他下午將飛往紐約，但對他都無所謂。

「向前邁進了」。安德烈恨透露西以確信的本能選的這些字眼。完全死去的過去，完全冷清的事物。他猜測這個「前」可能已經現身了。露西渴望殘酷，因為她希望他倆之間從此只剩下無法挽回的局面，她寧願將他們在三個月裡度過的僅有的時光縮減為一次平凡短暫而新奇的經驗——與一個還能做愛的老人睡覺，儘管他有著年老的身體以及人們不再給新生兒取的過氣名字。或許他只是自尋煩惱，或許他腦海中想得比露西——一個沒那麼無情的露西——還要殘酷。

他認識她三年了。那是一次在布盧姆家的晚餐。他感到無聊，當一位年輕女孩到達時，他正要離開。抱歉我遲到了，聚光燈打在電影的舞臺上。露西是剪輯師。儘管安德烈努力保持謹慎，還是無法將目光從她身上移開，她是「他的菜」。她聲音中的重音使他著迷：她從不提高音調，她脣中發出的每一個句子都平穩且經過深思熟慮，她的話語很有分量，而一旦她開始專注思考，她的太陽穴上就會有一條細小的血管在跳動。他之後才聽說，她二十歲時生了一個小男孩，路易，她一直獨自扶養他。安德烈想，就是這單親媽媽的責任感，她才會一點也不輕浮。

沒錯，只說露西使他動搖，就把一切說得太簡單了。如果他再年輕個二十歲，他會向她提議一起生個小孩。年齡差距使一切變得不可能。他的女兒珍娜，將要和露西一樣大了。不久之前，他曾開玩笑地問了一個女人：「您想要當我的寡婦嗎？」那位被他假定的寡婦並沒有笑。為什麼他的伴侶都如此年輕？他的朋友和他一起衰老，但是他愛的女人則不然。他逃跑，他好怕。他可以和即將來臨的死亡一起吃飯，可是他無法與之同床共枕。

整整兩年來，他還是會見她。他無法不再見到她。在一個奇蹟般的日子，她親了他，這奇蹟持續了數個月。

安德烈列出了這位年輕女人將他一點一點毀滅的方法，然後他得出了結論，一切都終歸身體的問題。自他見識過死亡，也就是從很久之前，他便把名為愛情的慾望放在世界的中心。露西顯然把它留在了郊區。

當露西結束數小時的剪輯工作，疲憊地回家時，他便起身微笑擁抱她，他在她每個動作中都讀到了矜持——可能只是疲勞；他們上床睡覺時，他害怕一個太侵略的動作就會嚇跑她；他在她的遠處度過夜晚，她將他趕離出她所謂的「生存空間」，顯然這種用法在她們那代不會讓人聯想到納粹的生存空間（Lebensraum）。她熟睡時，他已經開始想念她了。接著他沉浸在憂鬱中，害怕自己的鼾聲會使她更不舒服，或是，更糟的，完全睡死，然後當她醒來，就會發現一個醜陋老人在她身邊張著口臭的嘴酣睡。

早晨，露西的鬧鐘一響，她就起身，依然沒有親吻他。他沒戴眼鏡，在清晨的模糊中看著她，這個他如此渴望的身體遠離臥室到浴室去。他聽著水聲，長時間想像她裸著身體，在熱水下閉著雙眼，她的胸口因痛苦而收縮，或者也許是因為屈辱。

如果他只有三十歲，如果他擁有那張依然永遠緊緻的肌膚，那張既不怕皺紋也不怕死亡的肌膚，有那頭濃密烏黑的頭髮，露西是否還會從她英俊的情人那裡逃到早晨的淋浴間呢？如果她的情人是英俊的尼爾森，沒錯，尼爾森，何不呢，他一想到雄壯的尼爾森騎在露西身上就不寒而慄。他找到了答案，而這答案折磨著他。

不過偶爾，露西會把手放在他身上，確認肉棒的硬度，跨坐到他身上。他會深深插入她的體內，這個姿勢使得兩人無法親吻，所以他試圖將她拉向他；不過她也幾乎馬上重新起身，然後很快地高潮。她苗條、汗流浹背的身體接著告訴他，他身為男人的快感就要到來了。安德烈曾試圖粗暴對待她，藉此快點得到解放的快感。但這不是他的頻率，也不是他的節奏。

安德烈的慾望、悲傷、焦慮，都使自己愈來愈不謹慎，很多次，他笨手笨腳地堅持著，但是他真有可能這樣麻木堅持下去嗎？他的存在被否定，他的身體受挫，他已經不知道在哪裡還能找到第二個重心。他身為男人的時間還有多少？有著那該死的六開頭兩位數年齡使他變得脆弱。如果露西今天對他沒有真正的慾望，接下來的歲月中他也不會變得更有魅力。

人力車直入建築工地，劈啪地曲折穿過泥濘和木板，來到寫有V&E的組合屋。安德烈上到二樓寬敞的房間，尼爾森在那等他。露西，與尼爾森？不，他已不再那樣想像了。

「辛日落建設的工程師到了。」年輕的建築師滿意地說道。

「請他們等一下。給我幾分鐘。」

安德烈給自己倒了一杯黑咖啡，來到窗戶前，目光掃視著蘇亞里大樓的建築工地。十點了，會議時間是九點。這之間沒有偶然：他有失體面的遲到、他的涼鞋、褪色的牛仔褲、尼赫魯式無領的白色棉襯衫、帆布後背包。他早就計畫要來考察工地了，但是他與尼爾森還是決定告訴這群人，他是專程來到印度見他們。

一小群辛日落建設的工程師圍坐在他們的老闆身邊。六套貼身剪裁的黑色西裝，六套打結的領帶，六張緊張的臉。安德烈進到房間時，眾人都起了身。他不假思索地走向他從未見過的辛，尼爾森曾給他看過照片。一位有著光滑白髮，五十多歲，精壯，炯炯有神的男人。這位男人還沒來得及按照印度傳統的敬禮方式，雙手交叉放在胸前鞠躬，安德烈就用力地抓住了對方的手。甚至他這莫里斯・雪佛萊式的口音都是精打細算過的。

「早安，辛先生。」

「很榮幸，瓦尼耶先生，非常榮幸。」

「辛先生，我們有兩個小時可以解決這個問題。今晚我就必須出發去紐約。這很嚴重。非常嚴重。您很清楚。首先，我希望我們能一起參觀建築工地。」

「瓦尼耶先生，我們認為……」

安德烈等都沒等就轉身離開。大家都跟隨著他。他走得很快，尼爾森跟在後頭，工程師們排隊緊隨在後。尼爾森轉向他的老闆，低聲說：「今天早上我們收到了實驗室關於地基的混凝土採樣結果。在抗壓強度方面，與我們要求的C100／115標準相差甚遠。大概只到了C90，甚至更低。如果能再加強強度，還可以補救，然後這個失誤就算了。」

安德烈同意。尼爾森是他在印度的祕密武器。這位年輕人到孟買一個月以來，他每天都用流利、充滿技術用語的英文與供應商開緊張的工程會議，就像個傻傻的澳洲衝浪男子聽著周圍的人講著印地語，他能完美地駕馭印地語，這是他小時候在果亞邦——印度洋上的濱海城市——所使用的語言。他的母親一直在那裡經營一家民宿。事務所得到蘇亞里大樓標案後的兩週，尼爾森駕馭方言的能力或許就成了他進入公司的契機。

當他們來到基底時，安德烈打開包包，拿出筆電、衛星接收盒、雷射測距儀。他連接線路、檢查數據、操控測距儀，五次、十次，重新計算，然後又向其中一個地基頂部瞄準，再向另外一個。同一時間，辛日落的人在太陽底下揮汗如雨。他故意用了更多時間，然後仔細、從容不迫地收起所有東西。大家接著回到組合屋的辦公室。

安德烈坐下，以手勢示意大家同坐。他等了幾秒鐘，突然用一個沒有口音的英文說：「辛先生，錯誤已成，我們也面臨著這個後果。現在就是改正的時候，再等下去就太晚了。建築，是一個遊戲，儘管是一個聰明的遊戲，仍是遊戲，我們忘了這些失誤吧。建造業不是兒戲，這是一起做事……您懂嗎？一起……」

辛點點頭。

中午，安德烈就達成了他這次來訪的目的。辛日落建設承諾一個新的時程，瓦尼耶與艾德曼提出的小處罰只有出鑑定和律師的費用。落井不下石。新的鑽探工作甚至在同天下午就開始，新的混凝土將在晚上降溫後注入。考慮到事態緊急，安德烈不只要求C115等級，還要求能抗微鹹水的XS2等級。在熱天裡，一週後就會全乾，三週後就可以在上面建樓。

辛日落的工程師因為研究新日程而開始爭吵。安德烈以印度禮節鞠了一個躬，他與尼爾森便離開了房間。

兩人離開工地，在路邊攤買了兩瓶翠鳥冰啤酒，向碼頭走去。登上紐約的班機前，安德烈還有三小時。突然，尼爾森關心起他：「是說，安德烈，露西最近還好嗎？她結束導演馮·特羅塔的工作了嗎？」

安德烈微微一笑。更像是苦笑。他轉移話題，意識到他隱瞞著分手的事實，好似向尼爾森承認這一點，就為使這個事實更加明確。他感到屈辱，而這是他人生中第一次覺得自己老了，他為對他不公平的人生感到羞愧。

露西已經離開了，安德烈不斷重述她的話：「向前邁進了」。一切轉瞬即逝。往好處與壞處想，安德烈意識到了：總之，每天懷念一個不在身邊的女人，要比無止盡地渴望那個睡在身旁，在漆黑而溫暖的光線中，與他相隔數光年的女人還不痛苦。

在聯合航空飛往紐約的班機上，安德烈重讀了他送給露西的小短文，維Ø多・米塞爾的《異常》，兩個月前，他完全沒聽過這位作家。他試圖工作，但無法抑制自己第十次重新寫他絕望的電子郵件。他軟弱無力，完全沒有預料到這急速的衰落。

正是他展現出的痛苦惹怒了露西，最終使他走投無路，但他卻無可奈何。面對失敗的痛苦，他自我埋怨，責罵自己的不耐煩。他以為自己是個好情人，溫柔又聰明，他想像自己可以用性愛留住她，想像自己成為她美妙快感的同義詞。結果只證明了他的愚蠢，因為沒什麼比慾望更蠢的了，這正是史賓諾莎所說的，生命的本質。安德烈不斷想把她帶回床上，最終卻使得她一逃再逃。

「你的慾望使我感到壓迫。你成功抹滅我的慾望了。」露西告訴他。她要求一個「喘息的時間」。可想而知，這一個喘息的時間不只有一個。

柏拉圖對上史賓諾莎博士。史賓諾莎戰敗。將死。

上述這些事情，安德烈都沒寫下來，不，他正在寫一封毫無疑問荒謬的信。「我想要和妳走過最漫長的道路，甚至是所有道路中最長遠的那條。」他厭惡這些字，但還是寫下來了，接著寄出信。巴黎現在幾點？星期一了。她還在睡。

然後，褪黑激素奏效了，他熟睡且無夢。在甘迺迪機場過海關時，他還昏昏沉沉的，海關掃了他的護照，仔細地觀察他，停了幾分鐘等待一對男女過來。他們很年輕，舒適時尚的穿著，男人穿著黑色西裝，女人穿著灰色套裝，看起來就像聯邦調查局的人，兩人甚至拿出藍色卡片和法警的金屬徽章，上面有個摩比面貌的正義女神拿著天秤和一把劍。

「安德烈．瓦尼耶先生嗎？」女人問。

他點點頭。她給他看了手機螢幕上的一張照片。

「您認識這個人嗎？」

是露西。露西坐在一間照著黃色霓虹燈的小房間。她嚇壞了，非常驚恐，沒錯，她的姿勢和眼神都流露恐懼。這張露西的照片不太對勁。

「我認識。當然，露西．博加，是我的朋友。她發生什麼事了嗎？她不在巴黎嗎？」

「我們只接到請您跟隨我們的命令，瓦尼耶先生。您的法國領事館會派一個人迎接您。他會到我們將帶您去的地方。您有權拒絕，不過我們得先去扣留區等他。」

瓦尼耶點頭。他沒有拒絕。

他們從機場出來，走向一輛黑色加長型轎車。一位男人等著他們，幫他拿了行李後放到後車廂。他們坐到後座，才剛坐好，男子就敲了敲把他們與司機隔開的有色玻璃。車子發動，安德烈注意到窗戶也是不透明的。

女人接著說：「請關閉您的手機並交給我。很抱歉。是規定。」

安德烈服從了。他也很怕。害怕露西的遭遇，也害怕自己會出什麼事。

前幾個小時

二〇二一年六月二十四日，星期四
紐澤西，特倫頓，麥奎爾空軍基地

一架機身損壞的波音七八七，停在第二跑道的盡頭，就在黑鷹直升機和美國空軍的大型灰色雙引擎螺旋槳飛機不遠處。三輛裝甲車在遠端待命。熱呼呼的夜晚帶著海的味道，降臨在布滿金雀花和鼠尾草的空地。

在倉庫附近，軍用卡車像是在跳著不間斷的芭蕾舞般接踵而來。數百位軍人服從著緊迫和紀律，在一間大庫房中不知忙些什麼。經過檢修的一架雄偉C5銀河運輸機剛剛從那裡撤離。巨大的拉門附近可見三個微小的身影。一位女人穿著仿製拙劣的香奈兒套裝，其中一位男人穿著《MIB星際戰警》的黑色西裝，毫無疑問：他們來自特務機構。最後一個人比較特別：他的長髮油膩，戴著頻頻滑落的金屬圓眼鏡，穿著印有「我♡〇、一與費波那契」的破洞T恤，身上還散發著一點汗味以及濃厚的啤酒味。

阿德里安灌了兩瓶水，仍是暈暈的。他一下警車，兩位探員便自我介紹，之後他馬上忘掉了中央情報局的傢伙和聯邦調查局女人的名字。他軟弱無力地握了他們的手。

探員遲疑地，甚至有點生硬地輕觸他的手指末端，像是在握一條腐敗垃圾魚黏黏的魚鰭：「我得坦承，米勒教授，我沒想到您會這麼……這麼年輕。」

聯邦調查局這個女人，是一位輪廓細緻的拉丁女性，目光炯炯有神，約三十多歲，她靜靜地衡量數學家。首先，她覺得他像約翰．庫薩克，沒有錢的約翰．庫薩克，身材也比較鬆弛，不過她改變了主意，不，不是。她既驚訝又敬佩，不顧一切地說道：「我們將您的報告倒背如流，米勒教授。了不起的工作。我們對您的經驗寄予厚望。我猜想，布魯斯特王博士和您已經遇過程序四十二了。」

阿德里安咕噥著一個幾乎聽不見的「沒有」。他幾乎沒有王蒂娜的消息，甚至不知道某個布魯斯特已經參與她的人生，沒有，他從沒遇過程序四十二。據他所知，「機率有限」的程序所預知的事件都沒有干擾空中交通，也沒有被分配到三種外星人到來的程序——「接觸第三類生物」、「異世界大戰」、「不明意圖」——每種情形都有十幾個支線，包括為了取悅蒂娜所安排的哥吉拉支線；也沒有殭屍和吸血鬼的空降入侵——或快速需氧流行病，例如像是伊波拉病毒導致的出血熱或是冠狀病毒——剩下其他五種；關於邪惡的人工智慧控制交通的假設——如果是自主行動，那是程序二十九，或是被一個強大的外力遠端操控，程序三十——就算愈來愈有可能，但目前還不可能發生。

不過程序四十二……不可能遇到程序四十二。阿德里安喝了一口水，然後說：「您要知道，女士……不好意思，我忘記您的名字了。」

「格蘿莉亞．羅培茲高級探員。以及我中央情報局的同事，馬庫思．考克斯。」

「好，格蘿莉亞．羅培茲高級探員，我得向您承認，程序四十二……該怎麼說呢……」

阿德里安．米勒又喝了一口水，說不出話。他不能承認，這只是一個數學宅壞心眼的玩笑，而這玩笑已經花費納稅人繳的五十萬美金，其中就包括讓這兩個調皮鬼二十年來一直攜帶不應該響起的防彈手機。他觀察那架波音，一條被強力聚光燈照射的大金屬雪茄。

「你們知道為什麼我們會在這裡嗎？除了破裂的擋風玻璃和被捅破的鼻子，這架飛機有什麼特別的？」

中央情報局探員糾正道：「是天線罩。飛機的鼻子，叫做天線罩。」

年輕女人打斷他們的談話。

「我們目前什麼都不知道，米勒教授。布魯斯特王教授的直升機正在路上，就是北邊那個黑點。」

「此外，請在這張紙下方簽名，米勒教授。」考克斯探員打開一個信封，一邊補充。「這是保密協議。現在提供給您的所有資訊都是機密。如果您拒絕簽署，我們將以危害國家安全為由，將您送到軍事法庭。根據美國法典十八第七十九條，簽署後違反協議，將被視為叛國罪。謝謝您的合作。」

✦

自從——至少從這時——亞瑟王和他的騎士開始，軍人喜歡圍成一圈，無疑是因為這個圓圈在不隱藏每人功績的情況下，宣揚了人人平等的理念。麥奎爾基地的地下指揮室中央，也設有一張大圓桌，那裡光線刺眼，牆面上排滿了大螢幕，呈現出被釘在地上的波音七八七；由一連串的相機從每個角度拍攝。為了一起迎接十幾位有星的將軍、許多的男男女女，蒂娜和阿德里安比較希望能夠並排坐在一起。這些人來自你能想像得到的任何單位，壓克力板上寫著他們的名字和資訊。除了聯邦調查局和國防部，還有國務院、美國空軍、中央情報局、美國國家安全局、北美防空司令部、美國聯邦航空總署，再加上其他阿德里安沒聽過的機構。就在麻省理工學院下面，他和蒂娜也有頭銜和姓名，但他們都不在那些單位工作了。

王蒂娜沒有變很多，儘管相較她過往的哥德式博士生裝扮，她現在穿得更莊重了。她有些時間告訴他，她沒在教書了。沒錯，她嫁給了喬治·布魯斯特，在哥倫比亞的餐廳遇到的物理學家，而且，她帶著一道陰險的笑容，說她幾乎認不出阿德里安，因為他長得沒那麼像《薔薇的記號》的克利斯汀·史萊特了。她覺得他現在比較像基努·李維。她沒有說是禿了頭的基努·李維。

一個強而有力的聲音覆蓋了喧囂。這位高大苗條的男子完全不需要列出他在西點軍校的成績，也無須點出他在敘利亞荷姆斯和索馬利亞首都摩加迪休的戰績。他灰白的平頭、意志堅定的表情、肌肉發達的外觀，還有他領口上的三顆黑色星星就是他的履歷。在這間擺放著文明木製品的房間裡，灰綠色的迷彩服對他來說沒什麼用處。

「女士，先生，我是派翠克·西爾維亞將軍，來自國家軍事指揮中心，我在此全權代表國防部。此情形應保密。總統不希望更改他里約的行程，但他會隨時收到消息。我繞一圈桌子介紹大家：在我左邊是布坎南將軍，他指揮麥奎爾基地，並接待我們幾天。我猜沒有人認識我右邊的米勒和布魯斯特王教授，他們是數學家，替我們研發自九一一以來一直遵循的危機程序。」

被點名到的兩人在一陣表示贊同的聲響中尷尬地鞠了一躬。西爾維亞繼續說道：「米勒教授在普林斯頓教書。布魯斯特王教授是美國太空總署和 Google 的顧問。他們將有完全的自由啟用程序四十二，我則會負責協調這項行動。在任何人提醒我中央情報局未經授權不能在國內執行任務之前，我得清楚指出，這項程序需要所有機構的合作。」

一位軍官發給眾人一臺平板與一大疊貼滿標籤的「機密資料」時，西爾維亞逐一介紹聯邦調查局高級探員以及其他人：從中央情報局特別探員到美國國家安全局數位監控主管，三十多歲，有著一張社群媒體創辦人的宅男臉；一位有著柔美清晰聲線的矮小女人，儘管她才四十出頭，卻已經有了一頭雪色白髮：傑米·普德洛夫斯基，美國特種作戰司令部的心理戰專家。全部的人，都以他們的方式參與程序四十二的管理。阿德里安的記憶重現：參與的政府機構，圍著這張桌子所有人的級別，甚至還有這次的會議議程……沒有任何一項不在王蒂娜和他的報告中。

西爾維亞繼續說明：「接下來幾小時內，我們的團隊將會得到更多支援。甚至是現在，來自各地的人員正趕往這個基地，他們將協助你們。聯邦調查局心理戰部派給我們多少探員，普德洛夫斯基探員？」

「一百多位。我們也將在我們紐約其中一棟辦公室參與任務。」

「謝謝。你們現在可以看到我們目前所知的——那架停機坪上的七八七，使得我們所有人在此聚集。他們在今天，六月二十四日晚上七時〇三分與甘迺迪機場通話，自稱是法國航空〇〇六巴黎往紐約的班機。機組人員指出飛機嚴重受損後的幾分鐘內被引導到此基地。機長自稱是大衛・馬寇，副駕駛是吉德恩・法弗羅，你們手上也有機組人員和乘客的完整名單。現在請美國國家安全局的布萊恩・米特尼克說明。布萊恩，請說明平板的事項。」

美國國家安全局的男人起身。他站起來後顯得更像小孩，尤其是當他青春熱情地揮舞著一個黑色細長方體時。

「各位好，你們面前和我一樣有一臺平板。你們的是個人平板，沒有鎖上。首頁上，有這架波音七八七的架構圖。點擊不同的座位後，會彈出一個寫著名字的視窗，這也包括機組人員。隨著我們取得更多資料，國家安全局會即時更新每位乘客的資料。一旦圖片或是文字中有新的資訊，就會以藍色顯示。點擊後就會顯示新的頁面。點擊倒轉的箭頭可以回到上一頁。很簡單。現在，請看顯示螢幕。」

米特尼克輕彈手指，立即顯現馬寇、法弗羅還有空服員的照片。米特尼克玩著他的玩具時，西爾維亞接著說明。

「為什麼啟動程序四十二呢，因為今天下午四點三十五分，四小時之前，有一架法國航空〇〇六如預定時間降落在甘迺迪機場，然而這是由另一位駕駛和副駕駛所操縱的另一架飛機。另一方面，一架法國航空〇〇六的波音七八七，和這架一樣受到損傷，由同一個機長馬寇以及副駕駛法弗羅所操控，有著同樣的機組人員以及乘客。總之，和你們面前一模一樣的飛機，降落在甘迺迪機場，不過那是在三月十日下午五點十七分。確切來說是一百〇六天前。」

嘈雜聲響起，中央情報局探員最終還是舉起了手。

「我不懂。同一架飛機降落了兩次？」

「沒錯。我再重複一次：同一架飛機。其中一位維修技術人員向我們證實了。他處理的這架飛機，與近四個月前的是同一架七八七。根據他的說法，這架飛機的損害較少，就像是飛機只待在冰雹中一半的時間，但他很確定地辨識出了擋風玻璃上一些衝擊痕跡以及天線罩受到的損害等等。接下來我將與飛行員連線。」

指揮室裡傳來輕微麥克風共振的嘶嘶聲。

「您好，馬寇機長。又是派翠克・西爾維亞。我現在與危機處理高層人員在一起。

可以再請您自我介紹一次嗎？再告訴我們一次您的出生日期？」

馬寇的聲音在房間裡迴蕩。聽起來很累。

「大衛．馬寇，一九七三年一月十二日出生。將軍，乘客們快受不了了，他們想要下飛機。」

「幾分鐘過後我們就會將他們撤離了。最後一個問題，馬寇機長。今天是幾月幾號，現在幾點？」

「儀器現在故障了。今天是三月十號，我的手錶顯示晚上八點四十五分。」

西爾維亞切斷了對話。發光的時鐘顯示六月二十四日，時間是晚上十點三十四分。最大的螢幕上，突然顯示一位插管病人躺在病床上的照片。

「這張照片是十分鐘前，聯邦調查局探員在西奈山醫院344號房拍攝的。這個男人也叫做大衛．馬寇。他是三月十日那天法航〇〇六的駕駛員。這個正在死去的大衛．馬寇一個月前被診斷出胰臟癌。」

西爾維亞轉向沉默的阿德里安與布魯斯特王蒂娜。

「你們知道為什麼我們要啟動程序四十二了嗎？下一步該怎麼做？」

第二章 聽說，人生是一場夢

（二〇二一年六月二十四到二十六日）

「存在先於本質，甚至早得很多。」《異常》維Ø多．米塞爾

那一刻

二〇二一年六月二十四日，星期四
紐澤西，特倫頓，麥奎爾空軍基地

乘客們排成一列，在兩排穿著黃色抗汙染服的武裝士兵之間向機庫走去。他們一步一步地穿過一道放射線檢驗門和一道抗菌閘門，進入一個大穹頂。一排士兵記下他們的姓名與座位號碼。抗議的人很少，疲勞和焦慮取代了緊張和憤怒。只有一位精力充沛的律師還在分發她的名片。

在機庫裡，軍人們裝置了淋浴間、流動廁所，架了一百多座帳篷以及一些長桌，提供熱餐。一些旅客試圖在帳篷裡的床墊上休息，但在鋼製的穹頂下，任何一點聲響都會產生迴響，孩子們哭鬧，人們爭吵。數十名士兵巡邏著，篩選著每個離開以及到來的人。在北面，一支醫療團隊在無菌帳篷下設有實驗室，十幾名護理師抽取每位乘客的唾液樣本；在東面組合式的工作間中，大批到達的心理學家開始以阿德里安和王倉促設計的問卷進行一對一質詢。過去數小時，程序四十二變得豐富許多。

在西側，距離地面五公尺處，有著一個幾乎占據整個機庫的金屬平臺。特遣隊已經搬進了其中一個懸垂的房間，他們每個人都可以從玻璃窗觀察底下嘈雜又混亂的蟻窩。平板上的資料持續更新。美國國家安全局對巴黎往紐約三月十號班機上大部分的乘客和機組人員設置了定位。其中一百多位在警察監視下被軟禁。生物學家將他們的DNA與機庫裡的對照人進行比對：他們的DNA完全相同。這架停在麥奎爾的飛機，是那架在三月降落的飛機，如假包換的複製品。

米特尼克，國家安全局的宅男，將兩個機艙的畫面同步投射到螢幕上。

「這兩部並列的影片是頭等艙攝影機拍下的。左邊是第一架飛機的畫面，三月十日；右邊是今天降落的飛機。暫停……兩個畫面上的時間碼，顯示下午四點二十六分三十秒……兩個畫面幾乎相同，當時正遭遇亂流。現在，我們一個畫面一個畫面來看……」

螢幕上，下午四點二十六分三十四秒二十百分秒，影片出現分歧，成為大家來找碴的遊戲：左邊，一位旅客的眼鏡飛起來；而右邊，眼鏡還是掛在她的鼻子上。這裡有一個上層的行李櫃打開了，而另一邊則牢牢關著。最明顯的是，左邊很昏暗，而右邊的影片，右方有道光芒萬丈的陽光照亮了機艙。當第二架飛機在六月二十四日晚上六點〇七分躍入平靜的天空，第一架飛機還在三月十日可怕暴風中動蕩的路線上前進。

嘈雜聲如此刺耳，米特尼克必須大聲叫喊才能被聽到：「請看。」他高興地說著，聲音過度亢奮。「全部的事都在這一刻發生：下午四點二十六分三十四秒二十百分秒……接下來還有令人難以置信的事。我們篩選了三臺波音七八七內的攝影機：前面、中間、後面。每臺攝影機間隔十二公尺。飛機時速九百公里，等於每秒兩百五十公尺，這架波音每二十五分之一秒飛十二公尺，然後，奇蹟來了，這些攝影機每秒截取二十五個畫面……你們還在聽嗎？」

沒有人回應。米特尼克繼續說。

「我將螢幕分成三個部分。左邊是第一臺攝影機的影片，中間是第二臺，右邊是最後一臺。所以，在下午四點二十六分三十四秒二十百分秒時，第一臺攝影機的陽光突然湧入機艙。同樣的情況，在接下來到了第二臺攝影機那頭：下午四點二十六分三十四秒二十四百分秒時。接著在第三臺攝影機，右邊的影片中，陽光在三十四秒二十八百分秒照進。」

「所以呢？這是什麼意思？」西爾維亞問。

米特尼克贏了。

「每臺攝影機間有二十五分之一秒的差距。如此就像是我們的第二架飛機，從一個靜止的垂直平面中憑空而出。在這個平面之前，狂風暴雨，一旦穿越，晴空萬里。根據我們的衛星觀察，這個平面就在三月十日的N 42° 8' 50" W 65° 25' 9"，不過今天的飛機是在偏向西南方的地方出現，兩地相差了六十公里。」

「所以您的結論是什麼，米特尼克？」

「喔，我？沒有，什麼結論都沒有。這只是給普林斯頓的老大們消化的新數據。」

他邊說邊轉向兩位數學家。

「這就像是印表機，在這裡掃描，在其他地方印出來，像是從一臺機器裡出來的紙張嗎？」王蒂娜問道。

米特尼克猶豫了一下。提出這個想法，對他來說太荒謬了，便欲言又止。

又是一片寂靜。冷氣還沒裝好，這裡又溼又熱。國家安全局那位男人的手機收到訊息而震動，他讀了訊息並嘆氣道：「美國總統要求國家安全局核實，三月十日在我們的大西洋沿岸，是否有俄羅斯或中國的船隻可能在實驗時空旅行……」

西爾維亞將軍厭煩得精疲力盡。他將頭靠在玻璃上，看著被刺眼燈光照射的機庫。

「可是這架飛機是從哪裡出來的？」西爾維亞嘆著氣。「您一定有什麼理論吧，王教授？沒有理論的教授，就像隻沒有跳蚤的狗。」

「很抱歉，目前我身上一隻跳蚤也沒有。」

西爾維亞接著說：「我們希望在四十八小時內找到所有人，包括三月十日之後回到其他國家的外籍乘客。在那之前，請給我們一個解釋。」

「我們必須強化科學團隊，量子物理學、天體物理學、分子生物學……人員必須在天亮前到達。」阿德里安建議。

王蒂娜接著說：「三十分鐘後，我們將給您一份科學家與兩三位哲學家的名單。」

「啊？為什麼？」西爾維亞問道。

「那為什麼只有科學家總是在半夜被叫醒？」

西爾維亞聳聳肩。

「不要怕列出任何名字，我有權綁架每一位國土上的諾貝爾獎得主。正確的說法是『應美國總統要求，請他合作』。」

「請幫我們找適合討論發想的空間：非常大的開放工作空間，有多個不一樣的區域，放好幾張桌子、扶手椅、沙發、黑板、粉筆，最後……」

「互動式白板可以嗎?」西爾維亞說，聲音中沒有半點嘲諷。

「還有抵抗睡意的藥。」

「我們可以給你們莫達非尼。我們有好幾百箱……」

「也需要一位空間連續性的專家，可以研究圖論的領域。」阿德里安試著說道。

「為什麼是『一位』呢?您有想到誰嗎?」

阿德里安腦中有個人選。

「普林斯頓的哈伯教授。梅蕾蒂思．哈伯。幾個小時前，我們……正在討論……幾何學中格羅滕迪克的拓撲學。」

「我馬上派一輛軍用車過去找她。但她……可靠嗎?是否會影響國家安全?」

「她是英國人，毫無疑問。這會是個問題嗎?」

西爾維亞將軍表示懷疑。

「沒關係，這架該死的飛機上有十三位英國人。只要她不是俄羅斯人、中國人或是法國人就好。不管怎樣，我們也將與英國情報機構合作。」

「還需要一臺咖啡機，一臺真的咖啡機，可以做濃縮咖啡的那種。」阿德里安補充。

「別提出這種無理的要求。」將軍咧嘴一笑。

✦

晚上十一點前不久，機庫北面升起一串灰色煙霧，起初只是輕煙繚繞，之後變得又黑又濃。一個男性的聲音喊叫道：「失火啦！」群眾愈來愈恐慌，旅客們衝向緊閉的門，推擠看守的士兵，維安團隊湧入救援。

火勢馬上得到了控制。西爾維亞拿起麥克風。

「我是派翠克．西爾維亞將軍。請大家不要恐慌。我立刻下去說明你們應得的解釋。」

一陣喧譁在房裡竄起。

「您要對這些人說什麼？」當將軍準備下到平臺上時，王蒂娜問道。「我建議您，不要說他們在其他地方有雙重的存在，說他們是地球上多餘的存在……」

「我要即興發揮。反正誰也不知道我們在這顆該死的星球上到底在幹什麼？」

西爾維亞在麥克風前，對著兩百位旅客做出虛假的解釋，說著這都是國家安全、間諜、公共衛生問題時，士兵們正檢查著損害的情形：大火從一張床下竄起，火勢立刻蔓延到整個帳篷。這是蓄意縱火。

距離那裡三十公尺，一扇連接到外頭的金屬門被鐵撬強行撬開了。在慌亂中，看守這道門的士兵一時鬆懈了。十分鐘後，他們發現了圍住基地的鐵柵欄被一輛汽車破壞，損害範圍有五公尺。根據油漆的痕跡判斷，這輛車是灰色的。不過可以容納超過三百個車位的停車場就在機庫附近，這輛車一定是在那裡被偷的。

一位旅客逃跑，在夜色中消失得無影無蹤。

✦

半夜十二點，多種學科的團隊名單出爐了：諾貝爾獎、阿貝爾獎、菲爾茲獎獲獎者或是有潛力獲獎的人們。半小時後，聯邦調查局開始家家戶戶按門鈴，打斷了所有夜間活動，不過打斷睡眠仍然是最常見的。「根據美國總統明文要求」以及警車的警示燈湊效了。當汽車、直升機和噴射機載著科學家魚貫來到麥奎爾基地時，還不到凌晨一點。

梅蕾蒂思也在，可以從她的伏特加酒味和牙膏味認出她。她很顯然是直接從床上被挖起，不過當阿德里安陳述（困惑地）情況時，她的怒火早已平息了。她皺著眉頭聽他說話，看著下方的人群，一言不發。阿德里安驚訝問道：「您什麼都不問我嗎？」

「您有答案嗎？」

阿德里安窘迫地搖搖頭，遞給她一片莫達非尼。提神用的。他想補充。不過她已經毫無抵抗地吞下了。

「您應該要跟我說，您是祕密探員，阿德里安。」

「這……不完全是這樣。嗯……來，我帶您到控制室。」

「嘖嘖。普林斯頓的數學家，這什麼荒誕的間諜掩護……」

阿德里安推開門時，梅蕾蒂思在這布置前驚訝得目瞪口呆。

「喔，阿德里安，我好喜歡。」她吃驚地說。「我們就像在《奇愛博士》裡。」

螢幕上，每項新資訊都更加確信了這不可能發生的事正在發生。這架跑道上的飛機，各方面都與三月十號降落的七八七毫無二致。的確，飛機被修復了，當然，旅客們都老了：同一晚在芝加哥，人們甚至在慶祝一個嬰兒出生滿六個月，而在機庫裡，他卻還是個哇哇大哭的新生兒。將他們分開著陸的一百〇六天裡，兩百三十位旅客和十三位機組人員之中，一位女性生了小孩，兩位男性去世了。不過基因上來說，他們是同一個人。西爾維亞在特別委員會中總結，完全不理會數學家們。

「盤問的結果呢？」

「我們加強了王教授和米勒教授的問卷。」傑米・普德洛夫斯基回答道，她是美國特種作戰司令部的那個女人。「為了引起受試者的反應，用以確認他們的身分，我們加入了微小的錯誤。首先，乘客的姓名必須保密。」

美國國家安全局的男人又開始滑他的平板。

「我們將透過關鍵字，從『波音』到『麥奎爾』監控社群媒體。當危機爆發時，我們可以找到散播訊息者並限制訊息傳播。可是我們不在中國或是伊朗，不能封鎖網路。目前，只有基地裡的士兵寫的一頁內容中提到了這架飛機，我們已經刪除了。感謝上帝……」

「說到上帝……」普德洛夫斯基說。

上帝這個詞代表著創造寧靜的美德。聯邦調查局的女人搖搖頭，在光線下，一條細細的黑色辮子穿過她的白髮。

「這個嘛，是的……上帝可能也是個問題。在我們的國家和其他許多國家，人們將會提到這是上帝的介入。或是惡魔的介入。我們無法制止迷信的爆發，以及狂熱者未經深思的行為。因此，我召集了一個由所有宗教精神領袖組成的委員會。總統的宗教顧問都是福音派，我們不應該只局限於他們。這架飛機上有基督徒、穆斯林、佛教徒……時間對我們不利，而宗教在本質上不可預測。」

「您全權負責，傑米。憑其九十億美金的預算，您的機構能做些大事的。」將軍說。

「那法國人、其他歐洲人、中國人和其他人呢……我們要怎麼做？」米特尼克問道。

「我們要通知大使嗎？」

「跟他們說我們非法拘留他們的國人？我們什麼都不要做。等總統下令。還有其他事嗎？」

房間最後面，阿德里安害羞地舉起手。

「為了分辨三月十號第一架飛機和第二架飛機，我們需要一個代號：一和二？阿爾法和貝塔？顏色怎麼樣？藍與綠，藍與紅？」

「湯姆貓和傑利鼠？勞萊和哈台？」梅蕾蒂思提議。

「好主意，可是不行。」西爾維亞果斷地說。「我們簡單一點。三月降落的第一架飛機上的人叫做三月，六月降落的人叫做六月。」

✦

時間至關重要，布萊克清楚知道。在機庫裡十五分鐘，就足夠使他找到安全裝置的漏洞而逃跑。開著這輛福特F系列皮卡舊車逃到紐約還要七分鐘，這輛車是從基地停車場「借來的」，最常見的款式。一如往常，他身上的行李只有一個後背包。當然，他沒有把在巴黎買的一次性使用手機交給空服員，他自然也避開了DNA檢查。凌晨兩點，他抵達紐約，將出境用的澳洲護照丟到垃圾桶，在一條暗路捨棄了皮卡車，把所有駕駛座和其他座位上的痕跡都擦乾淨，然後為了安全起見，不顧一切放火燒掉。

這是一個典型的的夏夜，甚至是熱浪夜。布萊克驚訝地發現報紙日期是六月二十四日，至少溫度是合理的。在曼哈頓一間二十四小時營業的網咖，他瀏覽了近幾個月的新聞。他也看到了在奎格，三月二十一日，某個法蘭克·史東被暗殺了；有人履行了他的合約。他想要查看自己的祕密銀行帳戶，但密碼被改了。他逛了他在巴黎餐廳的臉書，然後看了芙蘿菈的。在一張六月二十日張貼的照片，一位長得與他如出一轍的男人把他的女兒抱在膝上，額頭纏著繃帶，芙蘿菈在照片註上：「小馬，這凶猛的掠食性動物。」他檢查自己的額頭，沒有任何疤痕或是腫塊。有一刻，當作是普通又不可靠的解釋，布萊克想到了這可能是健忘症。不過下一刻已不在考慮範圍。

一如既往，實用主義獲勝。他必須重新找回他最基本的東西：他叫了輛去甘迺迪機場的計程車，用現金以及新的身分買了一張往歐洲的首班機票。紐約至布魯塞爾的班機在六點十五分起飛。星期六晚上九點，他將重新踏上歐洲的土地。每小時都有一班去巴黎的巴士。布萊克有很多時間睡覺、釐清狀況，至少試著思索。

七個訪談

大衛．馬寇的訪談節錄

機密性：國防最高機密／程序：四十二
訪問者：資訊安全監控中心，軍事資訊支援作戰組，查爾斯．伍德沃斯軍官
日期：二〇二一年六月二十五日／時間：上午〇時十二分／地點：美軍麥奎爾空軍基地
姓氏：馬寇／名字：大衛．伯納德／代號：六月
出生日期：一九七三年一月十二日（四十八歲）／國籍：美國
機組位置：駕駛艙／座位：CPI

伍德軍官：第二天，〇時十二分。您好，馬寇機長，我是美國陸軍特種作戰司令部的查爾斯．伍德沃斯軍官。您是大衛．伯納德．馬寇，於一九七三年一月十二日出生於伊利諾州芝加哥。徵得您的許可，我們的所有對話將被美國國家安全局記錄和追蹤。

馬寇：好。我在皮奧里亞出生，不是芝加哥。

伍德軍官：謝謝您的更正。您於一九九七年在達美航空開始您的職業生涯，接著在二〇〇三年三月進入法國航空。您於 A319／320／321 空中巴士短程航班執勤三年，接著 A330／340 長途航班。現在您駕駛波音 B787。對嗎？

馬寇：沒錯。

伍德軍官：馬寇機長，可以請您回想最後這個航班，向我們描述積雨雲以及遇到的亂流嗎？

馬寇：紐約時間約下午四點二十分，在新斯科細亞南方，我們被迫穿越一個沒有在天氣圖上的積雨雲，那是一個怪物，前鋒廣闊，高達超過一萬五千公尺，這在三月很不尋常。我們掉到裡面——我認為掉了一千公尺——以至少二十五度的角度掉進去。我們撞到了一面冰牆，之後設法把飛機拉穩，五、六分鐘後，我們忽然就從積雨雲出來了，躍到一片無雲的天空。

伍德軍官：當您在皮奧里亞時，您有上小學嗎？

馬寇：不好意思？

伍德軍官：請回答我的問題，馬寇機長。您記得學校的名字嗎？

馬寇：凱拉小學。您非得一直看您的平板嗎？
伍德軍官：這是流程，是故意設定的隱私問題。您的回答將立即得到驗證。您記得您小學老師的名字嗎？
馬寇：那可是快五十年之前的事啦。啊，我記得……普拉切特女士。
伍德軍官：謝謝，機長。「……」您空閒的時候，您會作畫嗎？玩音樂？
馬寇：不會。
伍德軍官：從雲層出來後，您有感到混亂、不舒服嗎？
馬寇：沒有。
伍德軍官：您有察覺到耳朵內有連續的、怡人悅耳的聲音嗎？
馬寇：沒有。
伍德軍官：您有頭痛、偏頭痛嗎？
馬寇：沒有。
伍德軍官：眼睛、鼻子有不舒服嗎？
馬寇：有，有時候會不舒服。這些問題是做什麼的？
伍德軍官：我只是遵照流程。馬寇機長。您有感到臉部搔癢或是灼熱嗎？

馬寇：沒有。
伍德軍官：您認得出我剛剛收到的這張照片的女人嗎？在您前方的螢幕上。
馬寇：應該，我認得出。
伍德軍官：可以告訴我她的名字嗎？
馬寇：我想是普拉切特女士。
伍德軍官：這張照片是五十年前的帕梅拉．普里切特，不是普拉切特。她現在八十四歲了，還住在皮奧里亞。
馬寇：我想要聯絡您的上司。還有打給我的妻子，她一定擔心得要命。
伍德軍官：我們很快就會讓您聯絡了，馬寇機長。您最近有做健康檢查嗎？「……」

二〇二一年六月二十五日，〇時四十三分，訪談結束

✦

安德烈・瓦尼耶的訪談節錄

機密性：國防機密／程序：四十二
訪問者：資訊安全監控中心，軍事資訊支援作戰組，泰瑞・克萊恩中尉
日期：二〇二一年六月二十五日／時間：上午七時十分／地點：美軍麥奎爾空軍基地
姓氏：瓦尼耶／名字：安德烈・弗雷德里克／代號：六月
出生日期：一九五八年四月十三日（六十三歲）／國籍：法國
乘客艙等：經濟艙二艙／座位：K02

克萊恩軍官：第二天，七時十分。您好，我是美國陸軍特種作戰司令部的泰瑞・克萊恩軍官。您是一九五八年四月十三日在巴黎出生的安德烈・瓦尼耶先生嗎？

瓦尼耶：是的。

克萊恩軍官：瓦尼耶先生，基於安全因素，我將錄下我們的對話。

瓦尼耶：我希望通知我的合夥人。我們在紐約有個工程。我必須通知他我被扣留在這裡。

克萊恩軍官：目前我什麼都不能做，瓦尼耶先生。
瓦尼耶：很好，那我要求你們聯絡奧賽碼頭。
克萊恩軍官：奧什麼，瓦尼耶先生？
瓦尼耶：法國外交部。告訴你們特種作戰司令部的頭頭，他一定認識阿芒・梅洛。
克萊恩軍官：我將傳達訊息。可以請您描述您的旅途嗎，特別是亂流的部分？
「……」

二〇二一年六月二十五日，七時二十五分，訪談結束

✦

蘇菲亞・克萊夫曼的訪談節錄

………………………………

機密性：國防機密／程序：四十二
訪問者：資訊安全監控中心，軍事資訊支援作戰組，瑪麗・塔馬斯中尉

日期：二〇二一年六月二十五日／時間：上午八時四十五分／地點：美軍麥奎爾空軍基地
姓氏：克萊夫曼／名字：蘇菲亞．泰勒／代號：六月
出生日期：二〇一四年五月十三日（七歲）／國籍：美國
乘客艙等：經濟艙一艙／座位：F3

塔馬斯軍官：現在是上午八時四十五分，第二天。妳好，蘇菲亞，我是瑪麗，安全軍隊的官員。妳今天早上還好嗎？

蘇菲亞：很好，女士。

塔馬斯軍官：妳可以叫我瑪麗，知道嗎。妳睡得好嗎？吃早餐了嗎？

蘇菲亞：有。

塔馬斯軍官：妳要好好吃飯。昨天，妳經歷了一段很累的飛行。我要問妳一些問題，然後我要記錄在妳面前的平板上。我也會錄下我們的對話。可以嗎，蘇菲亞？

蘇菲亞：我做錯什麼事了嗎？

塔馬斯軍官：完全沒有，蘇菲亞，別擔心。我們之後再一起去看今天晚上搭建起來

的遊戲區，這裡有將近三十位小孩，妳知道嗎。妳也可以看卡通。好嗎？

蘇菲亞：好。我可以玩 iPad 嗎？我有一臺，可是被拿走了。

塔馬斯軍官：我們很快就會還給妳了。妳幾歲，蘇菲亞？

蘇菲亞：我六歲，兩個月後就七歲了。

塔馬斯軍官：喔，很棒。確切是哪天呢？

蘇菲亞：五月十三號。

塔馬斯軍官：五月十三號是兩個月後嗎？

蘇菲亞：對。

塔馬斯軍官：妳想要什麼禮物呢？

蘇菲亞：另外一隻青蛙。為了不讓貝蒂孤單。

塔馬斯軍官：誰是貝蒂？

蘇菲亞：我的青蛙。牠在家裡等我。

塔馬斯軍官：我要給妳看一張妳媽媽拍的照片，妳認得出妳的家嗎？

蘇菲亞：認得出……

塔馬斯軍官：妳可以告訴我，照片裡的是誰嗎？

蘇菲亞：可以，是我學校的朋友，她是珍妮，他是安德魯、莎拉……

塔馬斯軍官：好，蘇菲亞。妳看，我把妳告訴我的全記下來了，這很重要。這是生日派對的照片，妳可以數數看蛋糕上有幾根蠟燭嗎？

蘇菲亞：可以……有七根蠟燭。

塔馬斯軍官：謝謝，蘇菲亞。妳在飛機上有感到噁心嗎？

蘇菲亞：喔，有，飛機一直動來動去的。

塔馬斯軍官：妳有時候會不會有聽到音樂的感覺？

蘇菲亞：我沒聽到，女士。

塔馬斯軍官：妳可以叫我瑪麗，蘇菲亞，妳知道的。那妳有時候會頭痛嗎？

蘇菲亞：不會，不太會。

塔馬斯軍官：妳不會覺得眼睛刺刺的嗎？

蘇菲亞：也不會。

塔馬斯軍官：那就好。臉上的皮膚，臉頰或是額頭也沒有癢癢的嗎？

蘇菲亞：沒有。

塔馬斯軍官：妳和妳的媽媽還有弟弟利亞姆一起旅行嗎？

蘇菲亞：他是我的哥哥。

塔馬斯軍官：好，抱歉，我搞錯了。那妳的爸爸呢，他沒有和你們在一起嗎？

蘇菲亞：沒有。他留在歐洲了。

塔馬斯軍官：妳在歐洲度過了一個很棒的假期嗎。

蘇菲亞：嗯。我沒有做錯事嗎？

塔馬斯軍官：沒有，蘇菲亞，完全沒有。妳的爸爸在軍隊中，對嗎？

蘇菲亞：對。他也沒有做錯事嗎？

塔馬斯軍官：沒有，蘇菲亞。好啦，不要哭。拿一張面紙。妳不要擔心。真的不要擔心。妳要我去請妳媽媽來這裡和我們一起聊聊嗎？

蘇菲亞：不要。

塔馬斯軍官：妳看，我帶了彩色筆跟紙。妳喜歡畫畫嗎，蘇菲亞？妳可以畫一張給我嗎？

蘇菲亞：我應該畫什麼？

塔馬斯軍官：妳想畫什麼就畫什麼，蘇菲亞。

二〇二一年六月二十五日，九時〇二分，訪談中斷

二〇二一年六月二十五日，九時〇九分，訪談重啟

塔馬斯軍官：謝謝，蘇菲亞。很漂亮的畫。妳全部都用黑色筆畫的。妳有看到這裡還有其他顏色的彩色筆嗎？

蘇菲亞：有。

塔馬斯軍官：這個很高的男生是誰？

蘇菲亞：是我的爸爸。

塔馬斯軍官：那旁邊的是誰？

蘇菲亞：是我。

塔馬斯軍官：妳畫的自己亂七八糟的。為什麼呢？

蘇菲亞：（沉默）

塔馬斯軍官：這個是妳的嘴巴嗎？

蘇菲亞：（點頭）

塔馬斯軍官：那妳媽媽呢，她不在那裡嗎？

蘇菲亞：不在。

塔馬斯軍官：妳還想和我談談妳的畫嗎。如果妳願意的話，我也要再請另外一個女士過來聽妳說話。可以嗎，蘇菲亞？

蘇菲亞：可以。「……」

二〇二一年六月二十五日，九時十九分，訪談結束

✦

喬安娜・伍茲的訪談節錄

機密性：國防機密／程序：四十二

訪問者：資訊安全監控中心，軍事資訊支援作戰組，達米安・赫普斯坦中尉

日期：二〇二一年六月二十五日／時間：上午七時二十三分／地點：美軍麥奎爾空軍基地

姓氏：伍茲／名字：喬安娜・莎拉／代號：六月
出生日期：一九八七年六月四日（三十四歲）／國籍：美國
乘客艙等：頭等艙／座位：D2

赫普軍官：第二天，七時二十三分。您好，伍茲女士，我是美國陸軍特種作戰司令部的達米安・赫普斯坦中尉。徵得您的同意，我們的對話將被錄下。

喬安娜：這個嘛，我不同意。

赫普軍官：伍茲女士，在國家安全的情況下，拒絕配合將會被視為可疑的行為。您是一九八七年六月四日於巴爾的摩出生的喬安娜・伍茲對嗎？

喬安娜：赫普斯坦中尉，我受到第四修正案的保護，免遭任意形式的拘留。我希望打給我的事務所。

赫普軍官：我可以向您保證，這個情形之下限制您的行動具有正當性。

喬安娜：赫普斯坦中尉，沒有任何一位法官簽了執行監禁的要求，有的話請給我看。我們不能被拘留在這裡，這是人身保護令的案例。

赫普軍官：我能理解，伍茲女士，可是幾個小時後，我們就會和你們解釋了。
喬安娜：我正在為集體聯邦乃至國際訴訟收集證據。四十七名乘客已經接受讓我的事務所代表他們了……
赫普軍官：這是您的權利。我可以問您幾個問題嗎，伍茲女士？
喬安娜：我想是不行的，不可以。而且我想要見您的上司。

二〇二一年六月二十五日，七時二十七分，訪談結束

✦

露西・博加的訪談節錄

機密性：國防機密／程序：四十二
訪問者：資訊安全監控中心，軍事資訊支援作戰組，弗朗西絲卡・卡羅中尉
日期：二〇二一年六月二十五日／時間：上午七時五十二分／地點：美軍麥奎爾空軍基

地

姓氏：博加／名字：露西／代號：六月

出生日期：一九八九年一月二十二日（三十二歲）／國籍：法國

乘客艙等：經濟艙第二艙／座位：K03

卡羅軍官：第二天，七時五十二分。您好，我是美國陸軍特種作戰司令部的弗朗西絲卡·卡羅軍官。您需要一位翻譯嗎，博加女士？

露西：不需要。

卡羅軍官：博加女士，由於安全因素，我們的對話將被錄製。您理解我說的嗎？

露西：我會說英文，我剛剛跟您說過了。

卡羅軍官：您是一九八九年一月二十二日在里昂出生的露西·博加嗎？

露西：哪裡？不是。不是在里昂。在蒙特勒伊。

卡羅軍官：謝謝您的指正。您來到美國的原因是什麼呢，博加女士？

露西：私人因素……女士，我有一個十歲的小男孩，我必須要打給他。他們不把手機還給我。

卡羅軍官：我很抱歉。您很快就可以聯絡他了。
露西：我昨天就應該要打給他了。他一定會很擔心。您有小孩嗎，女士？
卡羅軍官：別激動，博加女士。
露西：大家什麼都不告訴我們。我們被留在這裡好幾個小時了……
卡羅軍官：我必須問您一些問題。
露西：請讓我通知路易。這是聯絡他的電話。
卡羅軍官：好，博加女士。可以請您和我談談您的旅行，描述亂流的那刻嗎？

二〇二一年六月二十五日，七時五十九分，訪談結束

✦

維克多．米塞爾的訪談節錄

機密性：國防機密／程序：四十二

訪問者：資訊安全監控中心，軍事資訊支援作戰組，弗雷德里克・肯尼斯・懷特軍官
日期：二〇二一年六月二十五日／時間：上午八時二十分／地點：美軍麥奎爾空軍基地
姓氏：米塞爾／名字：維克多・塞吉／代號：六月
出生日期：一九七七年六月三日（四十四歲）／國籍：法國
乘客艙等：經濟艙第二艙／座位：L08

懷特軍官：第二天，八時二十分。米塞爾先生，我是美國陸軍特種作戰司令部的弗雷德里克・肯尼斯・懷特軍官。基於安全因素，徵得您的同意，我們的對話將被錄下。您是一九七七年六月三日在洛里昂出生的維克多・塞吉・米塞爾嗎？

米塞爾：我在里爾出生，不是洛里昂。

懷特軍官：感謝您的指正，米塞爾先生。

米塞爾：可以請您解釋發生什麼事了嗎？

懷特軍官：我很抱歉目前不行。您為何來到美國國土呢？

米塞爾：我來領一個小說的翻譯獎。

懷特軍官：您是譯者？我看到資料寫您是作家？

米塞爾：我……我也寫小說和短文。何況，譯作是一個作品，而譯者也是作家。總之……您為什麼要問我這些問題？

懷特軍官：可以請您描述您的旅行，尤其是亂流嗎？

米塞爾：飛機俯衝，我們全都在搖晃，噪音讓人很難受，我們都以為要死了，然後一切突然停了下來。就這樣。

懷特軍官：您現在正在寫書嗎？

米塞爾：我……我正在翻譯一本美國作家寫的奇幻小說，一個青少年吸血鬼的故事……

懷特軍官：您現在有在寫一本比較私人的書嗎，一本叫做《異常》的書？

米塞爾：《異常》？沒有。為什麼這樣問？

懷特軍官：米塞爾先生，您會畫畫或是演奏樂器嗎？

米塞爾：不會。

懷特軍官：您有察覺到一個不間斷，讓人感到舒服悅耳的聲音嗎？

米塞爾：沒有。

懷特軍官：您有頭痛或是偏頭痛嗎？

米塞爾：沒有。

懷特軍官：您有感到眼睛或是鼻子不舒服嗎？

米塞爾：欸……您在跟我開玩笑嗎？您以為我們在演《第三類接觸》嗎？

懷特軍官：我不懂您說的，米塞爾先生。

米塞爾：這部史匹柏的電影我看了二十次，都背起來了。您問我的問題和佛杭蘇瓦·楚浮問李察·德雷福斯一樣，一字不漏。哪個蠢蛋寫下這些問題的？

懷特軍官：我不知道您在說什麼。這是國防部規定此種情況下要遵循的程序。

米塞爾：哪種情況？您覺得我遇到外星人了嗎？然後您要問我的額頭和臉頰有沒有發炎、曬傷嗎？

懷特軍官：嗯……沒錯……所以，您的臉上有紅癢或是灼熱感嗎？「……」

二〇二一年六月二十五日，八時五十三分，訪談結束

✦

費米．哈邁德．卡杜納，又稱苗條男孩的訪談節錄

機密性：國防機密／程序：四十二
訪問者：資訊安全監控中心，軍事資訊支援作戰組，查爾斯．伍德沃斯官員
日期：二〇二一年六月二十五日／時間：上午九時〇八分／地點：美軍麥奎爾空軍基地
姓氏：卡杜納／名字：費米．哈邁德／代號：六月
出生日期：一九九五年十一月十九日（二十五歲）／國籍：奈及利亞
乘客艙等：經濟艙第二艙／座位：N04

伍德軍官：第二天，九時〇八分。我是美國陸軍特種作戰司令部的查爾斯．伍德沃斯。您是費米．哈邁德．卡杜納，您在一九九五年十一月十九日於奈及利亞伊巴丹出生。

卡杜納：沒錯。在拉各斯。不是伊巴丹。

伍德軍官：您為什麼來到美國國土呢，卡杜納先生？

卡杜納：大家都叫我苗條男孩。我是一個樂團的主唱。其他音樂家昨天就到了。我們明天在紐約演出。您不能這樣把我留住。

伍德軍官：我理解，卡杜納先生。

卡杜納：是苗條男孩……

伍德軍官：您的演唱會在哪一天舉行，苗條男孩？

卡杜納：明天，我和您說過了。晚上十點在水星酒廊。

伍德軍官：也就是說？日期是？

卡杜納：三月十二日……

伍德軍官：我要播一首歌給您聽：〈亞巴女孩〉。請戴上耳機。

二〇二一年六月二十五日，九時十五分，訪談中斷

二〇二一年六月二十五日，九時十九分，訪談重啟

伍德軍官：您知道這首歌嗎？

卡杜納：不知道。還不錯。〈亞巴女孩〉嗎？亞巴是拉各斯一個小區。這是奈及利亞的團體嗎？好奇怪，我完全沒有頭緒。

伍德軍官：卡杜納先生，您有反覆地察覺到一個令人舒服悅耳的聲音嗎？

卡杜納：當然啦，我是音樂家。「……」

二〇二一年六月二十五日，十時〇七分，訪談結束

笛卡兒2.0

二〇二一年六月二十五日，星期五
麥奎爾空軍基地，發想空間

疲憊的人心浮氣躁。精疲力盡的人則沒有力氣浮躁。早上六點，阿德里安、蒂娜與起初的二十位專家在一間指揮室安頓下來。七點鐘，隨著來到麥奎爾機場的直升機，人數達到了四十人。扶手椅和互動白板都安放好了，一位士兵將濃縮咖啡機裝上了。

一分鐘就足以說明情況。接著有十分鐘的提問時間，蒂娜和阿德里安只是不斷重複這難以置信的事實：機庫裡的這些人和一百〇六天前著陸的那些人，是同樣一批人，同樣的飛機。阿德里安·米勒與里卡多·貝爾托尼之間的對話——憑藉暗物質的研究競逐二〇二一年諾貝爾物理學獎——概括了整個情況。

「您在捉弄我們嗎，米勒教授？」

「如果是的話就好了。」

早上九點，王蒂娜繼續在發想空間舉辦跨學科的會議。阿德里安則回到特遣隊。梅蕾蒂思陪著他，還有一個高大削瘦、有著濃密灰髮和鋼鐵般藍眼睛的傢伙。西爾維亞指向一個遠端會議的螢幕，有些熟悉的面孔。

「米勒教授，在里約的美國總統正在線上，還有國務卿以及國防部長。」

「這個現象很不可思議，總統先生。」阿德里安清著嗓子開始說道：「不過就像亞瑟·查理斯·克拉克說的，所有足夠先進的技術都與魔法相差無幾。我們找到了十個假設，其中七個是玩笑，三個得到了我們的注意，一個獲得大多數人支持。從最簡單的開始吧。」

「請說。」西爾維亞說。

「『蟲洞』。我請拓撲學家梅蕾蒂思·哈伯向你們說明。」

梅蕾蒂思從桌上拿起一枝黑色鉛筆和一張紙，把紙對折。她清楚地感覺自己像在一部沒什麼預算的科幻電影演著一個教學場景，但算了。

「謝謝，阿德里安。我們假設空間可以像紙一樣對折……但這是根據一個我們無法觸及的維度，不在我們認識的三個維度之中。如果宇宙真的在弦論的規則之中，那它就是一個十、十一或是二十六維的超級空間。在這個模型中，每個基本粒子都是一根在纏繞的緯度中和其他粒子震動方式不同的弦。你們還在嗎……？」

美國總統張大了嘴巴，神似一條戴著金色假髮的大石斑魚。

「所以，當空間對折，那裡就有一個『洞』……」

梅蕾蒂思·哈伯將筆尖穿過紙張，然後將食指插入破損處。

「……接著，我們可以輕鬆地從我們三維空間的點穿到另外一個點。這就是大家說的愛因斯坦—羅森橋，負質量的勞侖茲蟲洞……」

「我懂了。」美國總統皺著眉說道。

「這個概念遵循傳統物理定律。在我們的愛因斯坦空間中，不超越光速的極限。但，若在超級空間中開啟一個漩渦，我們就可以於一瞬間在銀河間旅行。」

「這是小說中常見的概念。」阿德里安補充，他覺得梅蕾蒂思的說法太抽象了。「例如法蘭克·赫伯特的《沙丘》或是其他作品中的概念。同樣的概念也出現在諾蘭的《星際效應》。或是《星際爭霸戰》的企業號航空母艦。」

「《星際爭霸戰》！我有看過，沒錯。」總統突然驚呼。

梅蕾蒂思繼續說：「通常——這只是某種說法——我們瞬間穿越時間和空間，沒理由要複製出另一個自己。但在這裡，我們有兩架飛機……」

「就像企業號航空母艦在空間中出現兩次，有兩個寇克艦長、兩個史巴克、兩個……」阿德里安激動地說。

「謝謝，米勒教授，我們懂了……所以，第二個假設是什麼？」西爾維亞說道。

「我們稱之為『印表機』理論。我們和美國國家安全局的米特尼克談論過。」

米特尼克點點頭，撇著嘴，像是個很自豪被提及的好學生。

阿德里安繼續說：「就像你們知道的，生物列印革命已經開始了……」

「不好意思？請說清楚一點！」西爾維亞要求道。他預想到了總統可能會厭煩，所以自己扛起了頭腦簡單的角色。

「我們可以用3D列印製造生物物質。今天，用一小時，我們就可以製造出老鼠大小的人類心臟。十年以來，精緻程度和列印速度成長了一倍，複製物的體積也是。如果我們在每個領域中沿著指數曲線，保守估計……」

「我是保守派。」總統打斷談話。有一刻，阿德里安心裡質疑這是不是個玩笑。

數學家接著說：「所以，不到兩個世紀之後，我們就可以瞬間掃描，以同樣快的速度列印所有物品，如同這架原子順序定義上的飛機。不過有兩個問題：第一，印表機在哪裡？第二，製造飛機和乘客的原料從哪裡來的？」

梅蕾蒂思插了話：「確切地說……這部『印表機』的畫面，需要一個原件以及複本。而在我們辦公室的印表機中，最先出來的，都是複本。」

「我懂了。」西爾維亞說出思考的內容。「這架飛機的『複本』是三月十號降落的那架。然後『原件』剛剛降落。這樣的話，為什麼要差別對待兩組人呢，只因為第一架飛機……」

「……『先』從『印表機』出來……」梅蕾蒂思總結。

米勒繼續說：「我想要談談最後一個假設。這個假設被大家廣泛接受，但也是最使人震驚的。」

螢幕上的總統搖搖頭，並以皺眉來展示他的關注，他問道：「您想要說這是上帝的行為？」

「呃，不是，總統先生……沒人提到這個假設。」阿德里安驚訝地回答。

西爾維亞擦了擦額頭上的汗水。

「談談第三個假設吧，米勒。」

「我們命名為『博斯特倫假設』，這是以尼克·博斯特倫命名的，一位在牛津教書的哲學家，他在世紀初提出了……」

「這是很久之前的事。」總統嘆氣道。

「『這個』世紀初，確切來說是二〇〇二年。我請哥倫比亞大學的邏輯學家阿爾奇．衛斯理發言。」米勒說。

一個滿頭亂髮的高大傢伙走向一面白板，寫下一道公式：

$$f_{sim}=\frac{(f_P f_i N_i)}{((f_P f_i N_i)+1)}$$

然後帶著燦爛笑容和興奮轉向螢幕。

「您好，總統先生。解釋公式之前，我想要先談談『真實』。所有的真實都是一種建構，甚至是一種重構。我們的大腦被頭骨封閉在黑暗和寂靜之中，它只能透過眼睛、耳朵、鼻子、皮膚這些感應器來接觸世界：所有我們看到的、感覺到的都以電路、我們的突觸……我們的神經細胞傳達到大腦，總統先生。」

「我懂了，謝謝。」

「當然。而大腦會重建真實。根據突觸的數量，大腦每秒行動一千萬億次。比電腦少很多，但是有更多相互連接。不過在幾年之後，我們將可以模擬人類的大腦，這個程式將可以產生一些意識。奈米科技專家埃里克·德雷克斯勒曾想像了一個方糖大小，可製造十萬個人類大腦的系統。」

「不要再說什麼億了，我聽不懂，我很多同僚也聽不懂。請繼續您的論證。」總統說。

「好的，總統先生。請您想像一個比我們更高等的生物，他們的智慧之於我們，如同我們的智慧之於蚯蚓……可能是我們的後代。也請想像他們擁有強大的電腦，足以重建一個虛擬世界，在此世界，他們以精確的方式使他們的『祖先』重新活過來，然後觀察他們在不同遭遇下如何演化。使用一個小月亮尺寸的電腦，我們可以模擬十億次自智人誕生以來的人類歷史。這就是電腦模擬假設……」

「就像是電影《駭客任務》嗎？」總統疑惑地問道。

「不，總統先生。」衛斯理回答。「在《駭客任務》中，是機器使用了真實人類的身體能量，這些人是血肉之軀被束縛住的奴隸。機器使人類活在一個虛擬世界。在我們的假設中，則完全相反：我們不是真實的存在。我們認為我們是人類，不過我們只是程式，很先進的程式，但還是程式。就像《駭客任務》的史密斯探員一樣，總統先生。只是史密斯探員知道他是程式。」

「所以，現在我沒有坐在桌前喝咖啡？」西爾維亞說。「我們所觀察到的、感覺到的、看到的……都是模擬出來的？一切都是假的？」

「將軍，您在桌前喝咖啡仍是事實，只有咖啡和桌子的來源改變了。很簡單：人類感官帶的最大寬度並不是很寬——模擬所有的聲音、畫面、觸覺和嗅覺的成本微乎其微。要模擬我們的環境本身並不是很複雜，關鍵在於細節的程度：只要我們還在，『模擬人』在虛擬環境中就無法察覺到任何異常，他們依然有他們的房子、車子、狗，甚至電腦。」衛斯理說。

「就像是英劇《黑鏡》，總統先生，」阿德里安低聲說。

總統皺了眉頭。衛斯理繼續說。

「此外，我們愈了解宇宙，愈覺得它基於數學定律。」

西爾維亞打斷談話：「恕我直言，我們難道不能根據經驗，證明您在胡說八道嗎？」

衛斯理笑著說：「恐怕不行。如果模擬我們的人工智慧察覺到一位『模擬人』將觀察微型世界，它便只需要提供給他足夠的『模擬』細節。如果出錯了，只須重寫程式中可察覺此異常的『虛擬大腦』的狀態。或只須利用類似還原的動作，倒轉幾秒，接著重啟一個避開所有錯誤的新模擬程式……」

「這真是一派胡言。」總統大發雷霆。「我不是什麼超級瑪利歐，我也絕對不會和我們的同胞解釋，他們是虛擬世界的程式。」

「我能理解，總統先生。可是另一方面，一架飛機就這樣突然出現了，而它是另一架飛機從每位乘客到地毯上最小的蕃茄醬汙漬都一模一樣的複製品，這也實在令人難以置信。您是否可以允許我向您解釋我寫下的公式？」

「好吧。」憤怒的總統鬆口。「可是說快一點。」

「我向您展示大致的概念。我想要向您證明，我們很有可能是這些模擬意識的一部分。一個有技術的文明，只有三種可能的命運：它當然可以在科技成熟前自行消滅，就像我們已經華麗地證明的：汙染、氣候暖化、第六次大滅絕等等。就我而言，我認為無論是否為模擬，我們都會消失。」

總統聳聳肩。衛斯理繼續說。

「這不是重點。縱然，我們可以假設千分之一個文明不會自行消滅。這個文明達到了後技術階段，還擁有難以想像的強大計算能力。接著再假設，在倖存的文明中，一千分之一的文明，有著模擬『祖先』或『祖先的競爭者』的欲望。而此千分之一的技術文明，就其本身，將有能力模仿我們所說的十億個『虛擬文明』。我所說的『虛擬文明』，是指每數十萬虛擬年間，數百萬虛擬世代互相傳承，孕育出數千億可思考的虛擬生物。例如，五萬年的存在中，只有不到一千億個克羅馬儂人在地球上行走。要模擬克羅馬儂人，也就是我們，這就只是個簡單的計算問題。您還在聽嗎？」

衛斯理沒有看到螢幕上的總統翻著白眼，他繼續說：「最重要的是，一個超級技術文明，可以模擬出比『真』文明數量多出一千倍的『假文明』。這也代表如果我們隨機拿一個『會思考的大腦』，我的，或是您的，有千分之九百九十九的機會，我們會拿到一個虛擬大腦，千分之一的機會拿到真的大腦。換句話說，笛卡兒《談談方法》的『我思故我在』已不適用了。這比較像是：『我思，故我幾乎一定是個程式。』按照我們團隊中一位拓撲學家的說法，就是笛卡兒2.0。您還在嗎，總統？」

總統沒有回應。衛斯理觀察著一臉固執和憤怒的總統，總結道：「要知道，總統先生，我早就知道這個假設了，而直到今日之前，我估計有十分之一的機率，我們的存在只是硬碟上的程式。有了這個『異常』現象，我幾乎可以確信了。此外，這將可以解釋費米悖論：如果我們從未遇見外星人，那是因為在我們的模擬中，它們的存在並沒有被寫入程式。我甚至認為，我們正面臨某個測驗。更進一步地說，也許是因為我們有能力認知到自己是程式，模擬器出了考題給我們。而我們有著成功的意圖，或至少企圖使其成為有趣的事。」

「為什麼？」西爾維亞問道。

「因為如果我們失敗了，這個模擬器的負責者有可能消滅我們。」

十四號桌

二〇二一年六月二十五日，星期五，上午八時三十分
麥奎爾空軍基地，機庫B

《第三類接觸》，認真？結束訪談後，維克多不知該生氣還是大笑。未來會發生什麼事還難以預測，作家想沉靜地詳細記錄這個機庫的事情。機庫，真是奇怪的詞。離疾苦不遠，也離飢困不遠。他拿出他的筆記本與原子筆，試著將自己從叫聲、噪音中抽離出來。他記下：「幾乎不可能的場所之枯竭。」不。為什麼要活在小說家培瑞克的陰影下？為什麼從不擺脫前人的影響？為什麼，當他不再害怕成為一個冒充者時，他就只是一個尋求認可的孩子？

他全神貫注看著筆記本，進入他的「飛航模式」。

日期：二〇二一年三月十一日

機庫裡有很多東西，例如一百多個赭色帳篷、一個野戰醫院、幾排長桌、一個臨時籃球場、十幾個組合屋、公共廁所、兩排金屬柵欄、一個沒有人可以諮詢的「諮詢」中心，一片板子，上面用六種語言標記著「普世空間」，還有四個飲水臺以及其他雜物。

氣溫：對這個季節來說太熱、太潮溼。

概述所有醒目的事物：首先，機庫牆上排列著字母A到E，大寫的H代表醫院，空服員的包包上寫有「法國航空」、乘客衣服的品牌名稱、地上有「美國空軍」、電箱上有「危險」、「高壓電」。牆上有美國空軍的標語「胸懷大志，飛翔、奮戰、得勝」，還有第七轟炸機的座右銘「來自上方的死亡」，以及用於招募的「驚豔完成」。

維克多從容不迫、下意識地寫著。他讀過、翻譯過許多書，美麗的詞藻背後有太多鬼話，他覺得再給世界添加一句蠢話並不太恰當。他才不在乎什麼只需「在紙張上挪動鉛筆」，一篇光芒四射的散文就可從中湧出。他不相信「面對詞句時可以無所不能」，也絕對不可能有什麼「閉上雙眼以便明察秋毫」的事，或是在一個沒有靈魂的地方，他「隱於世間，刻畫自己的歧途」。此外，他也不信任隱喻。特洛伊戰爭一定就是因此才會開戰的。他知道，無論如何，只要他寫出一個比他自身更聰明的句子，這個奇蹟就足以使他成為一名作家。

維克多觀察著，在這巨大培養皿中——即機庫，真是個有趣的詞——這些散落的存在和猶疑不斷的焦慮，但他不知道該關注哪一個存在。他使自己迷戀於他者的生活。他想要選擇一種人生，找到合適的詞語來描述這種產物，並確信自己已經和它如此親密，足以不會背叛它。接著再換下一個目標，然後再另一個。三個人、七個人、二十個人？讀者會願意同時關注幾個故事呢？

他在十四號桌前，那裡除了幾位乘客之外還有機長。這位男人使維克多想到他的父親。同樣的灰藍眼珠、同樣的鷹鉤鼻、同樣在鬢角附近後退的髮際線，最終會在與粗糙灰髮的戰爭中贏得勝利，以及同樣強壯的軀幹。作家直覺地把手插進口袋中，感受紅色積木的平滑。在他的錢包中，維克多也保存了一張這已消失的父親的照片，那是他從一本相簿取來的；在那時還有相簿，在那時成千上萬的照片還沒有扼殺照片這項物品。照片中的男人二十歲，有著自命不凡的笑容以及正直的眼神。一天，他笑著和兒子說：「那時候我還很年輕。不知道是什麼時候，一切都開始失控的。」沒錯，在清晨的曙光中，馬寇機長近似維克多的父親，儘管維克多一點也不像他。

前一天，他的制服吸引了最焦躁不安的人們，法航的藍色制服能使人放心；或者也吸引了憤怒的人，因為他們尋找著罪魁禍首。但他已不是這些敵意的目標了。大家看著他與每個人一樣氣憤，最終認知到他並沒有享受到任何好處，也沒有得到任何消息的特權。為了證明這一點，或者只為了舒適，他換上一套西裝。在陸地上，大衛・馬寇不再是繼上帝之後的主宰者了，只是一個值得同情的友善傢伙，一個被部隊拋棄的迪穆里埃將軍，而且還是和藹的迪穆里埃將軍。早上，軍方毫無說明，便要求他與其他十幾位乘客進行體檢。

十四號桌還有一個高大的黑人，雙眼美麗深邃又憂鬱。他的短髮下有著阿爾罕布拉宮般的幾何圖形。他把「journey」說成「Johnny」，「you are」說成「Yuwa」。原來他是奈及利亞人，也是吉他手與歌手。他明晚在布魯克林有一場演唱會，最終他明白了堅持是沒有用的，不再抗議。儘管如此，他還是拿回了他隨身行李中的十二弦泰勒吉他，彈著吉他，用輕柔的節奏作曲：

我記得你昨日的雙眸

記得你燦笑的模樣

吉他聲豐富且圓潤，他的嗓音沙啞且炙熱。一個苗條的男孩，他為自己取的藝名與他非常相襯。他對著維克多微笑：「我很久沒有清唱了。」

他談了一個和弦，接著唱：

但是身穿制服的俊男禁止你……

「身穿制服的俊男？」維克多指向看守大門的士兵們問道。

「沒錯，這就是這首歌的歌名。」

他接著幾乎是低聲地唱：

朝向光明的道路、朝向光明的道路、朝向光明的道路

桌子另一端有人低語著：「只是你的姓氏成為我的仇敵。」維克多馬上就認出了是莎士比亞。「你就是不姓蒙特鳩，你還是你自己。」

茱麗葉·凱普萊特[1]在這裡，這一位年輕的女孩，重複念著文本：「蒙特鳩是什麼？不是手，不是腳，不是臂，不是臉，也不是人身上任何其他一部分……啊！換另一個姓

霸：姓算得什麼？我們所謂的玫瑰，換個名字，還是一樣的香；所以羅密歐，如果不叫羅密歐，名字雖然換掉，依舊可以保持他的那份優秀……」[2]

即使她念得吞吞吐吐，仍顯得激動，她知道在必要的時候她會哭出來。她告訴維克多，下週她有一場試鏡。「做過所有檢查後，他們會放我們出去的，他們對我們做的是檢查，是吧？他們不能這樣拘留大家。這是一個自由的國家，這裡還是有法律的。」

「沒錯，有法律。」一位五官精緻，皮膚黝黑、頭髮用銀色髮夾往後收攏的年輕女子說道。律師收集了五十個簽名，涉及任意逮捕、任意拘留、非法沒收財產、拒絕法律諮詢超過四十八小時等有關的六起集體訴訟。在她無法回到事務所的期間，每一分鐘都浪費了多少錢呢？該如何衡量她無法聽到艾比的聲音、想著他正擔心得要命而承受的痛苦呢？每人一天兩千美金的拘留損失，這不是便宜了美國空軍和政府嗎？

是哪個故事？啊，對。惡魔進到一位律師的家：「您好，我是惡魔。我想向您談一個交易。──請說。──我將讓您成為世上最有錢的律師。但您必須用您、您父母、您孩子以及您五位摯友的靈魂交換。」律師驚訝地看著惡魔，然後說：「好吧。所以這個

1【編註】Juliet Capulet，莎士比亞《羅密歐與茱麗葉》的女性角色。
2【譯註】梁實秋譯，遠東圖書 2007 年版。

交易的陷阱在哪？」

年輕女士皺著臉。不，她並不是那則笑話中卑鄙無恥的小人。但是在這個圈子中，律師必須讓客戶了解，她必須收費。她又向一個小女孩借了一張紙和一支彩色筆，寫了一封信。女孩的母親——一位年輕的金髮女士猶豫著。

「我的先生在軍隊，我不想要給他帶來麻煩。」

「不會的，正好相反，女士。您和我說過，您先生是戰場上的英雄，他在戰役中受了傷，對吧？這使他的地位不可動搖，況且，您簽下這份集體訴訟的文件，軍隊將無法威脅他，因為在法庭上這將使得他們窒礙難行。團結能使我們更強大。我們不能再被關在這裡了。您身邊有兩個孩子吧？他們受到的心理傷害會很嚴重，尤其是對孩子而言。」

「心理傷害？」女人問道。

她看向年幼的兒子，他不再尋求他的平板了，正趴在桌子上睡覺。她的女兒正畫著陰暗、詭譎、有著細長恐怖手腳的生物，並以黑色線條塗抹著圖畫上的人物。

十四號桌還有一位年輕女子，維克多無法不注意她。三十多歲、棕髮、纖細得像條藤蔓——他立即對這陳腔濫調感到不滿。她使他想到幾年前在亞爾翻譯會議遇過的女孩，刺透他的心並從此消失的那個女孩。懷舊是一位無賴。它使我們相信人生有意義。

維克多像磁鐵般被吸到她身旁坐下。吸引力的本質，總是渴望立即縮短彼此的距離。

他試圖與她交談。失敗。她與其他人無異，什麼都不知道，她疲倦地撇著嘴，然後重回書本的懷抱。她不是單獨一個人，身邊有個六十多歲的優雅男人，維克多從他體貼的殷勤和自己試著與她聊天時他的眼神中猜到，這男人不可能是她的父親，他無法掩飾那一絲動物性的不安。他們互相自我介紹，男子是一位建築師。維克多聽過他的名字，但不清楚他的作品。混凝土與玻璃的世界使他感到無趣。偶爾，當他翻譯時，一個專有名詞出現——額枋、木瓦……他會搜尋單字，然後馬上就忘了。維克多觀察著這個男人，不覺得他醜，但可以從他雙手薄透的肌膚與布滿皺紋的額頭看到一位衰老的男子即將現身。她心中的他是什麼樣子的呢？他可能只有她賦予給他的年紀。他能了解一個女人對男人的渴望嗎？

軍人裝了一臺咖啡機。男人起身，問了年輕女人是否想要一杯咖啡。她搖搖頭，他便從容不迫地走開了。維克多猜想這是他的優雅，是他讓她喘口氣的一種風度。這密閉空間足以使人透不過氣，她不用再被他的殷勤悶死。

她手中翻閱的庫切。維克多沒有讀過。

「好看嗎？」維克多問道。

「什麼？這本？好看。可是沒有《恥》來得好看。」她回道。「我同意，那是他最好的書，對吧？」維克多說。

「那是他的代表作。」她證實這點，然後轉開了頭。維克多自知打擾到她了，他沒有堅持繼續談話，而是重拾他的筆記本，記下「恥」這個字，毫無諷刺之意。

地球仍然在轉啊

二〇二一年六月二十六日，星期六，上午九時三十分

華盛頓，白宮，戰情室

傑米・普德洛夫斯基與團隊在白宮地下戰情室聚集了十幾名男性，他們都各自相信多虧了上帝，才得以出生在正確的宗教中：兩位紅衣主教、兩位猶太拉比（一位正統派、一位改革派）、一位東正教神父、一位路德派牧師、一位浸信會牧師、一位摩門教徒、三位來自遜尼派、薩拉菲派和什葉派的穆斯林宣教師、一位藏傳佛教僧侶、一位大乘佛教僧侶。即使普德洛夫斯基在搭乘直升機的四十分鐘成功睡著了，桌上仍擺著許多杯咖啡。

軍事資訊支援作戰部的長官很擔心。筆直的道路無法容忍路陷，晦暗則厭惡無法解釋的事物。宗教法則的恆久不變，就在剛剛頑強地撞上了宇宙的圓舞曲和知識的進步。

該如何從《妥拉》、《新約聖經》、《古蘭經》或其他揭示的文本找出最微不足道的句、矛盾的章、晦澀的節，預言或證實一架飛機會從空中憑空而出，還與三個月前到來的飛機完全相同呢？

當美洲人遇見哥倫布與大群的征服者，並為此付出慘痛代價時；天主教會必須在聖經中找到美洲人存在的原因。當然，根據使徒保羅的說法，福音已經「傳遍世界盡頭了」，那麼挪亞的三個兒子——閃、含和雅弗是如何在地球上殖民，那些該死的孩子，是從哪裡遷移至西印度群島的？這些新人類是以斯拉續篇下卷，也就是特土良說的偽典中，所提到的失傳以色列支派嗎？最終，他們在《約翰福音》找到了一個可以驗證的說法：耶穌「另有不是這圈裡的羊」。

傑米．普德洛夫斯基從父親繼承天主教，從母親繼承猶太教。一九六〇年一月，來自波士頓的德系猶太女醫生，瘋狂地愛上了巴爾的摩的異教警察，從此一發不可收拾。小傑米在水火不容的祖父母之間長大，媽媽那邊是德國猶太人，爸爸那邊是波蘭天主教徒，他們的反覆爭吵塑造了一個常常提問的孩子。傑米剛開始只是猜疑，後來變得疑神疑鬼，永遠抵制任何形式的宗教信仰。但她曾被普德洛夫斯基祖父母——偷偷地——受洗了。她拒領聖餐，隔年又拒絕參加她的成年禮。雖然她投給民主黨，但她並沒有強烈的政治信念。

當她參加軍事資訊支援作戰部的面試時，人事部負責人問了傑米的信仰，而這位心理學家回答：「我沒有。」面試的女人不死心地又問：「所以，您是無神論者。」一邊玩著原子筆，好似她手邊有份想像中的問卷必須填寫。傑米・普德洛夫斯基聳了聳肩：「我不在乎，上帝對我來說，比較像橋牌：我從來不會主動去想。所以，我不會以我不在乎橋牌這一事實來定義自己，我也不會與那些討論自己也不在乎橋牌這一事實的人聚在一起。」這個答案一針見血。六年後，不到四十歲的她就擔任聯邦調查局軍事資訊支援作戰部負責人，之後又在資訊安全監控中心擔任同樣職位。

傑米・普德洛夫斯基專攻宗教問題，今天，她認識了這房間裡所有的男人。她是在場唯一的女人，毫無疑問地以「女士們，先生們……」開頭，並且希望他們有人點出這句話有多諷刺，不過沒有，當然沒有。她指向顯現總統的大螢幕，總統被顧問包圍著，與前一天一樣，今天也有他的宗教顧問。

「總統先生，您可以隨時介入談話。謝謝大家今天的到來。我是傑米・普德洛夫斯基，美國陸軍特種作戰司令部高級軍官。你們今天會在這裡，是因為你們代表了絕大多數我國領土上信奉的宗教。」

普德洛夫斯基接著介紹每一位神職人員，不讓任何人有機會抱怨在清晨被喚醒，馬上被帶到白宮送至戰情室。

「我要向你們敘述一個情況，接著提出幾個簡單問題。我不要你們從道德的角度回答問題，我要你們從神學的角度來回答。我說清楚了。你們知道一些實驗室裡可以使用3D技術列印有機物質，並以幹細胞製造人造生物體，像是肌肉、心臟，如此病人就沒有排斥的風險。然後……」

正統派的拉比打斷她。

「沒錯，我們之間已經得到共識了；其中包含天主教和穆斯林朋友。」

紅衣主教點頭。薩拉菲派的伊瑪目也點頭：「只要能挽救生命，伊斯蘭教法委員會便已經確立伊斯蘭教允許基因工程。」

「謝謝，各位先生。我要請你們想像，我們可以完全地複製某個人。」

「完全地，是什麼意思？」路德派牧師問道。

「以極高的精確度複製一個人。新個體和原始個體有著同樣的遺傳密碼，但不止如此。」

「就像一個完美的複寫紙副本，對吧？」摩門教徒說。

「沒錯。」普德洛夫斯基笑著說。「複寫紙副本。」

「這是一個推測嗎?」其中一位佛教徒帶著一股幾乎可說是老套的東方柔和感問道。

普德洛夫斯基沉默了許久。她想慢慢來。

「不是,我的問題不是理論上的。我們盤問了一個人,他和另一個人毫無二致,而他聲稱自己就是那另外一人。我們比對了這兩個人。結果非常令人吃驚。」

「就像雙胞胎嗎?」

「不……他們兩個有著一樣的個性和記憶,因此兩人都自認是本人。從化學和電子直到原子,他們倆的大腦編碼方式都一樣。」

房裡出現一陣騷動。有人說著「褻瀆神明」、「卑鄙下流」之類的話,以及一些更多涉及排泄而非神學的言論。

「這個無恥行為的幕後主使是誰?」浸信會牧師總結大家的問題。

「我們也不知道。我們沒有請你們評斷這是否合乎道德。總之,這些生物是存在的。」普德洛夫斯基說。

「是Google嗎?」紅衣主教語氣激動。「他們……」

「不是,閣下,不是Google。」

「可是，這位女士，Google 已經入股一家以色列 3D 列印公司，而且……」主教接著說。

「不是，閣下，不是他們。我的第一個問題是：根據宗教法則，這……這個生物是神創造的嗎？」

普德洛夫斯基支支吾吾並不是忘詞，她言詞中的猶豫是為了煽動辯論。大家開始感到錯亂，薩拉菲派宣教師第一個拿起了麥克風。

「真主賦予了人類和動物生殖的恩賜，真主賦予人類理性，使其發明物品。但先知——願主福安之——也在朝覲中說過：『噢！人類啊！有個預言，你們傾聽吧：你們向真主之外祈禱的那些對象，即使他們齊心協力，也無法創造一隻蒼蠅。』這就是寓言說的：人類無法創造生命，就連一隻蒼蠅也無法。」

「我懂了，可是，親愛的朋友，現在情形比一隻蒼蠅來得嚴重。」普德洛夫斯基糾正。遜尼派宣教師起身，說了：「在布哈里聖訓中，阿布·賽義德·胡德里——願主喜悅之——轉述說先知——願主賜福之——說過：『沒有靈魂已注定要創建，但真主將創建它。』」這才是重點。」

「所以，根據你們的說法，這些生物是神創造的。」

「我不會再重複一次蒼蠅的譬喻。」薩拉菲派宣教師接著說。「如果真主不希望這些生物被創造，祂就不會允許他們存在。」

「我懂了。」普德洛夫斯基說。「我懂了……」

她沉默下來，徒勞地等著天主教或是新教牧師說些什麼。正統派拉比猶豫了片刻，然後說：「《塔木德》也有創世神話。在猶太公會中，據說拉瓦——祝福他——以魔法之力創造出一個人類。書中沒有說是誰……」

「不好意思，誰是拉瓦？」普德洛夫斯基問道。

「他是第四代拉比……總之，拉瓦把他創造的人送到拉比澤拉那裡，拉比澤拉問了它一個問題，但是由於這個人沒有回答，拉比澤拉便明白它不是神所創造的，它是一個被賦予生命的假人，他便命令它歸於塵土。」

改革派拉比補充：「在其他版本中，拉瓦創造的男人會說話，但無法生殖。猶太公會也提到哈尼吶和歐沙亞創造了一頭羊，他們之後吃掉了牠……一切都很令人困惑……我們必須把這些當成寓言來解讀。這些只是為了展示人類的虛榮和神的全能。」

什葉派宣教師嘆了一口氣。「不管怎樣，讓我們回到古蘭經。在阿拉伯文中，『創造』這個詞，khalaqa，意思是『從無生有』，這件事只有——大家都同意這點——真主可以做到。即使您的拉瓦拉比升天也無法做到。但這位女士，在您提到的案例中，這個……生物……並不是從無生有的吧？」

「肯定不是。」普德洛夫斯基回答。「不過，我們不清楚……生產……過程。」

改革派拉比打破沉默：「我們必須回想邁蒙尼德的教導：神把自己的靈魂給了人類，nèphèsh，但如果說神賜予人類法則以及箴言，那是因為人類有著善與惡的自由意志。」

「我看不出來自由意志和我們談的主題有什麼關聯。」正統派拉比憤怒地說。「我們被要求提供神學上的立場，當然，您如往常一樣完全離題，您把話題帶回您的邁蒙尼德！」

「我沒有帶回我的邁蒙尼德！」

「拜託，好了。」普德洛夫斯基緩和氣氛。「請試著理解，我會提出這個關於創造的問題，是因為我不想要人們說他是撒旦的創造物。」

「撒旦不會創造！」薩拉菲派智者憤慨表示。

「絕對不對！」正統派拉比支持他的說法。兩位新教教徒也點點頭。

「神創造了撒旦。」其中一位紅衣主教畫著十字架說道。「祂為了誘惑伊甸園的人類才創造了撒旦，撒旦化身為蛇，也就是上帝最狡猾的創造物。不過撒旦不會創造。」

「啊。」普德洛夫斯基天真地驚嘆道。「不過，我想我聽過『撒旦的創造物』。」

「這是語言濫用，只是大家流行這樣說。」薩拉菲派智者笑著說。桌子另一頭的什葉派智者則冷笑並氣憤地說：「流行這樣說？話說，依我看，你們的神學家穆罕默德‧穆納吉德，稱米老鼠為『撒旦的創造物』。」

「米老鼠？」還沒說過半句話的美國總統突然跳了起來。

「穆納吉德不是像您說的，是『我們的』神學家。」薩拉菲派宣教師嘆氣道。「他是一位值得尊敬的智者，如此而已。他確實說了『撒旦的士兵』，而他的話語被異教徒和叛教者歪曲，以嘲笑伊斯蘭教。」

「他還是對米老鼠下達他的教令。」什葉派宣教師繼續說著，語帶諷刺。「而且穆納吉德並不反對奴隸制，也不反對和奴隸發生性關係。」

「這是伊制瑪爾，所以是穆斯林智者的想法。」薩拉菲派宣教師惱火地說。「穆罕默德‧穆納吉德只是重述，而我……」

「哈！他也說我們可以把同性戀者燒死嗎？」路德派牧師問道。

改革派拉比翻了個白眼。「哼。需要我提醒您，路德對同性戀的看法嗎？」

「先生們，先生們。」普德洛夫斯基以權威介入。「我們離題了。我視第一個問題已經解決：我們的人，並不是惡魔的創造物。好嗎？」

「他只可以是神的創造物，大家都同意這點。」正統派拉比說，口氣平穩。

佛教僧侶保持沉默，但其中一位憤怒地說了出口：「關於你們的『神的創造物』……留給你們爭吵吧。但這個世界只有一個相對的起源。這是一個沒有終點的輪迴，在此之中，宇宙在梵天的創造狀態、毘濕奴主宰的穩固時期，以及濕婆或緩慢或迅速摧毀一切的階段之間浮動。然後一切便可重新開始。對我們來說，您的問題毫無意義。一切眾生，皆有佛在身，皆能獲得開悟。您不太可能看到佛教徒對著『撒旦的創造物』大喊大叫。我們歡迎這個新生命。一如往常，我們會傳遞和平的訊息。」

「一個美麗的和平訊息，不錯。」遜尼派宣教師反駁道。「當你們的教友在狂熱威拉圖的旗幟下，屠殺我們的緬甸羅興亞兄弟時……」

「可是……這不是我的佛教……而且，首先，我就問您，是誰摧毀了巴米揚大佛？然後是誰在斯里蘭卡……」

普德洛夫斯基溫和地介入。

「拜託。我知道你們都充滿善意，不過——我很遺憾——我們無法在這房間裡解決地球上所有的問題。所以他是神的創造物，或是一個有佛在身的生物。我們一致同意。我還有一個問題，關於一個概念：靈魂。」

「靈魂？」遜尼派宣教師重複道。

「沒錯，我不知道如何定義它，不過這是一個基本原則，對吧？」

「這是基本原則，不過很複雜。」遜尼派宣教師說。「我可以對這點詳述嗎？」

「我們有很多時間……」普德洛夫斯基嘆氣道。

會議進行了兩小時，到了尾聲仍沒有解決任何事，疲憊的傑米・普德洛夫斯基結束了會議。就算花一個禮拜、一個月，都無法解決問題。

「拜託，先生們。我們能達成一個共識嗎？甚至是否能發表一個盡可能一致的聲明，當然這只是臨時的聲明，但可以保護這個人免受於任何因誤讀聖典而導致的犯罪行為？」

「這是最好的方法。」其中一位佛教徒說。

「毫無疑問。」改革派拉比表示同意。「我們可以引用利未記中（19，18）的優美詞語，神命我們愛人如己。」

「或是《約翰福音》（13，34），耶穌要門徒彼此相愛。」路德派牧師說。

薩拉菲派宣教師鞠躬並總結道：「先知說過『行善吧！』——願主福安之。『真主喜愛行善的人。』歡迎這些生物的到來，不折磨他們，我們就不會行惡。」

「很好。」普德洛夫斯基說。「非常感謝你們。我必須補充一個重要的資訊。我們面對的不是一個『複製』生物，而是好幾個。確切來說，是兩百四十三個。」

「兩百四十三？」

她沒給大家時間反應。

「朋友們，我們明早再見，屆時你們將獲得全部的資訊。無論如何，我想這並不會改變這場辯論的實質意義。我將寫一篇會議大綱，並向你們提交一份超越宗教分歧的普世決議。」

普德洛夫斯基感謝了每個人，然後離開。一登上載她往基地的直升機，她便馬上打給阿德里安．米勒。

「所以，進展順利？」數學家問道。

「非常順利。」普德洛夫斯基嘆了口氣。「非常順利。」

電話震動。是美國總統傳來的簡訊。

總統寫了「做得好」。

機庫

二〇二一年六月二十六日，星期六
麥奎爾空軍基地，機庫B

「什麼？他們在跳舞！」西爾維亞在高處的平臺上驚呼。

北面，桌子之間被騰出了一個空間，沒錯，不只青少年和小孩，旅客們在跳舞，配合著紅髮艾德介於R&B和舞廳曲風的新歌〈厭倦做自己〉舞動。可是西爾維亞並不是舞蹈專家，身旁的普德洛夫斯基或是米特尼克都無法幫他。

他已經很久沒跳舞了。兩年前，和他的女兒共舞，幫她的婚禮開場？也許吧。那天，他們在路易．阿姆斯壯的音樂下跳了華爾滋，他穿著太緊的西裝，而穿著白紗的她幸福洋溢。西爾維亞剛從阿富汗回來，他和吉娜笑著轉圈圈，吉娜也在父親的懷裡笑著轉圈圈，他們一起，他的腦海裡旋轉著戰爭噁心的畫面。

即使閉上雙眼，即使三瓶啤酒下肚，即使在女兒帶著果香的溫柔懷抱下，西爾維亞的世界已漸漸遠離了那個美好世界。儘管如此，透過與她跳華爾滋、透過趕走血、粉塵與沙漠，他等同朝著所有地獄的惡魔吐口水。

「誰讓他們播音樂的？」西爾維亞氣惱地說。

「這其實是個好主意。」普德洛夫斯基說。「我們為孩子們放映了電影，也將發送桌遊、棋盤、撲克牌。應該可以減緩緊張的氣氛。」

「那就讓他們跳舞吧。」

將軍看向鐘錶：下午兩點。但他疲憊得如同在凌晨兩點。從他所在的平臺上看去，機庫成了由迷彩沙色帳篷和白色組合屋構成的村莊，一個散發著臭掉的油脂與消毒水味道的臨時村落。後勤部隊盡可能配合這些無紀律的平民。士兵們只知道最有限的資訊，他們收到的唯一指示，就是不要透露現在的日期。大多數人都堅定地守著門，不過也有一些人獲准照顧小孩。西爾維亞將士兵的人數增加了兩倍。他發現了他的手下很緊張，便用電擊槍取代了原本的自動步槍。

沒錯，派翠克·西爾維亞很疲憊，但是他卻漂浮在一種罕見的充實滿足之中。他人生中第一次，不再自問為什麼會成為佩戴著空軍十字勳章、紫心勳章和功績勳章的西爾維亞將軍。自幼，他想成為醫生，以照顧垂死的母親；年少時，他曾試圖成為喜劇演員，然後他又開始學習理論物理學。但一波未平，一波又起。他沒有拿到勞倫斯大學的獎學金，他的父親得到了白血病，而後去世，他美麗的麥菈為了一個三十五歲的大叔離開了他。於是，他不顧一切地參加並通過了西點軍校考試，成為同屆中唯一不是軍人家庭出生的軍人。從此，他不斷地質疑命運為何：如果十八歲時，他被選為那部百老匯偵探劇的配角；如果漢娜沒有這麼早懷孕；如果在二〇〇三年四月的攻勢中，他沒有在摩蘇爾上空擊落那該死的米格25戰鬥機？現在他有了答案：這偶然之路存在，只是為了這一天，在銀河運輸機機庫的金屬平臺上，他將雙手放在塗上鉛丹的欄杆上，被諾貝爾獎得主包圍著，站在這群不知從何而來的人上方。

「我要進去老虎的洞穴裡了。」西爾維亞語氣堅決。

「剛剛發生了一場騷動，他們會把您撕成碎片……」普德洛夫斯基說。

「我也許就想成為碎片。」

「我忘了說，乘客中有一位律師……喬安娜·伍茲。我不是法律專家，可是她的文件看起來很嚴肅，儘管很……五顏六色。」米特尼克說。

「五顏六色？」西爾維亞驚訝道。

「她用發給孩子的彩色筆和圖畫紙寫下她的訴狀。」

將軍嘆了口氣。他腦海中浮現十幾個關於律師的笑話，其中一個很棒的是關於蜱蟲和律師的差別，但他沒有說出口。此時開玩笑並不會緩和氣氛。

「如果您想要與她談判，伍茲小姐在第一排，與機長在十四號桌。」

米特尼克看到西爾維亞驚愕的表情，繼續說道：「將軍，如果您再仔細看看您的平板，就會發現我們在牆上安裝了上百架高畫質攝影機，還有同樣數量的指向麥克風。界面上有臉部辨識系統、支援所有語言的語音辨識，能夠同步翻譯。點擊乘客姓名，逐字稿就會即時顯示。桌上的乾燥花蓋住了這些電子裝置。帳篷內也被監聽了。」

「非常好。廁所裡沒東西吧，因為你們也會去那裡？」

「我們討論過，但最後還是決定那裡不要裝上任何東西。」

米特尼克毫無表情。西爾維亞心想，這男人是綳著臉說笑還是本來就很正經。

「您這麼厲害，米特尼克，您一定有那位逃跑乘客的畫面……」

「沒有。我們昨天早上才安裝好攝影機跟麥克風。他早就逃走了。我們知道他用米卡耶爾・韋伯這個名字逃到了巴黎。這是偽造的身分，他之前用澳洲護照旅行，那是其中一個還沒有使用生物辨識的國家。澳洲有十幾個米卡耶爾・韋伯，但這傢伙住在黃金海岸，他是一位從沒離開過這座城市的校車司機。我們曾想從他在波音上的位置採集指紋，但座位是布料做的。我們收回了餐盤和餐具。排除其他乘客的DNA之後，還剩下候餐人員的。想像一下，如果我們真的找到他的DNA，就可以知道他的膚色、眼珠顏色、髮質、年齡、外貌，創造他的基因肖像，透過社群媒體尋找他。我們不該只是等待奇蹟降臨。」

「飛機上的畫面呢？」

「他買了30E的座位，那裡是攝影機的死角，就連登機時，鏡頭也沒有拍到他露臉的畫面。我們約談了他飛機上的鄰座，但沒人特別注意他。我們描繪了他的肖像。厚重的眼鏡、長髮、小鬍子，他的這些裝飾都能吸引目光，同時讓人無法注意他真正的樣貌。而且他在機上一直穿著連帽上衣。」

「戴高樂機場的監視器呢？」

「那已經是三月的時候了。大部分畫面都被刪除了。少數存留下來的畫面中，我們什麼都沒看到。以這種潛伏等級來看，我們是碰上專業的了。」

「機庫中的撬鎖呢？」

「他趁著火災引起恐慌時強行撬開了門，大概也是他點的火。門把與他使用的鐵棒上都沒有指紋。中午，我們在紐約找回了被偷走的皮卡車，已被燒毀。我跟您說，他是專業的。」

「繼續找。就算螞蟻也會留下痕跡。」

「如果飛蟻就不會了。」米特尼克苦笑著說。

梅蕾蒂思的問題

二〇二一年六月二十六日，星期六，上午七時三十分
麥奎爾空軍基地

「我拒絕當一個程式。」梅蕾蒂思咒罵著。「阿德里安，如果這個假設正確，我們就正在經歷一個N次方的洞穴寓言。這令人無法接受：我們只能接觸到現實的表面，無法觸及真實的知識。但是，如果這個表面只是一個幻覺，就足以讓我們飲彈自盡。」

「我不知道『飲彈自盡』是否適用於一個程式。」阿德里安說，一邊遞給她早晨的第三杯咖啡來緩和心情。

梅蕾蒂思很生氣，暴跳如雷，儘管這無疑是莫達非尼的副作用，她每六小時吞一顆藥丸，抑制睡意。阿德里安面對著她一連串無解的問題。她什麼都問。

我不喜歡咖啡是否寫在我的程式中？還有我昨天變成一塊吸乾龍舌蘭的海綿，宿醉時也都是假的嗎？如果程式有慾望、愛和苦痛，那麼愛、苦痛和慾望的演算法是什麼？在程式中，是否也寫著當我發現自己是程式時就會生氣呢？我是否還有自由意志？所有一切都是註定的、寫在程式中、無法避免的嗎？這個模擬世界中有多少混沌？至少有混沌吧？有任何辦法可以證明嗎，沒有，呼，其實我們並不在一個模擬世界中吧？

「要找到使這個假設無效的實驗，很困難，很棘手，因為這個模擬世界可以提供一個相反結果的證明。不過，他們已經堅持試驗三十個小時了。特別是天文物理學家，他們試圖觀察最高能量宇宙射線的行為。他們認為，透過應用『真實的』物理定律，以百分之百模擬是不可能的。宇宙射線的異常行為可以證明這個真實並不為真。目前為止，這些資訊並沒有什麼用。」阿德里安回答。

阿德里安痛恨模擬世界的想法，他把卡爾．波普爾當作他知識論的導師，對這厲害的波普爾來說，如果一個理論無法被反駁，便不具備科學性……但他可以轉而思考問題的各種層面，而在同等條件下，最簡單的解釋往往是最好的。最簡單的，也最引起不安的解釋是：飛機的出現，不可能是模擬世界運轉不良——模擬世界可以很輕易地「除錯」，並倒退回幾秒鐘之前。不。這顯然是一個測試：上億的虛擬生物，當知曉自己是虛擬生物時，會如何反應呢？

但阿德里安沒有時間爭論，因為梅蕾蒂思繼續問。

我們活在一個只是幻覺的時間裡嗎？在巨大電腦的程式中，每世紀都只維持不到一秒鐘？所以死亡是什麼，只在一行代碼上寫著「終結」（end）嗎？

希特勒、納粹大屠殺都只存於我們的模擬世界嗎，還是存於其他模擬世界，六百萬個猶太程式都被數千個納粹程式屠殺掉了嗎？強姦是一個男性程式強姦一個女性程式嗎？偏執狂程式難道不是比其他程式更有一點洞察力的系統嗎？這個瘋狂的假設，難道不是所有最誇大的陰謀論中，最精心策畫的陰謀論形式嗎？

開發出模擬這些白痴存在的程式，其他程式則模擬出太過聰明以至於因為被白痴程式圍繞而感到痛苦的程式，模擬音樂家、藝術家的程式，還有一些模擬寫作給其他程式讀的程式，這多麼變態啊？還是其實沒有人閱讀這些東西？誰創造了摩西、荷馬、莫札特程式？又為什麼有這麼多劣質的程式，在他們的電子生命中度過自己的存在，卻對模擬世界的複雜度毫無（或極少）貢獻？

或是，或是，梅蕾蒂思又氣憤了起來，這是尼安德塔人設計的克羅馬儂人模擬世界，這個智人亞種與我們所認知的完全相反。他們真的成功生存了五萬年？尼安德塔人想看看這些極具攻擊性的非洲靈長類動物如果沒有消失，可憐的他們會發生什麼事？很好，他們現在知道了，克羅馬儂人無可救藥地愚蠢，他們摧殘這個虛擬環境、摧毀森林、汙染海洋，荒謬絕倫，燒掉化石能源，幾乎所有物種都將因暖化和愚蠢，而在五十個模擬年後死亡。或著，是一個不好也不壞的情形，如果我們是被丟進一個恐龍後代創造的模擬世界，這些恐龍並沒有被隕石消滅，而是想要觀察一個被哺乳類統治的世界呢？還是我們活在一個由DNA雙螺旋接收的碳基生物騙局之中，一個由外星人模擬的宇宙，在此之中，生命是圍繞著三螺旋和硫原子所組成的？甚至，甚至，如果我們是被一個更大的模擬世界中沒那麼模擬的模擬生物模擬出來的呢，如果所有的模擬世界都可以套進另外一個，就像子母桌一樣呢？

我們要如何知道自己的外貌？因為在程式中，我是一個年輕、太纖細、有著棕色長髮與黑眼珠的白人女子。模擬世界為何不能盡情地在我身上創造出不同的臉和身體，以適應不同的對話者呢？

對了，阿德里安——梅蕾蒂思現在氣得喘不過來——還有另一個沒那麼荒謬的想法：一個假的生命在假的死亡後還會存在嗎？確實，追根究底，這些如此高尚、如此天才的生物，在他們的模擬世界中，加入一些劣等的天堂來獎勵這些聽從每個信條，值得稱讚且乖順的程式的話，他們又不用付出什麼代價吧？何不為總是吃清真食品、虔誠地轉向麥加一天向真主祈禱五次的優秀穆斯林程式設計一個天堂呢？為那些每個禮拜日都去做彌撒懺悔的天主教徒設計一個天堂？為那些阿茲特克的水神特拉洛克的崇拜者，那些在金字塔頂端犧牲，變成蝴蝶回到地球上的受害者設計一個天堂？

如果也存在一千個地獄，專門給那些可恥的背教、不忠，或思想自由的程式，在這一千個煉獄中，這些解放的靈魂將在永恆而虛擬的折磨中不斷燃燒、被紅色惡魔攻擊、被凶殘的怪物吞食呢？更棒的是，為何這些惡作劇的天才，沒有想到讓每個有信仰的程式都向錯誤的神禱告呢？一旦死亡，才會驚覺，朋友啊，你受洗了，佛教徒、猶太人、穆斯林？你應該要當摩門教徒才對，你這個笨蛋！嘿，大家都下地獄吧！

梅蕾蒂思想要表達的是，阿茲特克的神創造了世界好幾次，也摧毀了世界好幾次：第一太陽紀使人類被美洲豹吞噬，第二太陽紀使人類變成猴子，第三太陽紀使人類埋葬於火雨之中，第四太陽紀使人類溺斃後變成了魚。

梅蕾蒂思如此思索，或許也是她的程式，保留許多阿茲特克眾神的訊息。此外，她無意詆毀一神論。眾神之間無盡的衝突，可以更好地解釋世界的運作不良。

梅蕾蒂思突然想來杯她不喜歡的咖啡，因此正與頑固的咖啡機交戰——這些混蛋，他們甚至在模擬世界中寫了故障的程式——而當黑色的泡沫液體終於流出，她默默地轉向阿德里安。

他心中帶著熱情的喜悅看著她。他喜歡她的一切，她發脾氣時粉紅色的臉頰、鼻頭上的汗珠，如此纖瘦的她穿著寬大襯衫的樣子。或許這被她吸引過去的引力也寫在程式中？他才不在乎。人生可能就在我們失去它時才真正開始。

對他們來說，知道這一切之後，會有什麼改變？模擬與否，我們還是活著，我們還是感受著，還是愛著，痛苦著，我們還是在創造，我們死後也在模擬世界中悄悄地留下痕跡。知道這點有什麼用呢？不清不明好過科學。無知便是福，而事實從不創造幸福。當個幸福的模擬生物更好。

梅蕾蒂思喝了一口苦澀的咖啡，笑著說：「謝謝您讓我過來這裡，阿德里安。我的憤怒與我們所經歷的事件密集程度成正比。能和您一起參與這些事，我超級幸福。」

這位英國拓撲學家突然大笑起來，而這時，她也不在乎自己是否為模擬的了，她的喜悅並不是莫達非尼的副作用。她唱起《無法滿足》：

我不是模擬出來的

不

我哭喊著，哭喊著，哭喊著

我不是……

她隨著滾石樂團的旋律翩翩起舞，看他笨拙發愣，但情緒飽脹，她抓住他的手並拉起他。

「來吧，阿德里安，別像個陶瓷花瓶一樣嘛！我不是模擬出來的！」

太好了，阿德里安心想，我喜歡上這個女孩真是太好了。

突然，他將她拉到身邊，正要把她抱得緊緊的，沉醉溫柔和慾望之中並親吻她時，西爾維亞將軍走進房間。

「米勒教授。」西爾維亞將軍神色自若地說。「一架直升機正在停機坪上等著您。您需要馬上出發去白宮。總統在等您。」

幾位總統

二〇二一年六月二十六日，星期六，上午十一時
華盛頓，白宮，西廂辦公室

總統興致勃勃地在橢圓形辦公室踱步，他的眼睛盯著照映在厚厚白色地毯上的陽光。在溫斯頓．邱吉爾半身像冷冷的注視下，他逆時針繞了一圈辦公室，壁爐上畫框中的華盛頓只稍微比前者更專注一點。

在總統的座位前，他們四人坐在扶手椅上等待：特別顧問，美國國務卿，科學顧問，以及阿德里安，被堅毅桌[3]上頭的雄偉老鷹吸引著。阿德里安穿著乾淨散發香氣的白襯衫，那是禮賓司長在他抵達時遞給他的。「我們會藉此機會快速洗乾淨您的衣服，米勒

3【編註】Resolute desk，白宮橢圓形辦公室中的長桌。

教授。」

「我不想打給那個法國人。」總統邊賭氣邊走回來坐下。

「我們扣留著六十七位法國國民，而且這是法國航空的航班。您必須打給他，總統先……」特別顧問說。

「不要，我不要。我要先打給近平。我們有幾個中國人？」

「二十幾位，總統先生。不過在這之後要馬上打給法國總統。」

「好吧，再看看。珍妮佛，幫我打給那個中國人。米路教授，幾分鐘後就讓您與近平聊，好嗎？」

總統轉向阿德里安·米勒，隱約讓總統想到《阿甘正傳》的演員。他的名字是什麼？

但阿德里安有種更青春的感覺。

阿德里安沒有回應。連續幾晚沒睡影響了他，他有點茫然地想著，天吶，天吶，我與總統在橢圓形辦公室，我要和中國國家主席談話，而且我穿著白色襯衫。

「米路教授，我在和您說話……」

湯姆·漢克斯，對啦，就是他。他讓我想到湯姆·漢克斯。總統心想。

「好的，總統先生。」阿德里安認知到總統在叫他。「我是米勒，總統先生。」

「我說了，您去與近平談，您去向他解釋。」

「米勒教授需要回應所有的問題嗎？」特別顧問詢問。

總統揚起眉毛，看向國務卿尋求答案。國務卿點點頭：「請告訴他所有您知道的事，教授。反正，我們知道的也不多。」

「總統先生，我把您轉給中國國家主席。」一個女性的聲音說。

一萬一千公里外，在中南海的西樓大院會議室內，一隻手拿起話筒。

「習主席您好。我很抱歉，這麼晚來電。」總統說。

「我還沒睡，親愛的總統先生。」

「那就好，那就好。我打給您是為了一件非常重要的事。我們正面臨前所未見的情況。整個世界都面臨著。這就是為什麼您是我第一個聯絡的人。我正與我的科學顧問在一起。他們將隨時提供協助。就是呢，兩天前，一架法國航空的飛機降落在我國領土。那是一架三個月前早已降落的飛機。」

「啊？一架飛機降落好幾次很常見啊。」主席忍著笑意。「尤其是固定航班……」

「現在的情況更複雜。我請我的一位科學顧問與您談談，普林斯頓大學的阿德里安・米路教授。」

阿德里安起身，拿起總統遞給他的話筒，結結巴巴地說：「我是阿德里安．米勒教授，主席先生……」他試著同時清晰、簡短和詳盡地說明一切。電話另一頭，則是完全無法理解。「飛機降落了兩次？」主席問道，又重複：「兩次？」談話持續，阿德里安回覆積雨雲、旅客DNA測試、拘留情況的問題……報告現有情況後，他談到了不同的假設，試著解釋無法解釋的事。面對主席的訝異，他經常得重新說明。經過漫長的十五分鐘後，主席要求被拘留在麥奎爾基地的中國國民名單。

「他們肯定早就有名單了。」旁邊的科學顧問低聲喃喃自語。「他們無時無刻都知道每個中國人在哪裡，所以，當然，那些在三月踏上巴黎往紐約班機的……」

「我們會讓特殊部門處理目前檯面上的問題。代我問候總統，並告訴他，我會在一小時後回電給他。」主席總結道。

中國的那位男人掛上電話，阿德里安遵循他的指示，並回到座位上。美國總統一動也不動，就像嚇傻了一樣。數學家觀察著這位不成熟的人，他內心感到更加絕望。將每個人晦暗的那一面相加，很難得到聚集而成的光明。

「他們一定正準備逮捕『重複的』國民。」國務卿說出了內心話。

「總統先生，我們聯絡了馬克宏總統。他將在一分鐘後上線。」特別顧問說道。

「我不擅長和法國人打交道，尤其是這傢伙。哎，好吧。珍妮佛，把這個自以為是的小混蛋轉給我。」

電話震動，總統喝了一杯水，接起電話，勉強笑了笑。

「我親愛的艾曼紐，能與您談話我真開心。我希望您一切安好，您可愛的妻子也是。我打給您是為了一件非常重要的事……」

一萬一千公里外，習近平凝視著夜幕平靜降臨在新紫禁城的湖面上。湖岸邊種了上百株供觀賞沉思的銀杏。這種遠古的樹一直都使他著迷。幾百萬年前就有的植物類型，甚至比恐龍還早，而且將比人類活得更久。這是植物版的「勿忘你終有一死」（Memento mori）。然後，他回到會議室桌前坐下。一片寂靜的會議室中有十幾個人，當中有穿著軍服與便服的。他們聽了阿德里安的解釋，一邊做了少少的筆記。這是最黑的「黑天鵝」，那些不可能之事，有著無限的後果。

主席辦公室的螢幕，顯示著部署全球的全新遙感衛星 30-06 所拍攝的畫面。畫質極好。法航波音的編號清晰可見，飛機和機庫間長長的隊伍也一覽無遺，還可以持續觀察如芭蕾舞般來來往往的直升機。每位乘客的面容清楚展現在畫面中：過去兩天內，中國國家安全部搜集了有關他們所有的資訊，效率不比美國國家安全局來得差。

「很好，之前我們北京往深圳的班機，一月降落的飛機又在四月出現。他們也遇到一樣糟糕的情況。」習近平總結道。「他們在東岸的基地監禁兩百四十三個人……我們的空中巴士有多少人？」

「三百二十二人，習主席。大部分的人都還在惠陽空軍基地。」一位將軍說。

「我們應該向美方提及有這個航班嗎？」一位穿便服的女士問道。

「不要現在提。或是永遠別提。他們沒有要求遣返機上十五位美國人中任何一位。所以並沒有人失蹤。」

「所以，他們也推論……這個模擬世界的假設是最可信的……」一位四星軍人說。

「沒錯……」主席打斷道。

這十四億一千五百一十五萬兩千六百八十九位程式的主席。

阿德里安離開白宮時，禮賓司長在走廊攔下了他，遞給他一個有著美國國旗的黑色布袋。

「您的衣服在裡面，米勒教授。我們洗乾淨了，然後擅自……縫補了。我還必須搜尋費波那契，才知道您的『我♡〇、一與費波那契』是什麼意思。冒昧地說，這實在很有趣。當然，您請留著身上的襯衫。裡面還有一件印有白宮標誌的連帽衫。總統堅持要親自為您在上面簽名。」

阿德里安還沒來得及回話，禮賓司長就面無表情地補充：「別擔心，教授。我們給了他一支水性筆，洗一次就會掉了。」

人民有權知曉

《紐約時報》文章

二〇二一年六月二十七日星期日

不顧證據顯明，美國空軍否認在麥奎爾基地扣留一架法國客機及其乘客

週四傍晚，一架法國航空的波音七八七被迫降落在紐澤西的麥奎爾空軍基地。乘客與機組人員被祕密留在一座特別準備的大型建築物中。儘管我們一再要求，軍隊和航空公司都沒有針對這起事件有所回應。

麥奎爾基地，六月二十六日。一對退休的夫婦——約翰與茱蒂．馬德瑞克（六十五、六十六歲）不敢相信自己所看到的。週四晚上，一架被兩架戰鬥機押送的民航機降落在一英里外的美國空軍麥奎爾基地時，這對夫婦正在紐澤西庫克斯敦家中的院子裡吃晚餐。對於來來往往的超級大力士戰鬥機及空中預警機，約翰和茱蒂已經習以為常，但住在這裡三十年以來，他們不記得這座基地曾有民航機到訪。包括一名武裝部隊成員在內的其他目擊者證實，這是一架懸掛法航旗幟的波音七八七。

空軍發言人安德魯·威利否認隱匿消息，不過證實麥奎爾基地已在八六旅級戰鬥兵的監視下被完全封鎖，步兵在二十四日星期四到二十五日星期五之前的夜晚被派往現場。未經授權的人員皆無法參訪。兩個檢查點上的裝甲兵——之前有七位——控制著基地四千位軍人的出入，他們的車輛零零散散地進出，造成周圍交通堵塞。

根據甘迺迪機場控制中心的消息人士，一架受損的波音七八七確實進入了國內領空，且給予一個屬於法航巴黎往紐約班機的錯誤代碼。飛機立刻聽從北美航空司令部指示，轉向東岸的軍事基地。據麥奎爾基地匿名的一般工作人員指出，超過兩百位乘客以及機組人員下了機，被安置在一棟為此規畫的大型建築物中。在那之後，許多重大舉措實施。這架波音隨後停在另一個機庫中，多張這次行動的照片被拍下，足以證明這是一架七八七－八。社群媒體刊登的許多照片都馬上被移除了。

法國航空透過公關主管弗朗索瓦·貝特童表示，他們並未遺失任何一架飛機。這家法國航空還提供了他們在六條航線上營運的二十三架波音七八七清單，其中一些飛機使用了KLM的縮寫，而每架飛機的位置都已被定位。目前為止，波音公司在全球交付了三百八十七架波音七八七－八，而法航是他們在歐洲的第二大客戶。維護飛機的製造商，也沒有提出飛機失蹤的報告。此外，沒有任何一座在東岸的機場提出商務班機事故報告。

但照片中，機身上清晰可見的的七八七，確實對應到一架巴黎往紐約航線的飛機。法航承認，其中一架有著相同編號的波音七八七已被停飛。美國當局基於「安全問題」，於週六早晨扣留這架飛機，留置甘迺迪機場並接受多項檢驗。這是一架在今年三月經歷了「十年大風暴」引起的亂流所受損的飛機。這起嚴重天氣事故造成許多飛機和船隻損害。

然而，被迫降落麥奎爾基地的飛機身分仍是個謎。機上兩百多個人還被扣留在基地的大型建物中嗎？軍事當局的消息人士證實了這一點。然而，國際民用航空條例僅在由國家立法管轄的少數嚴格情況下，允許拘留未經判決的平民。其中包含涉及恐怖行動，但最重要的是，可以因醫療預防部署強制隔離機組人員以及乘客。但是，此程序只能由總統下令，並在取得疾病管制與預防中心的諮詢意見後執行。經過詢問，疾病管制與預防中心主任肯尼斯·洛根證實，此機構並不知曉國境內有任何流行病問題。

更令人驚訝的是，針對這架被扣押兩天的飛機或其乘客，任何地方都沒有反映問題。白宮已由其新任公關主管珍娜·懷特保證，沒有任何美國人或外國人被任意拘留。在這趟法航巴黎往紐約的航班中，超過三分之一的乘客是法國人，我們聯繫上的法國領事，否認有法國國民被強制扣留在麥奎爾基地，領事也不願評論我們的假設。

新聞調查部
安雅·斯坦

"All the News That's Fit to Print"

The New York Times

VOL. CLXVII ... No. 58,039 · © 2018 The New York Times Company · NEW YORK, MONDAY, JUNE 28, 2021

Mysterious Flight. Image of the Air France Boeing 777, taken on the morning of Saturday 26. The aircraft is still immobilized at McGuire Air Force Base. The military base is now closed and under Army surveillance.

Saving the Amazon Rainforest At the Center Of Discussions Between Brazil And the United States

By IAN BERTI

Washington, DC. Brazil and the United States are "on the same wavelength" regarding the new fires in the Amazon, Brazilian Foreign Minister Ernesto Araujo said Friday after a meeting with Donald Trump at the White House. Jair Bolsonaro, for his part, said Friday that Europe has "no lesson to give" to Brazil on the fires raging in the rainforest.

The head of Brazilian diplomacy, Ernesto Araujo, and Eduardo Bolsonaro, the deputy son of the president and ambassador to Washington, went to the White House in search of support as Brazil has been under intense international pressure for a week. The two men spoke for about 30 minutes with the American president.

Ernesto Araujo welcomed the fact that the U.S. president is receiving officials without the rank of president or head of state. According to the Brazilian minister, "governments share the view that countries are sovereign over their territory" and that fires in the world's largest rainforest should not be "a pretext to promote the idea of an international committee to manage the Amazon.

The American president had congratulated Jair Bolsonaro on Saturday, considering that "he was working very hard" in the fight against the new fires in Amazonia, totally taking the opposite view from the other members of the G7. He expressed the "full support" of the United States tc Brazil.

Jair Bolsonaro also announced in the evening oı Twitter that he had had a "pro ductive" telephone conversa tion with German Chancelk

Thick mystery surrounding the mobilization of scientists in the United States.

By PABLO LEVIN BECKER

ISLAMABAD, Pakistan — For a nation often in the news for all the wrong reasons — suicide bombings, horrific school massacres — Pakistan has reached a turning point that could possibly alter its dysfunctional trajectory.

Imran Khan, the cricket star and A-list celebrity whose political party won this past week's elections, could use his fame and

Against The Evidence, The USAF Denies Holding A French Airliner At The McGuire Base

John and Judith Madderick, 65 and 66, both retired, couldn't believe it. The couple was having dinner Friday night in their backyard in Cookstown, New Jersey, when an airliner, escorted by two fighters, landed at the USAF McGuire base a mile away. John and Judith are used to the comings and goings of the Super Hercules and AWACS, but they don't remember, in the thirty years they have lived here, that the base has hosted a single civilian aircraft.

Witnesses, including a member of the armed forces, confirmed that it was a Boeing 777 flying under the Air France flag. More than two hundred civilians were landed and installed in a large building set up for this purpose. The Boeing was then parked in a hangar, not without several shots being taken before his operation. Some, posted on social networks, quickly became inacessible.

Early Friday evening, An Air France Boeing Was forced to land At Air Force Base In New Jersey.

Andrew Wiley, spokesman for the Air Force, denies any withholding of information, but the McGuire base is now completely sealed off, under the supervision of soldiers from the 86th Infantry Brigade Combat Team, who arrived on the scene during the night of Friday 25 to Saturday 27. Any visit is prohibited to any unauthorized personnel. For its part, the airline Air France, through its communications director François Bertrand, claims "not to be aware" of the disappearance of one of its aircraft.

✦

二〇二一年六月二十六日，星期六，晚上十一時

麥奎爾空軍基地

西爾維亞將軍把遙控器放在桌子上，《紐約時報》文章還顯示在螢幕上。

「文章一小時後就會刊登上線，別問我國家安全局怎麼洩漏消息的，但他們給了我們獨家頭條。只經過兩天而已。當然，我們也不可能認為這架大波音及兩百位乘客可以長時間無聲無息。」

「網路上的謠言傳得很快，有五百條相關消息了，還在持續增加。」米特尼克指出。「根據與法航的協議，我們在預訂系統中銷毀了三月十日航班的原始乘客檔案，並以虛構的名單取代。我們正在介入大多數的航班比較網站，還刪除了所有旅程紀錄。儘管目前機上乘客的資訊還沒有散播出去，還是有消息指出國境內有拘留的情形發生。」

「從技術上來說，這不是拘留，這是『涉及國家安全的要求』。」西爾維亞更正道。

「那麼，這些人都被帶到哪裡去了？」阿德里安問道。

「聯邦調查局與國家安全局用最隱密的黑色廂型車把他們帶來這裡。」將軍氣憤地說。「傑米，米特尼克，恕我冒昧，你們的機構並不是很機靈。」

「也恕我冒昧，將軍。」國家安全局的米特尼克反駁道。「把這些人集中到同一個場所，H廳，也不是很機靈。一些乘客認出了其他人……現在知道他們全都在今年三月上了法國航空的飛機……有人開始往壞處想，認為是有傳染病，或是他們之中有恐怖分子。」

「聯邦調查局調借了心理學家，為了即將的對質……我們必須準備讓他們見他們的……複製人。」傑米・普德洛夫斯基說。

「當然。」西爾維亞嘆氣道。「我們不能在B機庫槍斃兩百四十三位乘客……我同意接下來這樣做很可恥，米特尼克，但事情就是得這樣。」

米特尼克表情苦澀，繼續說：「CNN、CBS和福斯新聞派了一小組記者，配著衛星車、三明治和熱咖啡。關於CBS晚間星聞，我再補充一點，伊萊恩・基哈諾剛剛請了一位拉比與一位牧師，作為最後登場的嘉賓。他們透露，白宮召集了各個宗教代表討論『靈魂的本質』，預計發表重大聲明。」

「一定是那位改革派拉比透露的。」普德洛夫斯基皺著臉說。「他很喜歡電視臺，沒能忍住。此外，儘管我們要求嚴守祕密，就在剛剛，NBC還是發表了好幾位科學家失蹤的消息，還提及當中多位都聚集在這裡……」

「記者有兩個敵人：審查和消息。這只是剛開始而已……」米特尼克得意表示。

「這不是剛開始，我們要結束它。」西爾維亞說。「必須儘早安排三月航班乘客與六月航班乘客會面。明天，星期日晚上，最晚星期一早上，軍隊就會把這群可愛的人交給聯邦調查局。傑米，有任何問題嗎？」

「沒有，我的將軍。沒有解決方法的情形，我不知道可以有什麼問題。」

第三章　虛無之歌

（二〇二一年六月二十六日之後）

「作家不寫讀者之書，讀者不讀作者之書。
最終，兩者的相同之處只在句點。」——《異常》維Ø多・米塞爾

第二類接觸

二〇二一年六月二十七日，星期日
巴黎，拉法葉街

臉頰刺痛，布萊克在一張冰冷的鋼製扶手椅上醒來，他被捆綁著，嘴巴被堵住，身體赤裸。這是專業人士的傑作：沒有被緊綁至血液不流通，他卻連一根手指頭都動不了。布萊克認出房裡樸素、實用的裝飾：他在自己拉法葉街上的家。他甚至認出了他的綑綁物，是他在四月買的超堅固耐用布膠帶。布萊克零星記得自己踏入套房時，感覺到了脖頸尖銳的刺痛感，他立刻昏去。

他在一間單人床的房裡，房間通向有個大琺瑯浴缸的浴室，雖然浴缸的設計不錯，但實用才是重點。他無法轉過頭來，不過，不須轉過頭，他也能知道整間房間都鋪上了透明塑膠。布萊克．三月——我們這樣稱呼他吧——料到了這預示著什麼。他的右方有東西閃爍著，為了不比影集《夢魘殺魔》中的裝飾遜色，這裡有三十幾個手術器械，手術刀、柳葉刀、解剖刀、電鋸、剪刀、銼刀。他也認出了這些器具。有些從未發揮實際的用途，像是那支頭骨鑽，他只有在骨髓上試用過。他並不害怕，不過這肯定是注射入他體內的咪達唑侖，發揮了鎮靜的作用。

他花了好幾秒鐘，才認出站在面前看著他醒來的男人。對方穿著全套防護衣，戴著護目鏡。他驚訝地瞪大眼睛。驚訝這個詞，還不足以形容他的狀況。

兩位男子對視許久。布萊克．六月觀察著他的俘虜。他思考、推理了三天，都沒有找出合情合理的解釋。但再荒謬的事，也無法阻止他向來主張的實用主義。他接著設置陷阱。別無他法。蒼蠅從不主動赴蜘蛛的約。

布萊克．三月突然開始掙扎、咆哮、呻吟，在布條下嘟囔著。布萊克．六月並沒有解開布條。他在三月耳邊低聲說：「我不打算和你談。你不用知道發生了什麼事，而我也不知道。不重要。我是你，你是我。我們不能同時存在。你也很清楚。」

布萊克．六月拿起一枝鉛筆和一本便條紙，坐到開機的電腦旁。

「我全部銀行的密碼都被換掉了。當然，是你換的，因為我每三個月都會換一次。你知道記住密碼的方法吧……點頭代表『是』。」

布萊克・三月照做。思緒紛飛的他，甚至懷疑是不是在作一個異常於現實的夢。

「我要在你面前登入我的銀行帳號，一邊說出數字和字母，你用點頭來確認。出一個錯，我就拔掉你一個指甲，兩個錯，我會壓碎你的指節。我不知道你是誰，但是你的記憶一定與我的一樣。你還記得兩年前亞眠的合約嗎？點頭代表『是』。」

三月點點頭。他記得……典型的阿爾巴尼亞人。要不是客戶不認識阿爾巴尼亞殺手，就是他們讓他感到太害怕了。這案件太凶暴了，他差點沒有接。鑿開膝蓋、碎裂手肘、切斷手指、割掉舌頭和性器官、弄破耳膜，最後，最精彩的是，瞳孔裡加酸。要得到七萬歐元報酬中的另一半，那個男人就不能死。

六月繼續說。「你如果是我，就會做一樣的事。尤其你就是我。」

三月瞇起眼睛觀察他。布萊克・六月的微笑並不殘酷，比較像是尷尬的微笑。他不喜歡亞眠的案子。那太超過了，太過了。

「如果沒有任何錯誤，我拿回所有的帳號，我們就來討論未來，我們之間可以商討的未來。懂嗎？」

三月點點頭。六月想起了艾爾・卡彭的那句話：有著武裝和禮貌，比只有禮貌更有收穫。

「很好，那就開始吧。第一間銀行。第一加勒比投資信託基金。」

三月點點頭。他閉上眼，全神貫注，想起阿爾卑斯山上，在夜晚飛行的那半打粉色紅鶴。

「第一個字。字母？好。小寫？大寫。L之前的字母？不是。T之前？好。LMNOPQR……R？很好。」

布萊克記下R。

「第二個字。是字母嗎？是數字。好。一。二。三。四。五。六。」

點頭。

「六，對嗎？」

點頭。布萊克在R後面記下了六。

十五分鐘後，布萊克．六月就拿回了所有帳號，然後使用同一個方法把密碼全改掉了。三個帳戶，各一句便於抄寫的句子。第一加勒比投資信託基金是「記六隻粉紅色的鳥！」這句話沒任何意義，但寫下來就是「R6odcr!」，只要記得六隻粉色紅鶴就夠了。拉脫維亞國際銀行的密碼則是：「他們從威尼斯到巴黎穿越黑色的天空。」——ItcndVap.。如此類推。

他還拿到了他暗網的新用戶名稱及密碼，甚至他手機的密碼也一度被換掉了。他讀了歷史訊息，在行事曆上發現他——也就是「喬」——與某位他不認識的堤摩西吃了好幾次晚餐。不過六月還沒好奇到撕下三月嘴上的膠帶。他不怕三月大聲呼救，兩人都知道，房間從四面牆到天花板能完全隔絕聲音。但他不想要留下絲毫的疑惑，他不想在任何事情上猶豫。

當三月看到六月起身，他無須得到任何解釋。很顯然他也會做同樣的事。他只是閉上雙眼，盼望一切快點過去。六月不慌不忙地移動到他身後，將一劑異丙酚注入他的後頸，幾秒鐘內他就暈過去了。沒有無謂的痛苦，布萊克們並沒有互相交惡到如此的地步。一分鐘後，一劑毒針使三月的心臟驟停。荷馬說過，死亡和睡眠是雙胞胎。

布萊克——再無任何混淆了——剪掉布膠帶，在屍體倒地前先扶住。屍體赤裸，他細心地整理之前的衣服（不管怎樣，這是他的尺寸），把身體放入浴缸，雙腳懸在空中，頭朝下，打開水龍頭，割開他的喉嚨，放血。他將手指放在酸液中以破壞指紋。然後，他小心翼翼地用電動骨鋸分屍，確保沒有留下任何可以明顯辨別的人類肢體，像是手或腳。這方面他並不是很有經驗。在背上，在他的背上，他注意到了一顆他從沒注意到的痣，這顆痣的邊界成不規則狀。有待觀察。切開性器官時，他的性器官，他還是無法抑制，厭惡地顫抖。三小時後，他裝滿了一百多個密封冷凍袋。只剩下頭了。

三月的頭上貼著醫用膠帶。他媽的。

布萊克差點忘了。是被小馬踢了一腳？他晚點再靜候芙蘿菈告訴他這件事。他撕掉三月額頭上的方形膠帶，傷口已經結痂。他用解剖刀在自己的皮膚上輕割出一道傷口，傷到未來的疤痕還算可信的程度，消毒，然後貼上醫用膠帶。接著，他把三月的頭顱泡進早已備好的酸水盆中：皮膚分解，釋放出漩渦狀的硝酸蒸氣。

晚上七點了。布萊克隔天會再把工作完成。他清理浴室，拿掉幾乎沒有被濺髒的透明塑膠布，仔細折好。這是一個多餘的預防措施：就算有人來到這裡，在他家中發現血跡，那也是他自己的血。他把袋子疊放在浴缸裡。體積比他想像中還要小。八個小行李箱，四趟旅行。

他用拋棄式手機發送簡訊給一個祕密收件人：「八根木柴，總克利尼昂庫爾門」。馬上收到回應：「沒問題。星期三，下午三點。」減二日，減二時：弗朗西斯和他約了隔天，星期一，下午一點，在地鐵克利尼昂庫爾門站，四輪驅動車中。

布萊克鎖上門離開。他知道將會看到昆丁與馬蒂德都長大了一點。死亡後便有生機，尤其是別人的死。

✦

二〇二二年六月二十八日，星期一，晚上九時五十五分

巴黎，愛麗舍宮

「一切準備就緒，艾曼紐。五分鐘。電視新聞臺預備連線，還有臉書與 YouTube 直播。以防萬一，播出有一分鐘的延遲。」

總統對著他的公關主任微笑。

「華盛頓情形如何？可不能讓這傢伙搶走版面。」

「他會比我們晚，他還在練講稿。」

「這傢伙會練習？我看他每次都隨心所欲。普丁呢？習近平呢？」

「我不知道。」

「總統先生？」一個男子的聲音說。

總統看向反情報局副局長，一個還在不安查看手機的禿頭小個子。

「是梅洛嗎？他什麼時候從美國回來？」

「不是他，總統先生。」副局長說。「部長專機剛從麥奎爾基地起飛。不過我有一個消息。」

「長話短說，格瑪爾。」

「十天前，空中巴士的維修公司發現了一個奇怪的現象。一架中國航空的空中巴士在杜拜維修時，檢修人員找到一個機翼零件，上面的序號和一架中國國內北京深圳航班的飛機一樣。但這是完全不可能的。飛機製造商一開始懷疑那是仿製的零件。但在四月時，我們的衛星發現這個北京深圳的航線上，出現交通異常：一個未知的設備被重新導向惠陽軍事基地。根據情報，中國人也有一架，該怎麼說呢，複製的飛機……而他們將其拆解並回收了零件。」

「那乘客呢？機組人員呢？」

「我們只知道這些。」

「那些美國人沒有通知我們嗎？」

「並沒有任何跡象顯示他們知道此事。」

當公關主任靠近時，兩人便沉默了下來。

「艾曼紐，還有二十秒。」

總統坐下，化妝師補了他額頭上的妝。

「十……」

公關主任默默結束倒數。總統注視著攝影機，提詞機啟動。

——法國人民們，我親愛的同胞們，

——如同此刻華盛頓的美國總統、柏林的德國總理、莫斯科的俄國總統，以及世界各地許多的國家元首，在這麼晚的時間，我有件事想和你們說。

——週四，發生了一起異常事件。媒體和社群媒體上流傳的謠言有部分屬實。事實是這樣的：上週四，一架飛機出現在美國東海岸的空中……

法國總統繼續說著，五分鐘後——很罕見地——讓他的科學顧問說明。為了不讓這無法理解的事更加瘋癲，數學家一改自己瘋狂科學家的形象，他把擾人的鮮紅大花領結換成精美的米色絲質圍巾，但堅持外套翻領上的銀蜘蛛不能拿掉。為了更明確說明，他搭配動畫介紹了所有的假設，最後，他提供列出更多詳細說明的愛麗舍網站，點進去可見線上聊天室。

布萊克家，或許與全法國人民的家中一樣，一片死寂。芙蘿菈不由自主地說：「太扯了。真的太扯了。」

喬保持沉默。不過芙蘿菈並沒有期待他置評。總統向顧問道謝，再次發表談話。

──我親愛的同胞們，一九四五年八月，廣島大爆炸後，世界陷入了核能時代及對毀滅的恐懼之中，作家阿爾貝・卡繆寫道：「我們正面臨全新的悲痛，很有可能是最後的悲痛。人類也許面臨著最後的機會。這可能是一個印製特別版報紙的藉口，但更應該是個帶來反思與靜默的機會。」我們應該在這段優美的文字當中獲得啟發。

──這就是為何，法國人民們，如同去年的悲劇，長期的抗疫封城，未來的幾天和幾週將是我們思索的時刻，也是找到和平的時刻。科學家想要詮釋，他們想要理解，想要解釋，這是他們的任務。但每個人都會在自己的身上找到答案。

──謝謝。法蘭西共和國萬歲。

「太扯了。」芙蘿拉重複說道。「想像一下，喬，如果也出現了你的複製人？」

一位男子注視著一位女子

二〇二一年六月二十八日，星期一
麥奎爾空軍基地，機庫B

「瓦尼耶先生？」傑米．普德洛夫斯基在指揮室觀察鏡後又叫了建築師一次。他們後方的平臺上，擺放著十幾塊以鋼鐵與有色玻璃組成的半立方體，有一扇簡單的玻璃門。機庫裡的一小群人在他們下方幾公尺處喧鬧著。

「瓦尼耶先生，您理解情況了嗎？」

「在可理解的範圍內，我是理解了。」

「他們給您看過兩架飛機上的影片嗎？分裂的時刻？國家安全局為了介紹假設，所製作的短動畫？有向您介紹機庫中另一個『您』了嗎？準確地說，您是否也理解，還有其他兩百四十二位複製人。」

安德烈・瓦尼耶沒有回答，他只是將雙手放在欄杆上，端詳著人群。他想像馬上在人群中辨認出「自己」，不過尋找自己的身影是徒然的。他甚至害怕對方出現在他眼前，他卻沒能認出。

「跟我來。」普德洛夫斯基說。她帶他到其中一個立方體中，裡面裝設簡樸，放置了一張橢圓形桌、四張椅子、一架攝影機，牆上有螢幕。窗戶搭配漆成土黃、酒紅色的牆，消除了監獄的氛圍，但這還是一間巨大的牢房。他們進到裡面，普德洛夫斯基從容地操縱她的平板。

「我讀到資料，您的建築師事務所——瓦尼耶與艾德曼，中請了聯邦調查局在華盛頓新總部的建案。很不幸地，這個項目因為經費不足被砍掉了。」

「沒錯，我們提了案。您什麼都知道。」

「哎，才沒有。我們就不知道，您認識法國對外情報和反間諜局的局長。有著這種朋友，您永遠也無法贏得總部的案子……法國是美國的同盟，但您還是謹慎一點比較好。」

「重要的是彼此支持。」瓦尼耶嘆氣道。「梅洛和我是同一間大學的，我研究建築，而他研究外交。」

普德洛夫斯基移動了她的手指，螢幕顯示房間的平面圖。

「我們這是非法拍攝，但現在情況特殊。」官員辯護道。

瓦尼耶看著架在房間中央的攝影機，明白早已錄下全部畫面。普德洛夫斯基尷尬地點點頭，接著說：「高畫質相機，指向麥克風。國家安全局裝了……很多。機組人員和乘客能夠起身、離開位置，這些相機就是專門為此設置的，它們會自動追蹤。」

她又輕敲了幾下平板，出現了另外一個安德烈，「六月」的畫面。又一陣操作，畫面分成兩邊，露西在另外一邊。

瓦尼耶大吃一驚。了解一件事，並不代表親身經歷過。

露西與「他」正坐在一張桌子旁，兩人正在閒聊。普德洛夫斯基完成最後的操作程序，便可以聽到他們的談話聲，對話也即時翻譯成英文呈現在螢幕上。「美式咖啡？」安德烈．六月苦笑著問。字幕傻呼呼地出現「每次咖啡？」。這個系統尚未成熟，「美式」聽成了「每次」，安德烈．三月稍微安心了一點……

「我失陪一下，瓦尼耶先生。」普德洛夫斯基邊說邊起身，把他留在螢幕前。

既著迷又驚愕，他看著這個安德烈，看著他的皺紋、乳白藍寶石般的灰色雙眼、散著白鬍子和亂髮的乾癟臉頰。每天早上，安德烈會在鏡子前刮鬍子，但最終，鬍子還是愈來愈猖狂。此時的相機不接受收買，高畫質毫無仁慈，攝影角度不講禮貌：他正凝視著一位老人。一位衰退、毫無魅力、疲憊的男人。他在這張臉龐中，尋找著他偶爾相信化身在他身上、永駐的青春，但一無所獲。歲月的痕跡無處不及，如同枷鎖在即。他覺得自己又腫又脹。他應該減個肥。衰老，並不只是代表曾經喜歡滾石樂團，如今偏好披頭四，衰老是顯而易見的。

一位天使正坐在這位男人身旁，光束照耀著他。這還是三月初的露西，依舊留著長髮的露西，依舊有著溫柔的眼神，依舊屬於他的露西，尚未被他嚇跑。當另一個安德烈牽起露西的手時，他一點也不嫉妒，迷戀勝過了一切。他看著這個安德烈起身，走向咖啡機，看著這個安德烈彎著腰，動作緩慢，他本能地挺直胸膛，握緊拳頭，直至感到疼痛。

在國家安全局觀察著他的這個小房間裡（但他並不在乎），安德烈的腦中只有露西及另一個他，完全沒有其他務實的問題。他一刻也不關心瓦尼耶與艾德曼事務所，這事務所總不可能改名成兩個瓦尼耶與艾德曼，他也沒想到自己的女兒珍娜，如今，她有著兩位父親，可能太多了，不過這或許也有好處。他也沒想到將不得不分享巴黎的公寓，或是德龍省的房子……

不，他還沒有想到這些。他正沉溺於這個螢幕帶來的災難。他想要移開目光，但這是一股使人暈眩的漩渦。他在這小房間，感到巨大的重量壓在胸口，難以呼吸。他們不是一對情侶，遠非如此，而是一位殷勤焦慮的老人在疏遠的女子面前，為愛瑟瑟發抖。這個安德烈仍處於最初的驚嘆中，他仍把露西的矜持看作是謹慎，把她的冷淡看作是某種智慧的表現。不過安德烈·三月明白，他從未停止害怕驚動了她，害怕嚇跑這隻願意與這老烏鴉一同飛翔的可愛燕子。他媽的，愛情，真正的愛情，不能是心中的苦結。他沒有從容過，而當然，這份焦慮導致了他們的失敗。

機庫的安德烈回到桌子旁，他拿著兩杯咖啡微笑著，一個悲慘的微笑。然而露西看著書，沒有抬頭看他。在螢幕前的另一個安德烈，非常清楚這漠不關心、這種她聽而不聞的方式。但看看這個畫面，媽的，放下那本該死的加里七星文庫，將您美麗的大眼掃向這有點古老的傢伙，給他一點溫柔的關注吧。但沒有，什麼都沒有。不是每個人都有這個機會，可以遠眺自己的毀滅，憐惜他人的同時，又能不為自己感到難過。

他的嘴角浮現苦笑。內心深處，他為往昔的安德烈感到難過。他知道那可憐的男人將要忍受羞辱和挫折。年齡從來不是問題，而是根本不該愛著一個沒那麼愛你的人。有那麼難懂嗎？

他坐在螢幕前，看著安德烈·三月與露西疏遠，如同從樹木落下的枯葉，或更確切地說：拋棄枯葉的樹木。這仔細觀察的殘酷十分鐘，將帶來數月痛苦的哀弔。平臺上的安德烈痛恨著還愛著她的自己，但也開始高興，他已經沒那麼愛她了。

人群躁動。幾名便衣探員冒險進入機庫，大家都湧向他們，尖銳地提出一連串問題。其中一名探員走向瓦尼耶，與他說了幾句話。瓦尼耶看起來並不理解，只是捏了捏向他微笑的露西的手，然後他便跟隨探員走去。

在玻璃室內，醒悟的安德烈看著疲憊的安德烈離去。接著他發現在桌子另一邊，有一位纖細、矮小、棕髮、四十多歲，一點魅力也沒有的男人，他在一本小小的黑色筆記本上用密集的字跡寫著筆記，他時不時觀察露西。安德烈·三月馬上在他的眼神中認出了這種特殊的錯亂，這只能是吸引力造成的精神失常。又一隻蝴蝶落入露西天真的織網。安德烈突然認出了那個人，這使他驚呆：維克多·米塞爾。這傢伙應該早就死了吧！所以他在這架飛機裡？

他寫了什麼？希望，是通往幸福的臺階，其盡頭，是通往不幸的門廳。或類似的東西。維克多·米塞爾就在這個臺階上，期望能引起露西的注意。或許這句話就是他想著露西寫的？男子起身，也走向自動販賣機。他們到底為何都那麼喜歡這種可怕的混合物。他走開，而露西也沒有抬頭看他。安德烈氣自己竟然鬆了一口氣。這份憤怒正揭示他們之間的鴻溝。

「瓦尼耶先生？」

安德烈嚇得跳了起來。傑米．普德洛夫斯基靠著門。她從什麼時候開始觀察他的？她身旁站著一個高大的傢伙，五十多歲，駝著背，笨拙地支撐這礙事的大身體而受折磨。男人走向安德烈，向他伸手，離得有點遠：「領事館的亞克．列文。商務專員。」

聲音平淡，手態遲疑。安德烈微笑著，而這男人流露出恐懼：列文簡直像要比畫出十字架，或是戴上一條蒜片項鍊。安德烈明白了他才剛與飛機上的安德烈交談過，而這第二個安德烈對他來說只是一個怪物。

「這是多麼奇怪的事啊，對吧，商務專員先生？」安德烈開玩笑說。「在您看來，我是正牌還是複製人？」

「我……一架法國戰機將會在幾分鐘後降落在麥奎爾，法國派了二十幾位……探員，反間諜局的梅洛先生會親自到來。之後，每位法國人都必須與他一起離開。他讓我提前向您打招呼。」

「您說的是向我們打招呼嗎，我和我？」

「您準備好了嗎，瓦尼耶先生？」普德洛夫斯基打斷道，她對安德烈的遊戲不感興趣。「我們可以安排您與您的『複製人』見面。」

「我堅持單獨會面。就算是我跟我之間，也該有隱私……」

「您……另一位也提出了同樣的要求。不過您是第一組……相見的法國人，外交部吩咐我得全程陪同你們。」列文遺憾地說。「我得繳交一份報告……」

「說明我倆關係的報告，這是哪種報告？」安德烈嘲諷道。

安德烈指向房裡好幾臺攝影機。聯邦調查局的女人做了一個簡單的手勢，綠色指示燈立刻熄滅。至少燈是熄滅的，他心想。他發覺領事館的男人偷偷地盯著左邊的男人：玻璃後站著另一個安德烈，一個迷失方向的安德烈，他驟然打開了門，走進房裡。

他們面對面待了很久，彼此一句話也沒有說，眼神也相互避開。這是如此擾亂人心的場面：兩者都不是鏡中反射出的安德烈，熟悉感蕩然無存，面貌的反轉使對方變得陌生且充滿敵意。其中一人將開啟對話，但另一人用手勢拖延了這一刻。安德烈．三月轉向列文與普德洛夫斯基，他們都尷尬地站得直直的。普德洛夫斯基點點頭。列文離開房間時明顯鬆了口氣。門重新關上，他倆互相觀察著。奇裝異服從來都不是安德烈的強項：他們穿著同一條牛仔褲，其中一人的只比另一人更舊些，同一件灰色連帽運動衫，熟悉令人放心，為了搭乘長途航班，穿了同一雙黑色堅固的健走鞋。啊，不，安德烈·六月注意到了，鞋子並不是完全一模一樣的。兩位安德烈仍然沉默。不過他們不可能一直不說話。有句印度諺語說了，默默乞討的人，會在沉默中餓死。

「新鞋子？」

「十五天前買的。」

聲音也讓雙方都很驚訝。音色沒有安德烈想像那麼低沉，也沒有那麼柔和。他一直都是「從體內」聽到自己的聲音。在會議中、訪談中，他會放慢語速、注意發音，使聲音沉穩。此刻，他聽到了自己真正的聲音。

「珍娜呢？」安德烈·六月過了一會問道。

「她很好。當然，她還不知道這件事。」

「露西呢？露西和我？」

「我們分手了。」

接著安德烈·三月自問：我們可以永遠欺騙自己，但這有什麼好處呢？他答道：「她甩了我。她的慾望太少，而我的挫折太多。可能也有太多的期待、太多的不耐。你有感覺到吧？」

「一個知情者勝過兩個人。」

這一刻，就只有這一刻，安德烈．三月有了一個念頭，他想要試圖贏回從前的露西，還沒有把他推開的，三月的露西。但他苦笑著，接著這苦笑變成微笑。儘管沒那些愛慕者那麼年輕、那麼帥氣，他卻能夠取悅這個女人，但他卻不知道自己成功的方法。與自己競爭將會很新鮮。而且……一位安德烈，是有著三十歲的年齡差距；而兩位安德烈，就變成一間養老院了。她只能逃跑，只能如此。最好還是祝安德烈．六月好運。他補充：「我只有一個建議：溫柔一點，多關心她，但同時要有些若即若離。不要太想擁有她。你已經明白了，但還沒有接受這個事實。我記得是這樣沒錯。」

能互相指導是多難能可貴的事。

安德烈．六月想要輕鬆看待分手一事，但內心已經生出疙瘩。一小時後，他將回到露西身旁，該怎麼告訴她，他們的命運可能早已注定好了呢？或是怎麼瞞住她呢？

安德烈．六月對露西的話題不太自在，轉而詢問：「事務所呢？」

「蘇亞里大樓有混凝土的問題。已經解決了。是說幾個月前，你記得嗎，我想休息，甚至是退休。你也知道，我覺得有點煩了。」

玻璃後面的商務專員正假裝看著金屬地板。安德烈．三月對著他做了個手勢。他馬上看到三月在叫他，進到房裡。

「親愛的先生，您和我說過，法國政府可以提供第二個身分？」

「沒錯。這個新身分要給誰呢？」

「我。」安德烈．三月說，接著告訴六月：「你回去事務所吧。這樣比較好。露西和我在一起的三個月，我一直待在那裡。花時間等她會讓我瘋掉的。因為——你很快就會明白——露西是個工作狂。你需要有事情做。我將告訴你這三個月以來建築工地的最新進度。而我，我要去德龍。我在那裡很好。順帶一提……」

三月皺著眉頭，轉向商務專員。

「讓我們實際一點，政府會採取哪些具體舉措？我聽說這涉及了約莫七十位法國人。他們該不會要分享自己的公寓、各拿一半自己的積蓄吧。我們說不定可以認定發生了……天災？找出一些漏洞……例如保險？虛擬災難的概念可以寫進條約中。如果我決定要退休，又會如何呢？我會拿到我……複製人的退休金嗎？鑑於退休金制度的慷慨程度，我不相信他們會重複支付我繳交的保險金！除非政府下令。」

領事館的男人似乎不知所措。他看著自己的手機，那是他最後的希望。

「我碰巧被告知，梅洛先生馬上就要到了。」

「這是他會喜歡的問題。」安德烈・六月笑著說。

「順帶一提，另外一間房子，那間蒙茹的舊驛站，我當時猶豫要不要買，還在出售中。」安德烈・三月說。「無論這『虛擬災難』的想法是否會被接受，我都要把它買下來。我們就會有各自的兩間房子，相隔十公里。我們可以共同邀請我們的朋友來度假，比比看誰會是更稱職的主人。」

蘇菲亞們的世界

二〇二一年六月二十八日，星期一

紐約，聯邦調查局附樓，克萊德·托爾森大樓

一位高大纖瘦、金髮碧眼的男子，他是剛從聯邦調查局培訓中心出來的孩子，像個杆子僵直地站在一位約莫四十五歲的黑人面前。這位黑人坐著，身體健壯，頭已經禿了。特別探員沃克幾乎沒有抬起頭看實習生喬納森·韋恩一眼。

「實習生韋恩。您的實習如何？別回答我。根據您的資料，您來自阿拉斯加。」

「我來自朱諾，特別探員沃克。太平洋沿岸的一座小……」

「您是從匡提科基地來的。」

「是的，特別探員沃克。」

「別再叫我特別探員沃克了。叫我朱利葉斯……」

「是，朱利葉斯。」

「算了，還是特別探員沃克好了。」

「好，特別探……」

「我在資料中讀到，您和父親曾一起獵殺灰熊。您先前接觸過野生動物。您有工作上的實務經驗了嗎？」

「沒有，特別探員沃克。」

朱利葉斯．沃克放下手中的資料，忐忑不安。他轉向站在他身旁，拿著一杯咖啡的高級探員格蘿莉亞．羅培茲。

「格蘿莉亞。」沃克嘆了口氣。「把這個任務交給他太魯莽了。」

「朱利葉斯，這是測試他實戰力的機會。況且，還有實習生安娜．史坦貝克當他的夥伴。她已經工作一個月了，而且做得很好。」

「兩位實習生一起處理危險等級四的任務？」

「我們忙不過來。」

特別探員朱利葉斯．沃克回到實習生那邊，遞給他一個黑色資料夾。

「實習生韋恩，您的任務是在不傷害這隻猛獸的情況下捕捉牠……」

這位高大的男子打開資料夾，因為吃驚而睜大雙眼。

「可是……這是一隻青蛙？」

「是一隻蟾蜍。牠也有名字，叫做貝蒂。把牠抓回牠的飼養箱。」

「我……」

「您應該早就要出發了，實習生韋恩。」

「最後一件事。」格蘿莉亞・羅培茲補充。「如果蟾蜍受到任何威脅，您的職責就是用性命保護牠。」

兩小時後，實習生韋恩與史坦貝克達成任務。貝蒂好好地待在辦公室。先前在運輸途中，這隻蟾蜍趁著打開飼養箱的瞬間逃跑，設法躲在最難被抓到的地方，遠在駕駛座下方。大笑不止的史坦貝克不得不停在路肩，韋恩則彎下腰去抓那隻小動物，還不得在手指間捏碎牠，這代價是數以萬計的髒話。

認知科學專家在房間裡搭建了柔軟、舒適、色彩繽紛的空間，讓複製的孩子們「在遊戲中」相見。

蘇菲亞・三月和蘇菲亞・六月躺在地上玩在一起。認知科學家認為，在這個年紀，她們不懼怕新事物，他者還不是敵人。在她們之間，貝蒂不是兩棲類，而是一個在合適的時候會呱呱叫的過渡物。飼養箱裡的艾菲爾鐵塔如今裝上一個絕佳的麥克風。點心時間，兩位心理醫師顯得相當低調，她們坐在桌旁，吃著巧克力馬芬蛋糕，喝著柳橙汁，假裝沒在注意這對如此相似的小女孩。女孩們互相交換一切資訊，記憶、口味、知識：「妳記得諾瑪的生日嗎？妳最喜歡的冰淇淋口味是什麼？妳知道 Anaxyrus debilis 是什麼嗎？」

起初，雙方都沒有發覺對方的缺陷。但很快地，蘇菲亞．三月便意識到，只有她知道過去幾個月發生的事。她找到弱點並取得勝利。「啊，妳不記得利亞姆在我的生日說了什麼嗎？也不記得媽媽送了什麼？」

她欣喜若狂，而蘇菲亞．六月則大受打擊。當她找到方法反擊時，她小聲地說，語氣挑釁：「爸爸也要妳發誓，不和任何人說這件事，尤其是不能告訴媽媽嗎？」

然後蘇菲亞．六月在三月的耳邊說了些悄悄話。

兩位兒童精神科醫生等著這一刻，她們靜止不動，強忍著觀察小女孩們的衝動。在她們的平板上，這幾乎聽不見的句子立刻被轉換成字幕顯示。小孩說的話可能模糊不清，然而機器的詮釋毫不含糊。

蘇菲亞．三月搖搖頭，起身，然後大叫。

「妳不能講這個！」

「可以，我可以。」

「這不是真的，這不是真的！」

「什麼不是真的，蘇菲亞？」其中一位精神科醫師用溫柔自然、安撫的口氣說。兩位女孩聽到她們的名字，同時向她轉過頭來。

蘇菲亞．三月憤怒地將馬克杯打翻，對著另一個蘇菲亞吼叫：「閉嘴！閉嘴！爸爸說過不可以說。這是祕密。」

另一個蘇菲亞嚇得閉上嘴，垂下眼睛。遊戲結束。貝蒂停止呱呱叫了。

「來，我們去散步。」另一個醫師說，一邊牽起蘇菲亞．六月的手。「我們去問妳的媽媽要不要陪我們一起散步。」

✦

這個祕密與巴黎有關。蘇菲亞不喜歡。

旅程一開始，她就很擔心獨自在家的貝蒂，滑進飼養箱裡幾隻可憐的蛆，要讓牠撐著吃十天。之後，當利亞姆想要搭塞納河上的遊船時，她父親則偏好與女兒一起待在飯店裡，因為她一定會「暈船噁心」。當她媽媽帶利亞姆登上艾菲爾鐵塔二樓時，父親不要她一同前往，因為她很「累」，而且不管怎樣，「這座塔比我們任何一座摩天大樓都還要矮」。每次，他都把她帶到浴室，叫她泡到熱水裡。蘇菲亞不喜歡和爸爸一起裸著泡澡。他替她搓泡泡，從頭到腳搓了很久。「我很乾淨了，爸爸，好了。」「很好，我的寶貝，妳也要幫我搓泡泡，不要跟媽媽說，這是我們的祕密。」但蘇菲亞的目光試圖逃離他父親的身體，她的雙手試圖忘記自己必須學會做的事。她的雙眼盡可能看向其他任何地方，看向鍍鉻衣帽架、馬賽皂沐浴乳瓶、金色水龍頭。

旅程結束。到了五月，當她父親從伊拉克回來時，蘇菲亞·三月也不喜歡家裡的浴室。在霍華德海灘的家中，她同樣知道油漆上的每道裂痕、天花板每個日光燈的閃爍、每個天藍色瓷磚的不規則。她討厭肥皂、沐浴乳的味道，討厭所有味道。不過這是祕密。

苗條男孩們

二〇二一年六月二十八日，星期一
英國，肯辛頓，斯特拉特福路

「拿一個飯卷吧，卡杜納先生。」祕密情報局的男人拿著一盤壽司，對著苗條男孩．三月說。「這是肯辛頓最棒的壽司店，遠遠超越維多利亞島的石見餐廳。」

但這位音樂家並沒有息怒。在拉各斯，他會同意搭上私人飛機，帶上他的十二弦泰勒和蜂鳥吉他，是由於得到了與流行音樂傳奇人物共同演出的機會。但一降落到英國國土，以及前往這棟離荷蘭公園不遠的維多利亞式小屋的途中，一位高大、帶有劍橋口音的黑人對他發表了一番冗長且晦澀的演講。如今他面對的是有關「罕見時刻」、「荒謬現象」的問題，而不再是艾爾頓．強[1]的問題了。但也不是一切都搞砸了：客廳中央有一架傳說中的紅色史坦威平臺鋼琴。

「您讓我大老遠跑來倫敦，結果連艾爾頓都見不到？我在飛機上練習了這麼久。」
的確。五小時的飛航中，苗條男孩都在練習〈屬於你的歌〉，這是每位歌手，從比利．保羅到女神卡卡，在歌唱生涯中都必須翻唱過的熱門歌曲。原本是屬於鋼琴的樂譜，不過苗條男孩選擇了洛．史都華的吉他版本。他以高傲、狂妄的姿態開始彈著吉他，哼唱著如此簡單的歌詞：「你可以告訴任何人，這是屬於你的歌……」他很快忘記這首白人的浪漫之歌，已有五十年之久的歷史，早就破舊不堪，他發現自己被困在句子裡，像個孩子似被觸動，他想到伯尼．陶平寫下歌詞時年僅十八歲，便明白每字每句都是為他，為了苗條男孩而寫的，都是為了訴說這些他無法經歷，也無法唱出的愛情。當獵鷹開始往希思羅機場降落時，苗條男孩眼眶溼潤地彈著這首歌，而他對此無能為力。
「我們這棟建築很安全，但別擔心。艾爾頓．強先生很快就會到了。」探員嘆氣道。
「證據就在這裡：相信我，情報機構的公寓裡從來不會有鋼琴。」
「所以那真的是他的私人飛機嗎？」
「絕對是的，您想想看，座位還是粉色皮革製的。不過，我剛剛向您解釋的內容，

1【編註】Elton John（1947-），英國知名作曲家。

您有……您有聽懂嗎？您準備好要面對他了嗎，卡杜納先生？」

「我說最後一次，我不是卡杜納先生。」苗條男孩氣憤地說。「那您呢，您的真實姓名是約翰·格雷嗎？」

「您可以叫我約翰。」男人說，並對著看門的探員做了個手勢。

當另一位苗條男孩出現時，第一位苗條男孩退後了一步。新來到房間的苗條男孩整個人僵住了。兩人互相檢視，仔細觀察許久。佛洛伊德曾談到了怪怖者、雙重自戀以及內部鏡像。這些分析與他們不太相符。他們並不懼怕怪異，他們的複製人並不吸引他們，太瘦、太高、甚至太年輕了，他倆都發現對方不是自己的菜。苗條男孩·六月終於進到房裡，走向窗戶，從窗邊可以看到愛德華茲廣場的老橡木，他拿了一個飯卷，送進自己嘴裡，過程中一直沒有把視線從他的複製人身上移開。

苗條男孩·三月坐下，也拿了一個飯卷。紫菜卷便一顆一顆地消失了。祕密情報局探員沒料到這種反應。這位英國人以為，他們會懷疑、想要質疑對方、尋找對方的缺陷，確保這不是什麼詐騙，但沒有。奇異之事並沒有使他們不知所措，不可能之事沒有引起任何恐慌，反而激起了食欲。

壽司快吃光了。苗條男孩·六月一言不發地指著他手腕上一道清楚的疤痕。他的眼神示意這是個提問。

「湯姆。」另一個苗條男孩回答道，他捲起袖子，展示出這同一條閃閃發亮的線，他又重複道：「湯姆。你知道的。」

沒錯，苗條男孩．六月知道，而他也是唯一知道的人。湯姆被謀殺後，他曾不想活了，他割腕試圖自殺。是他的母親救了他。

以地理上的準確度，他印證了他倆的關係：「那是在伊巴丹。」

兩位男子悲傷地對彼此微笑。那是一種會心、友好、友愛的微笑。至少，不必說謊、不必隱瞞、不必為任何事羞恥。世界沒有改變，但兩人都自覺更強大了。苗條男孩．三月起身，去找那兩把吉他，將十二弦泰勒吉他遞給六月。

六月說：「〈亞巴女孩〉。我聽了那首歌。真的很棒。還有……我真的和德瑞克一起演出了嗎？我是說，你真的……」

「德瑞克、阿姆，還有碧昂絲。我在五月參加倫敦的非流音樂季。兩個禮拜後，我出演了奈萊塢第一部愛情喜劇，《拉各斯婚禮》。我也和索尼音樂簽了新合約，有可口可樂當我的贊助商。我還創了公司：真苗條娛樂（RealSlim Entertainment）。」

苗條男孩．六月微笑著。他回想起一則笑話，美國人登陸火星的那天，他們會發現兩個來自拉各斯的傢伙正在簽合約。

「還有，看看這個。」苗條男孩．三月繼續說。

他把運動外套的拉鍊拉下，胸口上可見「百分百有效人類」字樣。這件 Rex Young 上衣，是LGBT社群和罕見的異性戀支持者的祕密團結標誌。

兩人直率地笑了起來。這都多虧了〈亞巴女孩〉……苗條男孩．六月並不嫉妒這項成就，他甚至不意外自己不嫉妒。他很幸福，這就像從天而降的饋贈。祕密情報局的探員沒有料到的反應。

「我們被關在機庫時，我也寫了一首歌，歌名是〈制服俊男〉。」

「俊男？難道你也是同性戀？」

六月彈奏旋律、唱著主調，三月馬上找到第二聲部，即興地彈著和弦。兩位歌手互相呼應、豐富對方的音樂，又不至於搶過彼此的鋒芒。他們一起創作出神來之曲，三月突然兩眼發光地說：「等等！只要說我們是雙胞胎就好了。就這麼簡單。畢竟，我們都是約魯巴人。」

約魯巴人，當然了，顯而易見。查曼人害怕雙胞胎。曼丁戈人更懼怕。雙胞胎具有天眼，可以讀心。對於恩丹布人、班圖人、樂樂人來說，雙胞胎來自原始未開化的世界。

雙胞胎出生時，佛羅納人會拋棄他們一天一夜，使之遠離村莊，以免威脅到酋長和巫師。盧巴人會殺掉其中一個嬰兒，因為他們是不幸的孩子。整塊非洲大陸上，都謠傳他們是從邪物中生出，總是帶有邪眼，這是上天的徵兆。但對約魯巴人來說，自一個世紀以來，人們不再殺戮雷神的孩子，那些引發恐懼的嬰兒。多年來，詛咒變成了崇敬、崇拜。在約魯巴族中，很罕見地，每二十位新生兒中就有一對雙胞胎，以至於伊博歐拉村自稱雙胞胎的世界之都，而且塔伊沃——「第一個來到世上的」以及凱欣德——「第二個來到世上的」，成了菜市場名。所以，沒錯，苗條男孩有個雙胞胎弟弟，曾遭遺棄又重新找回的弟弟，何不呢？沒人會驚訝。

「我們得偽造一個身分。」六月建議道。

「只要有錢就可以。」三月表示同意。

祕密情報局的探員記著筆記，好似有人正在向他點披薩。

「要給哪一位新的身分呢？」

「當然是我。」苗條男孩．六月回答。

「我們會處理好的。我們會幫你們編造一個故事，打造一個數位身分。這是我們擅長的工作。」約翰．格雷說。

「我們可以舉辦演唱會、寫歌。雙胞胎……我們會非常成功。」其中一位微笑說道。「苗條男孩們，這不錯。」

當另一位正要回答時，一輛繽紛粉色加長型禮車停在小屋前。一位矮小的男子下車，他穿著淡黃色的絲綢西裝和深綠色領帶，鼻頭上戴著巨大水鑽眼鏡。

✦

《衛報》，拉各斯版

二〇二一年七月二日，星期五

從苗條男孩到苗條男人

苗條男孩有一位雙胞胎弟弟！今年一月，這位創作流行歌曲〈亞巴女孩〉的知名作曲家，透過母親的遺書發現了弟弟的存在。由於沒錢養育兩個孩子，她在孩子出生後便把他拋棄在孤兒院，之後也沒能將他找回。擁有三個妹妹的苗條男孩隨後尋找這位失蹤的弟弟，委託拉各斯的偵探阿達威勒·薛胡調查，他專門尋找失蹤人口。他告訴我們：「這並不容易。我花了將近四個月才確認了這位無名弟弟的身分。我必須承認，我的客戶忽然一舉成名，成為奈及利亞家喻戶曉的人物，使我的工作變得容易了許多。我只需要找到一位和他長得很像的人。」

費米·哈邁德·卡杜納的弟弟——山姆，同樣很有音樂天賦，當他結束快遞工作後，他經常在拉各斯參加派對。這位失蹤的弟弟，就住在離拉各斯不遠的奧喬杜。這感人的重逢，倆兄弟是在私下進行的。從此，這對雙胞胎——真的很容易搞混！（見照片）——決定以苗條男人的名號，舉辦聯合巡迴演唱會。

祝此團體雙倍好運。

再次死去

二〇二一年六月二十八日，星期一
紐約，西奈山醫院

藥理學是多麼想成為一門精確的科學：每八分鐘，幫浦就會發出低沉的逼逼聲，並在靜脈中注入兩毫克的嗎啡。這是最低的濃度卻很有效，大衛·馬寇並不會感到痛苦。他疲憊地睡在安寧病房，奄奄一息。如果他必須醒來，那將會是他的最後一口氣。

嬌笛回家休息了。明天，葛蕾絲和班雅明要去學校。保羅·馬寇則得留在病房，聽從傳喚：聯邦調查局說這是「特殊情形」。當保羅抵達西奈山醫院，一位局裡的官員等著迎接他，向他解釋了情況。他搖了搖頭，皺著眉頭，始終拒絕理解這個「情況」。他被帶到醫院樓上，那層樓目前受到軍方監視，除了一名與這項祕密行動有關的護理師之外，其他工作人員都被撤離。保羅等待著，他瀏覽程序四十二的醫療團隊提供的文件。

新的掃描結果，另一個大衛．馬寇接受的核磁共振結果。

保羅等待著，但一看到後面跟著兩位探員，推開房門的那個男人，他的嘴裡連個髒話都說不出來，他雙腿發軟，不得不坐下來。

大衛看著他的哥哥保羅，接著看向病床中正在死去的大衛。幫浦的嗶嗶聲並沒有打破他們之間的沉默。

「我們已經通知您的妻子了。」聯邦調查局的男人悄悄在大衛耳邊說。「有探員去找她了。我們正在替她準備這個……」

「讓她睡吧，這樣就好。」大衛說。

能夠再次聽到這個聲音，深深地觸動了保羅。他起身，走向他的弟弟，抱住對方。這也是他的味道，他生病前的氣味，還有他結實、強健的身體。他緊緊抱住弟弟，後退一步，再次看看對方，然後說了一句蠢話：「是你。真的是你。」

「真的是我。」這位飛行員說。「來吧，我們出去。」

一旁的心理學家猶豫著要不要跟上去，大衛以一個手勢示意讓他們單獨相處。兄弟倆離開了垂死大衛的房間，坐在醫院的灰色人造皮沙發上，這種沙發經歷過的悲劇比奇蹟還多。大衛閉上雙眼，轉向哥哥：「我到底……保羅，我到底發生了什麼事？我聽說是胰臟癌，在……五月被診斷出來的。」

作為醫生的保羅回過神來，抓著弟弟的雙臂說：「大衛……上個星期六，你的檢查，記得嗎？在機庫裡。他們剛剛把報告傳給我了。」

大衛明白了。如果知道何時會到來，死亡就更加令人難以忍受。他無法坐在這裡，只好起身，走近半開的門，看著床上這副身體，瘦了這麼多，如此虛弱，他移開視線，回到墓碑色的沙發上坐下。他低聲說，好似害怕被聽到：「你是不是也認為我剩下的時間不多了？」

「這就像是從三月十二日或十三日開始進行化療和放射治療，而不是五月三十日。」保羅一邊查看資料，一邊安心地說。「鑒於這種癌症的侵略性，治療四個月比起治療一個月，差距非常大。」

保羅再次向弟弟解釋：錯位的腫瘤、肝臟的轉移、小腸的潤浸，他不能再像一個月前那樣，對大衛・三月做手術了。大衛・六月問了一樣的問題，爭論不休，而保羅則用同樣的話，給他同樣的答案，他時不時脫口「就像我之前跟你說的」。他無法投降承認，對這個大衛，他還什麼都沒說過。

「多久？」大衛又問一次。「至少有三個月。還是更久？」

「我們要嘗試另一種治療方法。你就是你自己的白老鼠，我們至少知道什麼方法沒有用。」

保羅微笑著，那是傷心的微笑。他對醫學和程序的信仰比對他自己還更堅定，這就是為什麼他選擇了這個瘋狂的職業，為什麼他如此出眾。事實上，他曾相信是這項工作選擇了他：他從來不會失去希望，他知道如何讓病人放心，因為他也很會自欺欺人。但又一次地，他呼吸困難。有人在他身旁死去，這個人就是大衛。他感覺又是歡喜又是哀痛。他迷失了。

「嬌笛呢？」大衛又問了一次。

「她累垮了。你無法想像她經歷了什麼。」

鑑於大衛即將面臨的病況，這樣說有些拙劣，但算了。保羅的電話震動，他瞥了一眼，接起電話，壓低聲音：「嬌笛嗎？」

✦

一座小型日式庭院。高聳的黑色竹籬將它與一座小英式公園的榆樹和樺樹隔開。一座小瀑布湧出涓涓細流，在淺色石頭之間闢出蜿蜒小路，最後流至一座幽靜的池塘，鯉魚在池中游。一條碎石路通向一座小木橋，接著到達一座只容得下兩張石凳的小島。庭院的設計人希望這裡是寧靜、能呼吸到生命氣息的地方，不過，這種經過計算的幸福，使它成為了生命最後一哩路的絕佳之地。庭院座落在一所豪華安寧病院的中央，這是某些人的特權，他們買了良好的保險，並願意相信禪宗的死亡並不完全是死亡。

嬌笛在機構探員以及保羅的陪同下來到竹林裡時，大衛看到她愣住了，被一道無閃也無電的閃電擊中。她全身緊繃，忍住不退縮。她的臉頰變得削瘦、乾癟、剛硬，黑眼圈，雙眼發紅，臉上無處不顯疲憊。最後，在保羅的攙扶下，她以非常緩慢的步伐走近。走向一道鬼魂。她穿越木橋，坐在另一張石凳上，盯著他許久，接著低下頭。保羅對著弟弟做了個安慰的手勢，便離去了。

他們沉默地面對面坐著好久。最終，大衛說：「相信我，我更希望是在一座有小孩尖叫的廣場上。什麼地方都比這愚蠢的地方好。心理學家應該是覺得這種地方比較合適。坦白說，我……」

「別說了。」嬌笛低聲說。

大衛聽從了。他聽著瀑布輕柔的嘩拉聲、家燕的嘰喳聲，在他眼前，碧綠的水突然被一條鯉魚掀起一陣漩渦。這座庭院，也許不是那麼愚蠢的主意。

突然，嬌笛以顫抖的聲音說：「自從你被插管，昏迷，打著嗎啡起，我便不想要孩子們來醫院看你。我們必須和他們說你一直在好轉。」

談到活生生的他，以及另外一個即將死去的他，她都毫無區別地使用「你」。這是她否認一個現實及接受另一個新現實的方式。在未來的日子，心理學家們將看到每個人都展現出這種態度。

大衛點點頭。他想要擁抱她，但冥冥之中感覺到她還沒準備好，他在她身上讀到了恐懼和反感。嬌笛聽不見瀑布聲，也聽不見鳥語。她緊盯著白色碎石，無法看著他。

「我很抱歉。我想要親吻你，但我做不到。」她說。

先前她從驚慌中回過神來，問完了每個人都會問的問題後，她問保羅的第一件事就是：「那癌症呢？」當保羅終於承認，當她明白了這個之前的大衛，這個從天而降的大衛，也可能再次死去，她便頭暈目眩。她自責有著這種想法：「為什麼你要回來，大衛，為什麼？這些全都只是一場彩排嗎，一整個月的苦痛只是為了迎接更多驚駭、更多眼淚、更多無力的咆哮嗎？」她想要相信上天賜給她第二次的機會，但並不是，這將是第二次的痛苦，她感覺到的只有憤怒和厭惡。

她冷冷地重複道：「對孩子來說，你一直在康復中，沒錯，這樣比較簡單。」

她沒有補充「我不想要孩子們埋葬兩次他們的父親」。

「我會試著痊癒，嬌笛。為了葛蕾絲，為了班雅明，為了妳。」

「好。」

「當然，也為了我自己。」

她抬起頭來。他想要逗她笑，但她無力做任何事。她將自己埋入這目光中，試著將他找回，試著趕走她深根固蒂的絕望。他向她伸出手，她回應了他，他捏了捏她的手，她重新找回了他的熱度、他以拇指撫摸她手心的方式。

「真的是你。」她最終還是說了。

這不是提問。因為她從沒懷疑過。大衛沒有回答，他用一種渴望的溫柔注視著她，彷彿他已經想要記住她的一切，彷彿他的日子已經不多。

他們沒有看見庭院入口的保羅，護理師剛悄悄地對他說了幾句話，保羅的雙眼被悲傷籠罩著。他們也沒有聽到聯邦調查局官員的指令。

時間流逝，緩和了痛苦。

一隻鯉魚跳出水面，又撲通地落進水中，這聲響嚇了他們一跳。

伍茲 VS. 瓦瑟曼

二〇二一年六月二十八日，星期一
布魯克林，卡羅爾街

一具身體怎麼能容納這麼多的眼淚？兩位喬安娜灑著淚，她們同時有了同樣的想法。這麼多的眼淚。

他們五人在艾比‧瓦瑟曼的工作室，置身素描和水粉畫之間，聯邦調查局的心理學家們笨拙地坐在高腳凳上，兩位喬安娜坐在一張扶手椅和一張舊沙發上，還有一個茫然、不知該說什麼的艾比。他不經思考就坐到「他的」喬安娜身邊，而現在，他在另一個喬安娜眼中讀到了悲痛。這個女人也是他在三個月前，巴黎紐約班機降落後曾擁抱的人。他應該要擁抱她、安撫她。但沒有。他僵住了。

很長一段時間，他們一動也不動，緘默無言。

「我得出去。」其中一位喬安娜突然說，接著兩個喬安娜一同站了起來，打開落地窗，急著走到可以看到馬路的陽臺。艾比則跟在她們後面。

陽光下的她們雙眼發紅，試著緩過氣來。喬安娜一直相信待在戶外有很多好處，她從不懷疑風、天空、雲會像白鶴送嬰兒一樣[2]，把答案送過來。小時候，當世界抵制她時，她就會出門，到西街和普羅維登斯街角的公園尋找寧靜。她氣喘吁吁地在柏油路上奔跑，直到她的肺幾乎快炸開，不得不躺下來，她的背貼在光禿禿的草地，張開雙臂，心臟狂跳。每次呼吸，宇宙都隨著呼吸進入她的體內，她逐漸擁有了它。

不過，卡羅爾街閃閃發光的楓樹，並沒有簡單的解決方法可以提供給她們。一個喬安娜正在擤鼻涕，慢慢呼吸，試著平靜。另外一個正擦著眼淚。

「我不想偷走妳的人生。」其中一個吸著鼻子說。

「我也不想。」

「我也不想失去自己的人生。」

其中一個喬安娜轉向年輕男子：「艾比？說些什麼吧。」

他嚇一跳。他的目光不停在兩個喬安娜身上相互游移。只能從微微凸起的小腹來辨別她們。

「我很抱歉。我不知道該怎麼辦。我……我不知道該說什麼。」

他低頭，看著自己手腕上的刺青：一座沙丘上面有著兩棵棕櫚樹。這刺青是向他的祖父以及他人生的故事致敬：小時候，他在祖父的前臂上看到了OASIS字母，問了刺青的意思，而答案是：「你知道嗎，艾比，我的大寶貝，OASIS是綠洲，和平與分享之地，我二十歲時刺了這個刺青，因為這象徵著戰後新生命的希望，這是個幸運符，知道嗎，艾比，Ein Glücksbringer（幸運符）。」小艾比重複著這個詞：Glücksbringer，但仍讓這插畫師著迷的是，德文以一個字，Glück，代表幸福和幸運：不幸，也許只是缺乏幸運。艾比十一歲那天，祖父才告訴他，這刺青並不是他以為的綠洲，而是51540，他的奧斯威辛集中營編號。老人死去的隔天，艾比在手上同一個地方刺上了綠洲，只有他知道其中的祕密，他能在這裡找到力量。不過兩位女子看著他，他緊盯著的這個刺青已不再是避難所了。

「所以，我們結婚了？我們住在這裡？」喬安娜．六月問。「我們的婚禮如何？」

這個「我們」並沒有經過思考。但在語言本身，「我們」在喬安娜．伍茲和懷著艾比

2 【譯註】傳說中，鶴是新生的象徵，會把嬰兒帶到未來的父母身邊。

孩子的喬安娜·瓦瑟曼之間建立了一個平衡。她不是邪惡的入侵者，她是被遺忘的不幸者。

一陣夏日微風吹動著銀色樹葉，車子的吵雜聲聽起來變小了。「當風兒吹起，它定會是來自某地。」為什麼她會突然想到這首詩呢，喬安娜也不清楚。

「我不知道我們該怎麼做。在法律上……」第一個喬安娜試著說。

當另一個喬安娜正要回答沒有法律原則時，她立刻想到「幹，這真的是我，馬上就想到法律問題」。她也想到法國十六世紀的馬丹·蓋赫訴訟。一位冒充者——阿爾諾·居·逖勒，返回蓋赫的家鄉，他冒充蓋赫，與他的妻子一起生活，並說服大家相信他就是自己聲稱的那個人。但有了戲劇性的變化，馬丹·蓋赫回來了，而這位冒牌者最終上了絞刑架。說這個有什麼意義，喬安娜心想，她猜測在同一時刻，另一位也正想著同樣的事件。她低聲說：「這和這件事沒關係。」

一陣寂靜。輕輕的敲窗聲使三位都轉向了因為害羞或是害怕，而不敢到陽臺的聯邦調查局探員們。

「泡杯咖啡吧，想想別的事。」艾比說。

「愛倫呢？」喬安娜·六月問道。「她的病呢？」

「還可以，她在治療中。是說……我在丹頓洛弗上班。我負責瓦爾迪奧的七氯訴訟。」

「不會吧？和那個人渣普萊爾？妳……真的這樣做了？」

「他不是人渣，這只是刻板印象，只因為他是億萬富翁。」

喬安娜．六月心裡很清楚。這番說詞如此荒謬。當然，為了支付治療費，她也會做一樣的事，不過也是因為那裡是丹頓洛弗……她不經思考地向艾比伸出手，艾比也不經思考地握住她的手。看到這個動作，另一個喬安娜感到呼吸困難，疼痛壓迫著她的胸口。她的妹妹將永遠是她的妹妹，但是她只有一個艾比。有些愛是能被相加的，有些則永遠無法被瓜分。

「太可怕了。」艾比說，也握著她的手。「我並不愛妳們兩個。我只愛一個女人，她叫做喬安娜。」

他無法繼續下去了。使他眼眶發亮的淚水肆無忌憚地流下。這麼多的眼淚。

一個孩子，兩個媽媽

二〇二一年六月二十九日，星期二

巴黎，牟利羅街

兩天前，聯邦調查局的軍事資訊支援作戰部和同盟國，以五個要點傳遞了他們的程序：準備、資訊、會面、追蹤和保護。但這儀式並不能解決任何問題：在這棟對外情報反間諜局不斷更改名字的隱密巴黎法式府邸內，一間窗簾大開、可以看到蒙梭公園的房間中，兩位露西·博加在此已經對峙了十五分鐘，情勢一觸即發。

全面開戰。露西·六月一回到法國，就明白自己是逃不掉的。露西·三月也同樣堅定。她的兒子，她們的兒子、公寓、正在剪輯的電影，直至衣服，如此多的重要鬥爭和無意義的戰鬥。

心理學家早已料到局面：露西和兒子一起生活了十年，兩人一同關在愛與溫情中，而年輕的媽媽從未考慮與孩子的父親共同扶養，這過於年輕的傢伙逃避了父親的責任，從未想要扶養兒子，只在幾年後開始對他有興趣。而為何現在露西必須與另一個「她」協商，必須溫順地接受無法忍受的分離？她倆都沒準備在這孩子神聖的「精神穩定」祭壇上犧牲自我，而一無所知的兒童精神科醫生卻對此津津樂道。母愛裡最黑暗的自私，與最閃亮的寬容，相互激烈抗衡。

「路易還沒有準備好。」露西．三月說。

「和妳一樣，路易也是我的兒子。」露西．六月回應。

露西．三月頑固地盯著地板，頭也不抬地說：「我們必須考慮到他精神狀態的穩定。所以答案是不行。」

不行？怎麼可以，「不行」？她有什麼權力可以拒絕她見自己的兒子？她難道不明白她也是他的母親嗎？她難道覺得她比較沒有正當性嗎？露西．六月怒火中燒，她失去了理智。當然，另一個露西也氣得臉色慘白，聲音顫抖。

「我不會再住在旅館裡了。」露西．六月喊道。「這是我的公寓。你們能想像我正在經歷什麼嗎？」六月又深深吸了一口氣，重申：「妳不能住在我家。」

其中一位心理學家忍住不嘆氣。他們需要一位婚姻諮詢，一位離婚專家。她想干預，不過露西．六月不情願地補充說：「不能一直住在我家。」

「這情況……前所未見，博加女士。」內政部的年輕男子試著緩頰；這位從知名大學畢業，屬於二〇二〇年「漢娜．鄂蘭」小組的應屆畢業生被調派至危機小組，非常懷念自己在農業部的職位。他結結巴巴地說：「我們正在想辦法解決……」

「與這位和我兒子住在我家的女士比起，我並不是『多餘的』。您知道我已經五天沒能和路易說話了嗎？」

但路易並不是引起她盛怒的唯一原因。她也痛恨另一個露西怒氣沖天時下巴的顫抖、嘴角細微的扭曲、戴著一張超然的面具執拗地壓抑怒氣，皺起鼻子推眼鏡的方式。在她們的兩張臉上，有太多可以解讀的跡象。甚至，面對三月的美麗，六月感到震撼，即便這個美也是屬於她的。面對三月如此纖細瘦弱的身體，如此精巧，以至於馬上能喚起男人的保護欲和占有欲。露西．六月憤怒地看著露西．三月，她想起了拉非爾。

露西去年在片場遇見了他。他是一位攝影師。儘管他的身材結實矮小，有著拳擊手的鼻子，拉非爾還是很有魅力。她知道他喜歡她。她會時不時打電話給他：如果他有空，她就會過去，進去時幾乎連一個吻都不給他。她寬衣，躺到床上，想要他從後面來，總是如此，拉著她的頭髮，扶著她的臀部；她高潮，然後她會把他趕出她的身體，使勁幫他打手槍，愉悅的時刻到來便馬上鬆手，沖澡後立刻離開。她不追求更多。這不是她的祕密森林，而是一塊荒地。在拉非爾之前，她也有過其他男人。不去愛，就容易多了。

與安德烈去紐約的前幾天，她去了拉非爾家。

一切如常，這天，她脫下外套，拿掉手錶、安德烈送給她的白金藍寶石戒指，說了一句「我只有半小時」。他感受到她的急切，因而表現得驚慌失措，無法如她所願在短時間滿足她。他在她的雙腿之間跪下，想要溫柔地舔她，但她一如既往地把他推開，「不，夠了，不要這樣」。她把他引導回狗狗式，在這種姿勢下，他只能看見她的頭髮、背、屁股。幾分鐘後，她已沖了澡。拉非爾說：「露西，妳知道嗎，我希望我們不只在妳行事曆上的空檔見面，我希望我們能一起去餐廳、去戲院。」露西沉默地看著他，她擦乾身體，穿上內褲和襪子。他補充說：「或是，我們可以一起去旅行，去布魯日、威尼斯、妳想去的地方，只有我們兩個。」她穿好衣服，然後，她冷冷地說：「只有我們兩個？我們兩個？什麼啊，你以為你上我就代表你愛我，以為我喊著『上我，用力幹我』就代表我愛你，是嗎？可是我們並沒有在一起，拉非爾，愛情不是這樣的，我們之間什麼都不算，什麼都沒有。那只是化學反應，是個騙局。你不明白，是個騙局！」

年輕男子目瞪口呆，接著怒吼：「滾出去，滾出去。」露西聳聳肩，她拿回手錶，把戒指戴回無名指，離開。他關上門，走到窗邊，看她在街上漸遠，騎上機車消失。他留在原地，因著他占有卻不屬於自己的女人引起的羞辱和悲傷而受著傷。他沒料到一週後，或一個月後，她可能會再打給他，就像什麼事都沒發生。他會為她開門，說「我以為妳不會回來了」。她會驚訝地看著他，而後照常脫下衣服。

露西．六月相信自己不會為這種鬧劇羞愧。不管拉非爾怎麼想，在他之前的其他人怎麼想。但突然，在這另一個有著鄙夷眼神的女人面前，這個全都知曉的女人面前，她甚至知道那些骯髒的場景，那些穿透她、使她高潮的事情。露西．六月因厭惡而僵住。赤裸、醜陋、淫穢的她。這不再是一塊荒地，而是一個垃圾場。

她顫抖著，心想三月是否也在當下想起拉非爾，她是否還在見他。但這重要嗎？三月只是繼續說：「我也不確定路易是否準備好要見，怎麼說呢，他的兩位媽媽……」

「他是很聰明、很成熟的男孩。」心理學家插嘴說道。「他所有的反應都證明了他能夠適應。而這也將由他來決定。」

因為路易現在已經知道了。機關要求他與露西．三月一起過來，他在旁邊的房間裡與兒童心理學家面談一個多小時。他現在能理解：他沒有兩位媽媽，但有兩位他的媽媽同時存在。就在心理學家覺得時機到了時，她打開螢幕，無聲地顯示著兩位女子之間的會面。孩子只是瞪大眼睛說：「太奇怪了。」

心理學家笑了，同意他的話。「沒錯，太奇怪了。」她不斷告訴他，這是個他必須守密的祕密，說出去會有危險。但這不是路易關心的問題。

「我得在兩個媽媽之間選一個嗎？當父母分開時，大家都會問小孩想與哪一個一起生活，爸爸還是媽媽。嗯，當然，這不一樣。」

路易是對的，這不一樣，心理學家同意，然而，為了小男孩好，他們必須簽署條約，最好是一項協約，一個不會犧牲任何一方的協議。

路易無法用言語表達，甚至無法承認，但他喜歡的那個媽媽，是三個月前，每晚打給安德烈講好久的電話，每個星期把他託給外婆幾晚的那個媽媽。路易在媽媽的人生中如此重要，對他來說，這位身材不勻稱，很有趣的灰髮高個子的出現著實讓他鬆了一口氣。日常生活被打亂了，路易喜歡媽媽的寧靜、笑聲，有時沉思的眼神。有著一位沒那麼無所不在的媽媽好多了，但當她和安德烈分手後，路易又回歸媽媽的重心，不太開心地回到過往的生活，就像一對老伴侶。

他認識安德烈三年了，在他的時間尺上，那是永恆。每年夏天，這位建築師都會邀請他們到他位於法國南方的家。就是在那裡，有天晚上，安德烈從閣樓拿出一個舊盒子，教他玩《龍與地下城》，教他創造世界、城堡、扮演角色、打擊獸人和怪物。他送了路易一盒遊戲，這是個多面骰子遊戲，教他怎麼計算每一次的概率，選擇最好的武器、最好的戰術。幾局下來，路易成了三級精靈巫師，而她媽媽成了矮人弓箭手。安德烈也教他猜謎語。

「我有一個謎語。」路易說。

「說吧。」心理學家微笑著。

「窮人擁有，富人需要，如果我們吃下去就會死。」

心理學家請求正解。

「什麼都沒有。」

「什麼都沒有？」

「什麼都沒有。窮人，他們什麼都沒有，富人什麼都不需要，而如果我們什麼都沒吃，就會死。」

「很棒耶。我要記下來。」

「我可以擲骰子來決定要和哪個媽媽在一起。」路易突然建議。

心理學家微笑。馬拉美說得有道理，暫且說骰子一擲不會消弭混亂[3]。不過她很喜歡路克・萊因哈特的《骰子人》，這本一九七〇年代的邪典中，一位陷入無聊和不滿的精神科醫師，開始以擲骰子來決定生命的每個選擇。她尤其欣賞路易採取策略的智慧，避免一觸即發的衝突，欣賞證明他成熟的自然諷刺，突然間，這明顯的事實使她訝異：路易說得有道理。就應該這麼做：主宰人生的同時，路易不必承擔做決定的負擔。

「沒錯，這是最好的方法，路易。」心理學家同意道。她要孩子訂定規則。「你覺得要怎麼實行？」

「每週一開始，我丟七次骰子，每次都代表一週的一天。如果星期一是偶數，就是其中一個媽媽，而奇數就是另外一個，以此類推。」

「就這樣做吧。」

快速算一下，其中一位整個星期都見不到兒子的風險是百分之一，連續十天是千分之一。沒有任何一位露西將被犧牲，也不會想反對擲骰子的結果。她們能接受的。

「我們要去見她們了嗎？」心理學家建議道。

路易點點頭，接著兩人準備進入房間，有兩位露西在等待著。到了門口，他看著她

3【譯註】馬拉美（Stéphane Mallarmé, 1842-1898），十九世紀法國詩人。此處源自他的〈骰子一擲不會消弭偶然〉。

們，看向其中一位，又看向另外一位，笑著又說了一遍「太奇怪了」，他不偏不倚地坐到她們正對面的座位上，平靜地向她們闡述自己的想法。

兩位年輕女子試圖抑制體內沸騰的岩漿，她們對路易微笑，兩位都試圖捕捉兒子的微笑。如果路易是一隻狗，如果其中一人有根骨頭，她就會把骨頭藏在拳頭裡吸引路易。但兩個人都觀察著他，聽他說話，內心深處佩服這位實在很了不起的兒子。

他說完。一陣使人發窘的沉默。路易又說：「我是因為《龍與地下城》才想到這個點子的。」

他驕傲地微笑著，好似這可以解釋一切。於是，兩位女子同時屈服地點了點頭。有時，最糟的解決方法是最好的。

「我有一個謎語。」路易說。「我們都是同一個媽媽生的，同年同月同日同時生。但是我們不是雙胞胎。為什麼？」

兩位露西困惑地搖搖頭。

「我們是三胞胎。」路易笑著說。

維克多·米塞爾回歸之像

二〇二一年六月二十九日，星期二

諾曼第，伊波懸崖

在那裡。金雀花被西風吹拂彎著腰，信天翁在英吉利海峽上方的灰空中翱翔。從海面升起的薄霧，使得伊波懸崖底部的白屋輪廓顯得模糊。維克多躺在高高的草叢中望著雲朵。一隻海鷗停在他的身旁，維克多想要牠再靠近些，直到以翅膀觸碰到他，帶給這個只剩下疑惑的他一點原始的生命。他站起來，走向懸崖，坐在絕壁邊緣，用手指輕觸被雨水沖刷過一百遍的白堊痕跡。

沒錯，就是那裡，四月底，另一位維克多·米塞爾的骨灰就撒在那裡。他第一本小說的主角，《群山將來找我們》，選擇在這裡自殺；克萊蒙絲·巴勒梅因此想到了這個地點。就是在那裡，她念了《傳道書》，大衛兒子之書。

傳道者說，虛空的虛空。
Havel hevelim
凡事都是虛空。
江河都往海裡流，
海卻不滿；
江河從何處流，
仍歸還何處。
已有的事，後必再有，
已行的事，後必再行：
日光之下無新事。

她接著發表了一段樸實且真誠的話，講述這些儀式的重要性，這些活著的人為了接受無法接受的事而發明的把戲。下起雨來了，她喜歡這適當的落雨，矇住了她沒有預料到的淚水。「死亡從不是一件有尊嚴的事，維克多，死亡總是孤獨的。但我們能期望這最後的道別時刻，至少能慰藉那些留下來的人。如果斯多葛派說的是真的，如果人與人之間什麼都沒有，沒有愛情，也沒有溫柔、沒有友誼，但相反地，身體就是一切，如果感官真的都起源於並生根於自身，那麼，維克多，這最後之語就不會毫無意義。」

這些話，克萊蒙絲可以對著眼前的幽靈再說一次，她看著這幽靈危險地沿著懸崖行走。她向他喊道，不要那麼靠近邊緣，風聲使得她的聲音微弱。維克多轉過身，對她揮了揮手，回到她身邊，微笑著說：「好開心。當一個朋友死去時，我們再次意識到，死的還不是我們！」

克萊蒙絲心緒不寧：她的維克多真的回來了。一大早，一架由軍隊租用的空中巴士載上他與其他〇〇六班機上的法國人，抵達了福維爾空軍基地。在這幾個小時中，他們被告知整件事的始末。他是第一位被釋放的：沒有任何與第二位維克多．米塞爾相遇的安排。這能減輕心理學家的工作量。但「機構」指派給他的人卻寸步不離。沒有任何一本教科書中有教導該如何面對這情況，約瑟芬．米卡列夫只好隨機應變。她說：「您一回來，就來到這裡默哀是對的。」

「我不是在默哀，女士。我沒有在為自己哀弔。我曾一度以為來到這個懸崖能幫助我理解，但事實上，並不然。我只覺得自己被關了四天，像是在冬天離家，在夏天回來。一起去市中心吃午餐吧。我想吃里昂大香腸，還有一杯上梅多克紅酒。很多杯。」

他們上了黑色寶獅汽車，緩緩開往埃特雷塔。一位貼身保鑣機構的男人開著車。年輕的心理學家坐在副駕駛座，維克多和克萊蒙絲則在後座。車上很安靜，只聽得到心理學家不斷敲擊鍵盤的聲音。維克多沉浸在草地和白堊岩的風景中，編輯則無法將目光從作家身上移開。她先前早已認命，知道自己將永遠見不到他了，而現在，她不知道該如何看待他再次出現的混亂。讀過他所有的書之後，她比以往都更加接近他。他的缺席使她空虛。

維克多選了餐廳的一張圓桌，儘管規定不允許，他堅持大家一起吃飯，包括那名警察。作家點了他的里昂大香腸、一瓶二〇一六年的拜葉堡紅酒，微笑著對克萊蒙絲說：「妳有發現嗎，我上禮拜才和妳一起吃晚餐，三月初的時候。見到我，妳開心嗎？」

編輯若有所思地端詳著他，但她的目光卻落在他身後。手裡拿著骨灰瓶，在雨中和泥濘中行走。骨灰的白色漩渦，風聲，《傳道書》的字句：「已有的事，後必再有，已行的事，後必再行：日光之下無新事。」維克多把她從夢中喚醒。

「克萊蒙絲？見到我，妳高興嗎？」

「高興，維克多，非常高興。抱歉，我經歷了難受又奇怪的幾個月。現在又發生這種事。實在令人難以置信……」

克萊蒙絲試著說點什麼。一則猶太笑話指出，上帝經常重讀《妥拉》，試圖理解在祂創造的世界中發生了什麼事。她繼續說：「你為什麼只告訴我？」

「比起任何人，我更相信妳，我知道妳很謹慎。妳有告訴誰嗎？沒有吧。看吧？」

「這只是早晚的問題，大家都知道那架是你搭的飛機。」克萊蒙絲說。

「這不一定，各機構都承諾乘客名單將永遠保密。」米卡列夫插嘴說道。

「我可以消失。」維克多繼續說。「以一個新身分開始新的生活。政府提供了這個選擇。」

「首先，你不想要這樣做，而且對你來說也不可能。」

她打開平板，進入出版社的網站，點擊「最新消息」，《異常》，接著點「新聞報導」。

「超過一百篇文章、電視節目，到處都有你的臉。還有一本這個月的《閱讀》雜誌。你的書正在翻譯成六種語言，而當他們知道你……想像一下會有什麼熱潮吧……所以，你想要消失的話……除非整形……」

維克多在福維爾空軍基地的早晨讀了《異常》。他在書中認出了自己的文筆，但沒有找到自我。他不愛這種格言藝術，也不喜歡這種浮誇字句。這本書所引發的熱潮並沒有觸動到他。

「這就像嗑了迷幻藥的楊凱列維奇。」維克多微笑說道。「另外一個我。出發去紐約之前，我一句話都還沒寫。」

「我喜歡這本書，書中有你的身影。」克萊蒙絲說。「不然我就不會出版它了。你得扛起這本書，《異常》賣了超過二十萬本……」

「我應該早點試試迷幻藥的……」

她收起平板，給自己倒了一杯上梅多克紅酒，以堅決的姿態說：「我們必須宣告你的『復活』。利維奧一定會很高興。」

「誰？薩雷諾嗎？」

「你去世後的那些朋友之一，他主要負責俱樂部的事宜。」

「他不是我的朋友。我們只是有些共同朋友。」

「你們應該見過很多次面吧，就在你死……總之，他在你的葬禮以他的義大利口音發表一場精彩的演講，引用了許多你書中的話。」

「利維奧本來就很喜歡出席葬禮。發表弔辭對他很有利，他可以同時炫耀自己的謙虛和他偉大的靈魂。」

「我承認，他似乎很享受。總之，伊蓮娜，她……」

「伊蓮娜？她六個月前就跟我分手了。嗯，應該說是九個月⋯⋯」

「你們合好了⋯⋯就在最後幾個月。她甚至聲稱你們復合了。」

「這絕對不可能。」

去年秋天，伊蓮娜離開他的那個早晨，他們在偉普勒餐廳，她啜飲著她總是喝的「請給我一杯雙倍低咖啡因拿鐵要夠燙還有別加太多奶泡」，她堅持要告訴他，她一直有一位情人，我們的「新生活很美好」。維克多很驚訝，以至於要她再說一次，她聽了他的話，生氣用力地正確發音：「我們的性生活很美好」。他聳了聳肩，噗哧地笑出聲來，然後說：「莫名其妙，伊蓮娜，莫名其妙！」她起身，又說：「我替你感到可憐。」把「可憐」兩個字更用力地說出來，使在場少數的觀眾也能聽到，還以高傲的眼神確保在場沒人會懷疑這可憐傢伙是個卑鄙下流之人，便頭也不回地離開了。他看著她踏著堅定的大步遠去，然後，認知到有多荒謬後，他漸漸大笑了起來。

沒錯，就是這樣，他們絕不可能和好。

「我死得好。」米塞爾嘆氣道。「但總之，妳說的沒錯，大家再見到我都會很開心。」

「我很開心。」克萊蒙絲笑著說。「當內政部來出版社和我解釋情況，帶我到那裡時，我完全嚇壞了。我以為我會見到一個⋯⋯一個外星人。眼神空洞、聲音平淡冰冷的傢伙，就像電影《異形基地》一樣。」

「抱歉，克萊蒙絲，真的是我。此外，我有兩個問題。實際的問題。我需要一支可以用的手機。我的SIM卡被停用了。我感覺自己與世隔絕。我很想打給我的『遺孀』……好聽到她喜悅的聲音。」

「您會拿到這些東西的，米塞爾先生。」保鑣機構的官員插嘴說。「打電話時您要很謹慎。」

「我也想要回家。」

「我們幫您訂了一間勒瓦盧瓦的房間，米塞爾先生。在反間諜局的基地，對內安全總局，這樣才安全。我們明天將幫您在巴黎找一間飯店。」

「然後……」克萊蒙絲起了頭。

她不知道從何開始說起。公寓被遠親搬空、他們分了家具、舉辦拍賣會，「因為自殺所以不是最好的價格，對吧？」如此活躍的維米之友協會……維克多並沒有生氣，他沒說話。她繼續說：「關於你的藏書，他們在你家辦了一場派對，大家在那各取所需。有很多書還留在紙箱裡，像是你的雅里、杜斯妥也夫斯基……現在沒有人在讀這些了。你的表兄弟們拿了你的七星文庫，那些書可以當裝飾，而且在 eBay 很好賣。」

「政府會盡力協助您找回您的資產，米塞爾先生。」機構的男子說。

有一個問題困擾克萊蒙絲很久了。心理學家搶先她提出了這個問題：「維克多，我們在飛機上已經談論過這個問題了，可是……到底是什麼原因導致『另外一位』維克多自殺？」

作家看起來興味盎然。

「沒有人會自我了斷，你們不知道嗎？只有痛苦的人，會殺了那痛苦來獲得解放。」

「不會是因為……伊蓮娜・萊斯科娃吧？」約瑟芬・米卡列夫堅持問道。「《異常》（L'Anomalie）重新排列後就是拉丁文的 Amo Ilena L.，也就是『我愛伊蓮娜・萊』。」

米塞爾不禁大笑。

「不是吧？這是真的嗎？是誰想到這種鬼東西的？」

「伊蓮娜在一場訪談中暗示的。」

「不就還好拉丁文有 amo 這個字。謝里登將軍就會說，唯一的好語言是死去的語言[4]。撇開玩笑不談，我不知道這個行為背後的原因。我沒有自殺傾向。記好了，我倒

4【譯註】菲利普・謝里登將軍的格言：「唯一的好印第安人是死去的印第安人。」

是很高興殺了自己，尤其因為再晚一點就為時已晚了。」

「啊！」克萊蒙絲驚呼。編輯打開她的平板，興奮地離開座位，以勝利的姿態向維克多展示《異常》的一個句子：「你剛剛引用了維Ø多．米塞爾。」

她把維Ø多念成了維格多。

「我多嗑了幾克梅多克，克萊蒙絲，只可能是因為那樣。」

編輯為了這很爛的雙關微微笑。她打開包包，把一個信封遞給維克多。

「給你。你跳下去的時候，身上有這些。」

維克多拆開信封。裡面有他的手機、鑰匙，還有一塊紅色樂高。他摸了摸自己的口袋，從中拿出了一模一樣的，放到第一塊樂高旁邊。他好奇地看著兩塊樂高，把一塊疊到另一塊上。記憶與回憶完滿契合。

✦

二〇二一年六月三十日，星期三

巴黎，盧泰西亞酒店大廳

克萊蒙絲召開了記者會，主題是：維Ø多．米塞爾的雙重人生。邀請函上方還摘錄了《異常》：「我不敢對我未來傳記作者的無能寄予厚望。」

人山人海。維克多與橘樹出版團隊躲在小小的等候室內。這種排場嚇壞了他：高聳的站臺、一張桌子，兩個分別給他和克萊蒙絲的座位，他們面前還有數百張椅子，坐無虛席。大廳後方有十幾臺攝影機等著他。

「連國際媒體都來了。」克萊蒙絲說。「下禮拜，你的書將在世界各地漸漸出版……急著翻譯……有時會翻得很隨便。」

「就算這樣，我也不是喬治．克隆尼。」

「你比喬治．克隆尼更重要。你介在羅曼．加里和耶穌基督之間。介在自殺和復活之間。」

維克多聳聳肩。克萊蒙絲熱情地拍了拍他的灰色外套。維克多打開門時觀察了記者會場。

「我親愛的伊蓮娜不在這裡嗎？我的遺孀應該待在家裡過著她的新生活吧。」

「什麼？」克萊蒙絲皺著眉頭問。

「沒什麼，我在自言自語。」

編輯看了手錶。晚上六點。

「要走了。進來時要過安檢害我們遲到了。大家都想把你放在八點的晚間新聞。」

「這種大型彌撒還存在？BFM電視臺和網路還沒有淘汰這種活動？」

「還有一千萬人在看。走吧。吃了半顆立舒定，你感覺很放鬆。甚至太過放鬆了。不要開玩笑，拜託。」

「我發誓不會。」維克多說。

他從後臺登上站臺，劈里啪啦響的閃光燈打在身上，他坐上位置，忍著不打哈欠。他真的很放鬆。

「大家好。」克萊蒙絲拿著麥克風說。「我會長話短說，因為你們一定有很多問題想問……」

維克多不認識在場的任何一位記者。現場不太可能聊文學，派來的都是記者，不是評論家。如果其中有人讀過《異常》，一定是因為工作需求。克萊蒙絲一結束她的談話，現場每隻手都舉了起來。她平靜地控制著混亂局面，請第一排的高大男子說話。

「米塞爾先生，《世界報》的約翰·西格爾。對您來說，自您三月離開巴黎至今，只感覺過了一個星期。這四個月來，發生了許多事，對您來說尤其如此，寫了一本書，還有，我們這樣稱為的，您的死亡。您如何看待這不可思議的情況呢。」

「我正在盡力適應。我讀了『我的』書，以及各大報紙上的悼念文章。為了看到這些場面，真讓人想死死看。」

「您把《異常》看作是您的書嗎？」

「請明確地說：『你們』。」

維克多猜想克萊蒙絲在心裡偷偷地翻了個白眼。他繼續說：「請原諒我這樣繞圈子。當然，我有時可以在他的文筆中找到自己的身影。但這並不能表示這本書是現在在場，正在和你們說話的我所寫的。不過最重要的是，版稅進到我的戶頭。」

克萊蒙絲在旁邊嘆了口氣，這代表她表示「早說過了，不要開玩笑……」，她後悔當初建議他吃抗焦慮藥。

「您認為，您的書中有著與此飛機事件相關的關鍵嗎？」

「成千上萬的人都在尋找這個關鍵。如果真的存在，他們會比我先找到。特別是，就像你們也知道的，當我們有一把錘子時，一切看起來都會像釘子。」

「您認為我們都是模擬人嗎？」

「我不知道。按照伍迪·艾倫的說法，我覺得如果真是這樣的話，我希望工程師有他的理由。因為他創造的世界根本是一個可怕的地獄。儘管，據我了解，正是我們自己創造了這種世界的。」

「米塞爾先生，您可能也知道，那個航班中幾乎所有的乘客都拒絕透露身分。為什麼您願意露面呢？」

「我不覺得自己受到威脅。我被警方保護著，還有心理學家的照顧。大家早已考慮過一切。」

「您有感覺到大家稱為『分裂』的時刻嗎，或是以新的一種說法，『異常』的時刻？」

「當然，就像每位機上的乘客都有感受到。亂流停止，陽光重回機艙。這也是百憂解的定義。」

全場鬨然大笑，維克多也笑了，他感到有點輕飄飄的。克萊蒙絲則對他的表演感到絕望。

「您知道您的『複製人』為何自殺嗎？」

「自殺的主要原因就是，他一定很想死。」

「您和伊蓮娜．萊斯科娃的確切關係是什麼？」

「目前，我們之間沒有任何關係。充其量只是前世糾葛。」

維克多現在容光煥發，根本是立舒定的活廣告。

「安．瓦瑟，《泰晤士報文學副刊》。米塞爾先生，您有在著手寫新書嗎？」

維克多看向最後一排，從那傳出這輕柔沙啞的女性聲音。他的雙眼亮了起來。那是亞爾翻譯會議上對岡察洛夫幽默感興趣的年輕女子。

「有。我正在寫一本書。」

克萊蒙絲驚訝地看著他。

「那是個經典的主題。」米塞爾接著說：「當一位男子以為她已經永遠消失時，一位女子重新出現在他的生命中。這本書將命名為《雅士谷或英式鮮奶油的回歸》。」

「很了不起的書名。」年輕女子微笑著說。

「最後一個問題。」克萊蒙絲要求。她猜想，她的作家現在除了確保記者會順利進行外，腦子裡還有別的事情。

「安德里亞．希爾芬格，《法蘭克福匯報》。您如何定義昨晚在美國發生的事件？」

「定義？我認為美國不再只是一個名字。一直以來都有兩個美國，而現在，兩者不再互相理解。就像我能在其中之一認出自己的身影，但我卻無法理解他。」

深夜秀

二〇二一年六月二十九日，星期二

紐約，艾德·蘇利文劇場

《荷伯報到》的彩妝師欣喜萬分地欣賞著她的作品。

「阿德瑞娜，您美呆了。我趁機幫您換了新髮型。」

「史蒂芬要結束開場了。」節目助理打斷談話說道。「跟我來。一旦我碰您的肩膀，您就進去片場，好嗎？」

節目助理沒有等待她回應便離開了化妝室：這兩位年輕女子走到後臺，向著舞臺的燈光，在黑幕後等待Stay Human唱完他們的歌曲。

史蒂芬·荷伯在他的桌子前翻閱字卡，面對著觀眾。當鏡頭回到他身上時，這位CBS的主持人皺起了眉頭。

「今晚，我有榮幸邀請一位很年輕的演員，她還不算出名（失望的呼聲）。別那麼沒品嘛，不要讓我丟臉（笑聲）。好的，各位女生，先生，請歡迎……阿德瑞娜．貝克。」

荷伯做了個手勢，「鼓掌」的牌子亮起，掌聲隨之響起。

一位年輕女子走上前來，身材苗條，看起來像是少女，穿著牛仔褲、球鞋、深藍兔毛毛衣，棕色鬈髮披散在肩上。為了使她安心，主持人走向她，親了她的臉頰。

「您好，阿德瑞娜．貝克。很高興見到您。」

「您好，史蒂芬，我也很高興來到這裡。」

「希望您會印象深刻。第一次上電視嗎？」

「是的。」

「大家都有第一次。我記得我的初戀、我們第一次一起去餐廳吃晚餐有多浪漫，話說，我把發票留下來了（笑聲）。阿德瑞娜，您二十歲，是位演員。今年五月出演了《羅密歐與茱麗葉》。而您飾演的是？」

「茱麗葉。」

「當然，您是茱麗葉。而您在哪裡演出《羅密歐與茱麗葉》呢？」

「桑德拉．費斯坦—甘姆劇院。」

她低聲說出劇院名字。片場中傳來一些殘酷的笑聲。年輕女子不禁臉紅。荷伯挑著眉，她補充說：「是在……羅德島州的華威。是一間小劇院……」

「阿德瑞娜，您沒有必要尷尬。您知道嗎，麥特．戴蒙一開始是臨時演員：他演披薩師傅，遞給客人一塊瑪格麗特披薩，他只有一句臺詞：『五塊錢，謝謝。』現在，他到處說那是一片七塊錢的拿坡里披薩，但他是一個愛吹牛的人（笑聲）。阿德瑞娜，不好意思。您最近演了什麼劇呢？」

「《榆樹下的慾望》。是尤金．歐尼爾的三幕劇。我飾演那位年輕女孩。」

「那位年輕女孩？……這裡有個問題，阿德瑞娜。您覺得，這齣劇裡面，難道只有一位年輕女孩嗎？」

阿德瑞娜．貝克大笑。觀眾也不明所以地跟著大笑。荷伯微笑著，轉向後臺。

「現在，觀眾們，熱烈掌聲，歡迎阿德瑞娜．貝克！沒錯，阿德瑞娜．貝克！」

從布幕後方現出了第二位阿德瑞娜，穿著一模一樣，除了毛衣是紅色的。荷伯走向她，給她一個擁抱，將她帶到她的雙胞胎坐著的沙發時，全場起立，目瞪口呆，大聲喊叫並鼓掌。在控制室內，導演無視規範與法律，抽起了電子菸。這真是個他媽的好節目，現在，這個頻道超越了ABC與NBC。在她身後，十幾位CBS的小編正在轉發推特、在ＩＧ發文、在臉書上直播。讚數與分享數直線上升。

她們並肩坐著，其中一人的額頭上有著一條紅色髮絲，另一位有著藍色髮絲，這是化妝師的巧思，原本不太明顯，但現在突然變得很醒目。歡呼聲持續不斷，接著荷伯回到他的桌前。

「您好，阿德瑞娜。」

「您好，史蒂芬。」新來的女子回答道。

「妳們不是雙胞胎嗎？」

「不，不是的。」兩位年輕女子帶著一樣的微笑，以一樣的活力同時說出口。

「嘿！很好，我相信觀眾也明白了（笑聲）。幾個小時以來，妳們成了大家熱議的話題。為了方便分辨，我要叫妳們阿德瑞娜・六月和阿德瑞娜・三月，這是聯邦調查局的代號，對嗎？」

「對。」

「六月穿著紅色的衣服，三月穿著藍色的衣服，我是這樣分辨妳們的……別說不對，製作組在這兩件毛衣還有染髮下了重本。」

「好吧。」

兩位年輕女子同步的反應使觀眾驚喜萬分。年輕的阿德瑞娜，或著說，年輕的阿德瑞娜們，現在成了超級巨星。

「阿德瑞娜．六月，您沒有飾演茱麗葉，對吧？」

「沒有。」

「您沒有出演，因為《羅密歐與茱麗葉》在五月演出。五天前，您抵達麥奎爾空軍基地，與其他兩百四十二人被關在一起時，您以為當時是三月，對吧？」

「沒錯，史蒂芬。我不能和您說確切是哪一天，聯邦調查局禁止我們說出去。這是為了大家的安全。」

「我能理解。我想知道，而且我認為觀眾也很好奇，妳們是如何被通知……除了自己，還有另一個『複製人』？」

他全神貫注地看著兩位年輕女子。

「阿德瑞娜．三月，上個星期日清晨，聯邦調查局來到您的父母家找您，在……」荷伯不急不徐查看字卡。「在紐澤西愛迪生。您的父母應該嚇壞了……您也是……」

「沒錯，探員告訴我們那是個國家安全問題，不過他們還是試著使我們安心。」

「兩位探員在清晨來到您家指著您，這真的很讓人安心呢（笑聲）。接下來呢？」

「接下來，他們將我用直升機載到基地，然後……」

「第一次搭直升機？」

「對。」

「很吵吧。像是一臺脫水的洗衣機。螺旋槳、風，之類的。我超討厭直升機。」

荷伯故意讓觀眾們不耐煩，但他知道適可而止：「到空軍基地之後呢？」

「我被帶到一座大型行政建築物，有士兵看守，接著進到一間只有一張桌子和幾張椅子的房間，我坐下來，身旁有位心理學家和一位聯邦調查局官員。」

「他們和您說了什麼？」

「說我應該很害怕吧，說我將經歷一個特殊的時刻。」

「然後，就是那刻……」荷伯說。

「他們把我帶進去。」阿德瑞娜・六月說。「也有一位心理學家陪著我。」

「對妳們來說應該是個難忘的時刻吧。對心理學家也是……（笑聲）」

「我花了幾秒鐘才反應過來，意識到我正面對著……我自己。」穿著藍色毛衣的年輕女子說。「我頭暈目眩，自問我是誰，我是否真的存在。」

「阿德瑞娜・六月，您呢，和我們說說事情的經過。」

「我們的班機早在三天前就降落了……」

「根據您當時所知，是在三月……」

「對。遇上亂流，飛機損壞了。我被關著，無法與外界聯繫，沒有手機，或任何其他東西……」

「您也不能玩 Candy Crush（笑聲）？所以，第三天早晨，禮拜一……」

「他們來找我，和我說了一樣的東西，特殊的時刻之類的，說我將要見一位我原本不可能見到的人……」

「而您以為是誰？」

「我知道這很荒謬，不過我以為我會再見到我的阿嬤。她在一月去世了……（場上發出了『喔！』的哀嘆聲）」

「喔，我很抱歉，阿德瑞娜，請節哀順變。」

「然後我就進到房間裡……」

阿德瑞娜．六月看著微笑著的阿德瑞娜．三月。觀眾再次鼓掌。荷伯不想打亂節奏，他繼續主持。

「天吶……如果我是您，我一定會心臟病發。甚至會病發兩次（笑聲）。您沒有嚇壞嗎？阿德瑞娜．三月？」

「當然了。一開始，我們不敢說話，只回答心理學家與聯邦調查局女士的問題。他們給我們看了一部說明始末的……影片，我們看到了機艙裡的……那一刻……」

「分裂的那一刻，或是異常的那一刻。」荷伯看著字卡補充說。

「對。之後，他們要我們互相問我們想問的問題。聯邦調查局想要向我們證明另一個人並不是……我也不知道，某種複製人。想要證明我們有同樣的記憶和人生。」

「直到三月，以及這趟巴黎紐約的班機為止，都一樣的人生。」荷伯說。「像是？阿德瑞娜．三月，您問了只有阿德瑞娜會知道的問題，是嗎？」

「是的。關於一件新年夜的事，但只有我一個人知道。」阿德瑞娜．三月害羞地說。

「現在，有兩個人知道了（笑聲）。」阿德瑞娜．六月補充。

事實上是三個人：她們兩個還有她們的弟弟，阿德瑞娜不應該沒敲門就闖進他的房間，讓他沒時間關掉電腦。

「妳們知道嗎，妳們真的非常幸運。」荷伯微笑著說。「跨年那晚，我喝得太多，以至於我直到一月四號大約中午才開始有記憶（笑聲）。所以，妳們現在確信妳們兩位……都是阿德瑞娜嗎？」

「相當確信。」她們同時說道，使著迷的觀眾欣喜若狂。

「您知道嗎，有時，我會想著我們與一場災難擦肩而過了，同樣的事也可能發生在空軍一號上。你們能想像嗎？兩位總統？（尖叫聲和鼓掌聲）他們兩個可以在一天之內淹沒推特。我猜妳們得到了一些科學假設，我們在新聞媒體隨處可見的那些……」

兩位年輕女子點點頭。主持人繼續說。

「在這之中有沒有一個妳們覺得最合理的假設？」

她們搖頭。

「總之，對我來說，妳們不是模擬人。也有人覺得你們兩百四十三人都是外星人。認為你們要統治地球（笑聲）。而現在，妳們要做什麼呢？阿德瑞娜．六月，您回到了父母家，當然了，您住在那裡……」

「他們讓我住在弟弟的舊房間，他目前在杜克大學讀書。昨天晚上，當聯邦調查局帶我們回家的時候，我見到他了。」

「他叫做奧斯卡，對嗎？阿德瑞娜．六月，他的反應如何？」

「他說了至少十次『太扯了』，然後建議我們倆剪個不同的髮型。」

觀眾笑了，她們也笑了，荷伯從她們身上移開視線，轉向鏡頭。

「奧斯卡現在就在現場。我們也邀請她們的父母加入，但是他們拒絕了。他們的反應如何？」

兩位年輕女子對視，六月先回答了問題。

「我的母親很害怕。她今天早上不敢抱我。」

「她怕我們兩個。」阿德瑞娜・三月補充道。「她沒辦法分辨我們。她覺得我們之中有一個是……」

「『假的』。」阿德瑞娜・六月說。

「那妳們的父親呢？」

兩位年輕女子都沉默下來。製作組正後悔把荷伯蒙在鼓裡：兩位阿德瑞娜回到愛迪生家中的那天晚上，一位聯邦調查局探員和一位心理學家比她們早了一步到達。他們詳細向她們的父母解釋了這個不可思議之事。母親不斷說著：「我的天吶，這怎麼可能？」而當她們終於進到家裡，這位原本癱倒在沙發上的父親立刻驚恐地站了起來，隨後把自己關進了他的房間。大家在門外與他交涉許久，他才願意出來。從那之後，他的行為便引起了聯邦調查局的關注，以至於該局要求一位探員一直留守在那。

荷伯明白了他必須避開這個話題。在大家開始覺得尷尬之前，他便轉向穿著紅色毛衣的阿德瑞娜。

「不管是誰都有可能無法適應這種獨一無二的情況。用獨一無二這個詞好像不太好（笑聲）。妳們的父母愛著妳們，而現在有了兩位這麼棒的女兒，他們一定會很開心的。」

觀眾為這則童話故事鼓掌許久，以至於荷伯必須打斷大家的喝采。

「妳們兩人之間如何呢？」

「我們之間很好。」阿德瑞娜·六月說。阿德瑞娜·三月點點頭。

這無關什麼善意的謊言。這兩位年輕女子並不是競爭對手。她們還有很長的人生和未來，還沒有任何事物必須互相分享。

「阿德瑞娜·六月，您有男朋友嗎？我這不是西班牙宗教裁判所，您不想回答也沒關係。」

「沒關係，我很樂意回答。我單身。」

「很好，阿德瑞娜，在這直播現場承認並不是個好主意（笑聲）。」

荷伯轉向藍色的阿德瑞娜。

「那您呢，阿德瑞娜·三月？自三月以來，您有邂逅任何人嗎？」

「有，三個月前。」

「謝謝您和我們分享，阿德瑞娜。他的名字是？」荷伯問。

「諾蘭。」

觀眾高興地發出窸窣聲。控制室裡的製作團隊樂不可支：愛情，永遠都是好賣點。

「我猜。」荷伯繼續說。「諾蘭和您一起出演《羅密歐與茱麗葉》。所以他演羅密歐？」

「不是，他演莫枯修。」

「啊！莫枯修！羅密歐最好的朋友。莫枯修諾蘭和我們一起在現場嗎？」

一道聚光燈的光束緩緩在觀眾的座位上游移著，往下移到了前排，接著停在一位高大纖瘦的黑人男子身上，他燦爛地微笑，並在歡呼中起身。

「各位女士，各位先生，請歡迎諾蘭．西蒙斯。」

荷伯向他伸出手，將他拉上臺。如意料之中，掌聲不間斷。兩位阿德瑞娜微笑著打招呼，阿德瑞娜．三月有點嫵媚地微笑著，阿德瑞娜．六月用一個驚訝的微笑看向諾蘭，引發了笑聲。她早就在後臺見過諾蘭了，不過她還是假裝很吃驚，這是她把焦點帶回自己身上的方式。她們兩人都輕而易舉地答應演這齣戲，諾蘭更不用說了。《荷伯報到》是一個神聖的娛樂節目，而她們會選擇這個行業都不是為了躲避鎂光燈、對鏡頭退避三舍。大家都在為觀眾演戲。

「諾蘭，您可以親吻您的女友。不要搞錯對象喔（笑聲）。」

年輕男子輕柔地親吻了阿德瑞娜·三月的臉頰，之後簡單快速地握了握阿德瑞娜·六月的手。荷伯搖搖頭。

「別生氣，我的孩子。」荷伯說。「沒有人會想到有這種事。告訴我真相，諾蘭，如果您在化妝室遇到她們，您有辦法知道誰是誰嗎？如果我向您坦承，打從一開始，我們就要求她倆飾演對方呢？如果我們想要整您怎麼辦？」

觀眾傳來一陣驚呼聲。諾蘭懷疑了起來，失去鎮定，本能地從阿德瑞娜·三月面前退後了一步。這種事不能開玩笑。觀眾突然開始擔心，場面變得尷尬，荷伯馬上後悔自己耍了花招。

「別擔心，諾蘭。她是『您的』阿德瑞娜（觀眾如釋重負的呼聲）。我忍不住開了個非常糟糕的玩笑。請原諒我……」

諾蘭重新牽起了阿德瑞娜的手。荷伯皺著臉。他後悔剛剛表現得如此殘忍，只因為他控制不住想要即興演出。他重讀字卡，回到原本的樣子，並繼續說：「好……現在妳們要如何劃分角色？」

當《荷伯報到》重拾好孩子的幽默時，擔憂遍布在控制室中。有幾個螢幕顯示艾德·

蘇利文劇場外部的狀況。社群媒體的通知一下來，十幾位狂熱的基督教徒便匯聚到此處，已圍攻了劇場十分鐘之久。

「我不知道紐約有這麼多敬畏上帝的人。」製作人苦笑著說。

為了這次的演出，節目加強了兩倍的維安人員，警察排成縱列把示威群眾擋在門外，然而似乎沒太多用處。監視攝影機前，示威者喊叫，吐出他們的仇恨和恐懼，舉著手上的看板：「Vade retro（魔鬼散去）」、「地獄之女」、「撒旦的產物」、「褻瀆神明」……

「褻瀆神明？哪裡褻瀆？」製作人問道。

「我讀到留言，他們認為複製人是被詛咒的。」一位助理大膽說出。「除此之外，還有第十誡的關係。」

「這誡是哪誡？」

「您也知道……『不可貪戀同胞的妻子；也不可貪圖同胞的房屋，等等。』他們不可能遵從，因為他們擁有一樣的事物。另一方面，我們也可以說他們不是『同胞』……」

「嗯。我懷疑這些瘋子超譯了經文。」

突然，正當增援的警察趕到現場，鞏固防守線時，一枚被點燃的汽油彈砸向了劇場門口。劇場工作人員迅速撲滅火勢，警察把示威者往後推，拿出警棍，開始逮捕示威者，但沒有任何幫助。激進的人群逐漸壯大，撞倒了圍欄，試圖突破重圍，往劇場前進。

節目到了尾聲，被知會意外發生的荷伯轉向觀眾。

「親愛的朋友們，我們將不得已在劇院待得比預期的要久一點。外頭有非常激烈的示威群眾，與警察發生了衝突。現在就讓你們出去會非常危險。此外，我有最後一個問題想要問妳們：聯邦調查局早就警告過妳們，宗教狂熱可能會造成危險。有些宗教團體的領導人發表聲明，說妳們兩位都是撒旦的產物，都非常『可憎』。妳們也有收到死亡威脅，對不對？」

「對，我的……我們的臉書帳號收到了數以百計的死亡威脅……」

「我很遺憾。那麼，妳們有沒有話想對因為不了解，而可能只是害怕的人說呢？」

荷伯讓現場保持靜默。這是每個人都會記得的緊張時刻。荷伯與兩位女孩在控制室準備了很久，由危機部門委託的專家和他們一起準備。這番說詞背後經過不斷排練，但必須讓人以為是現場發揮，必須由阿德瑞娜．六月來完成——心理學家們決定的——因為對大多數人來說，她被視為侵入者。

「當然，我不知道這架飛機是怎麼降落兩次的。」阿德瑞娜．六月溫柔地說。「沒有人知道（很好，慢慢說，小聲點，表現出說不出話，讓情緒上來），我想對所有害怕的人說，我也是，我也很害怕。每個人都應該試著想想看我們正在經歷什麼。我沒有被選中，更沒有被『選上』。我沒有，機上的兩百四十三人也沒有。發生在我身上的事，發生在我們身上的事，也有可能發生在現場任何一個人身上。我就是任何人……（可能的話，重複這句話，不，這樣太過了）我沒什麼特別的（停一拍），我是一位住在愛迪生的二十歲女孩，夢想成為老師（不要說是法文教授，很多人不喜歡法國人，更不要說教授，不，要說老師，這樣比較簡單，而且大家都喜歡老師），一位從事業餘戲劇的年輕女子（強調『業餘』），三月初從歐洲回來（這裡也是，對，講歐洲，不要講法國），結果發現自己身在六月，對發生在自己身上的事一無所知，但又不得不面對（再停一拍，吞吞吐吐地說話，不要馬上找到話說）。而這另外一位女孩……就在我面前，她和我一樣是我……她也是，她也不得不面對這個情況。這個阿德瑞娜比我多活了三個月，但我們有相同的記憶，對上帝一樣虔誠（媽的，我差點忘記上帝了，那是最重要的，他們很堅持要大家知道我們是信徒，我差點忘了，嚇死我了），我們有相同的朋友、相同的父母，我倆都一樣愛著他們，甚至，我們必須共享我的衣服，因為這些衣服也是她的。」

「而且。」阿德瑞娜．三月插了話。「我們每次都同時想要穿同一件衣服（這是荷伯的主意，還不錯，等待一下笑聲，沒錯，然後繼續說）。」

「沒錯。」阿德瑞娜．六月說。「所以，從此刻開始，我倆的人生當然將有分歧。這分歧早已開始（轉向諾蘭，靜候場上的情緒升起）。像是，我不知道如果我早在去歐洲之前就認識了諾蘭，如果我早已愛上他，那麼我們會怎麼做呢。（輕輕帶過就好，只要讓觀眾進入狀況，讓他們知道這混亂的程度）這是我腦中不斷徘徊的其中一件事。」

「我想。」阿德瑞娜．三月說。「（稍微改變一點聲音，強調兩著之間可能存在的一點差異）我所希望的，是人們不懼怕我，不懼怕另外一位阿德瑞娜，也不懼怕我們。我希望他們能夠仁慈一點（這裡，停頓久一點，然後結論）。我們迷失了，我們需要親朋好友的愛（垂下眼睛，握起阿德瑞娜．六月的手，等待掌聲。如果感覺可以哭，那就最好哭出來）。」

一道淚水順著阿德瑞娜．六月的臉頰滑落，她不必強迫自己哭出來，情緒早已溢出，她甚至可以嚎啕大哭。阿德瑞娜．三月靠近她，扶著她的肩膀，而荷伯則對著她微笑。

「謝謝，謝謝妳們。我知道很多人都能理解妳們。我有最後一個請求：妳們的弟弟和我說，在聖誕夜，妳們家族會一起唱那首最有名的巴薩諾瓦，《伊帕內瑪姑娘》。」

「對，艾美．懷思的版本。」阿德瑞娜．六月說。

「那麼……兩位，在離開之前……願意唱給大家聽嗎？」

觀眾尖叫，兩位年輕女子微笑著。

「我要補充一點，妳們並沒有事先演練過。」荷伯睜眼說著瞎話，因為她們事前花了半小時練習。

Stay Human 的鼓手以查爾斯頓節奏輕輕地帶來樂聲，以小鼓敲著袞賓和摩賴斯的巴薩諾瓦，舞臺上的光線逐漸昏暗，兩道柔和的光線照在她們身上，一道紅，一道藍，抵銷了她們之間的差異。這光線遊戲是製作人的點子。費尼希斯·迪·摩賴斯曾說過，他的歌曲只訴說著時間的流逝，那屬於任何人，也不屬於任何人的悲傷之美，訴說著憂鬱的行囊和破浪。當其中一位阿德瑞娜緩緩唱出歌曲，而另一位阿德瑞娜在第二句開始跟著唱時，伊帕內瑪的海灘降臨在了《荷伯報到》的舞臺上：「高大黝黑，年輕可愛的……」

兩位阿德瑞娜以完美的二重唱，唱出伊帕內瑪優雅的美人踏著細沙，走向大海。一人起始，一人結束，她們故意一起唱著歌，卻又不盡相同，她們的和諧近乎神奇，讓人頭暈目眩。這暈眩引起的每一次哆嗦都含著一點順勢而來的恐怖。

「這真是個他媽的好節目。」控制室裡的製作人說。「他媽的好節目。」

雅各．艾文斯心中之聲

二〇二一年六月二十九日，星期二，晚上十一時
紐約，艾德．蘇利文劇場

上帝之手從未衰弱。而雅各．艾文斯的一舉一動被祂所指引著。雅各生在維吉尼亞洲斯科茨一個基督教家庭，他從父親約翰那裡知道，那些未在苦難中出生的人並不是上帝所創造的，因為唯有上帝才能創造。他的腦裡不斷重複著兒時在農場工作時聽到的聲音。

當媒體及社群媒體瀰漫著仇恨之情，上帝指引了雅各．艾文斯。第一天，他與安息日會的兄弟聚集在浸信會教堂，聽了牧師羅伯談到撒旦的創造物，談到這些冒犯上帝的人。約翰的啟示錄說道，閃電劈下、地表劇烈震動、大量冰雹從天而降，落在人們身上；而幸虧有全能的上帝，祂能夠引領我們。羅伯牧師、雅各以及所有信徒，都能看出這場風暴、被捲入神聖颶風的飛機是天主的計畫。而這架飛機中的所有人都褻瀆了上帝，因為這場冰雹之災的後果實在太嚴重了。

主的狂喜貫穿了雅各・艾文斯的全身，祂的憤怒流入他的雙臂，祂要雅各在人類世界中完成祂的榮耀。

報紙上每天都刊出各種說法，專家和學者互相辯論，不過「我要滅絕智慧人的智慧，廢棄聰明人的聰明」，因為，沒錯，雅各記得以賽亞書的啟示，要在自身尋找救贖，就是對全能上帝的驕傲和藐視。就像保羅傳遞給哥林多的訊息中，他說到想要擺脫上帝，想要在人類的虛榮中尋找智慧，然而，人應該只有謙卑、對上帝的敬畏，以及對耶穌基督的虔誠。祂重生了，祂真的重生了。上帝透過可憎之物告訴我們，唯有毀滅邪惡、在主的榮耀中才有救贖。雅各的雙眼閉著，喔，沒錯，但是上帝在夜晚中開了他的雙眼。

在這向來吞噬美國的無盡之火，在這場以黑暗引向啟示的戰爭中，面對著無知與無理一步步退卻，雅各・艾文斯穿上了他原始、對希望毫不妥協的暗黑鎧甲。宗教是深淵中的食人魚，散發著微弱的光，為了吸引獵物，需要更多的黑暗。

在載著救世主基督十字架的車隊中，雅各與安息日會的成員開了七小時的車，他們在空軍基地前高喊上帝的憤怒，但是士兵們將他們拒之門外。所以，在上帝、IG與臉書的幫助之下，雅各知道了其中一位怪物將在今晚拋頭露面，他厭惡又憤怒地看著這個棕髮女孩，知道她就是墮落天使，代表著天大謊言與背叛。

雅各和許多人聚集在CBS的劇院，他們在五十街車站下車，躍身在百老匯的霓虹與彩燈之間。他們穿越大巴比倫，這個由大淫婦[5]所打造的城市，但是警察從南方封鎖了大道入口，金屬柵欄保護著通往劇場錄影現場的門口。激昂的群眾不斷增加，每分每秒都因社群媒體上的號召而壯大。

午夜時，第一個燃燒的瓶子飛了出去，砸向遮陽棚，大火立即導致短路並熄滅了數千個燈泡，《荷伯報到》的閃亮燈號也暗下，但是雅各依然在大火中前進，不要懼怕地獄，耶穌就會在心中歡喜。警察衝鋒陣線，逮捕了一些暴徒。雅各請求主，使他接近不潔之人，使他遵從主的旨意，在大火的炙熱中，他向主祈禱，知道他很快就會在天選之人之中嘗到天堂的蜂蜜。主從山頂俯視名為雅各·艾文斯的羔羊，引領他到第五十三街。雅各在祂的光芒下行走，因為只有上帝知曉道路。就在那裡，當他的信眾兄弟在百老匯咆哮時，雅各看到了離他幾公尺處，一輛黑色豪華轎車從地下停車場出來。這輛車將向右轉，逃離信徒的抗議現場，但街道擁擠堵塞，這輛車便卡在百老匯的一家小吃店邊。車窗以最快的速度被搖上，但在紐約夜晚的刺眼燈光下，雅各在後座看到了兩位有著如此相似面貌的年輕女子。神的智慧是不可捉摸的。不潔之人咯咯地開心笑著，她們露出發臭的嘴中太整齊的牙齒，她們純潔的臉龐戴著墮落天使不忠貞的面具。主必引導我的復仇之劍。

這些生物必須滅亡，便會有一片天籠罩著人類，雅各從口袋掏出一把格倫德爾P30半自動手槍，光將如此輕柔，如此溫暖地照耀，主啊，握起我的手。他射向車窗，玻璃隨之炸裂，以耶穌基督之名，我要將妳們驅除，周圍的人們驚恐地尖叫著，他又開了一槍，這次打中了一張臉，大天使加百列將降臨在我身上，雅各不斷開槍，在另一個血淋淋的阿德瑞娜身上清空彈匣，然後他跪倒在地，耶穌基督誕生了，他倒在骯髒的柏油路上，救世主基督張開雙臂，主啊，祢說一句話，我的靈魂便會得到救贖，當他在警笛和閃光燈刺眼的光線下被撲倒在地，雙手銬在背後時，主是我的牧者，祂賜予，也奪去。閉眼微笑的雅各·艾文斯看到了從龍的嘴中、怪物的嘴中、假先知的嘴中，冒出了三個神似青蛙的不潔靈魂。

5【譯註】源自《啟示錄》。

抹滅

二〇二一年六月三十日，星期三
紐約，克萊德·托爾森大樓

00時43分：聯邦調查局的大樓內，每個螢幕不斷顯示著新聞畫面，程序四十二團隊看著他們循環播放雙重刺殺的事件。01時00分：CBS播放了特別節目，驚魂未定的史蒂芬·荷伯與專門研究宗教問題的記者談話。普德洛夫斯基與專家們呼籲要冷靜毫無用處。希望電視臺上播著牧師譴責對假先知的崇拜；福斯電視臺的傳教徒一如往常譴責罪行，同時高談闊論末日的到來。早晨，蓋洛普與其他民調公司在街上訪問：44％美國人認為這是「末日的徵兆」，34％認為末日「已不遠」，甚至25％認為「近在咫尺」。其中1％的人認為末日已降臨。白天，世界各地的宗教場所都擠得水泄不通。當七十億人類發現他們可能並不真的存在時，這種情況不言而喻。

盛怒之下的普德洛夫斯基，在克萊德．托爾森大樓的會議室中踱步。程序四十二團隊人員都被送到這會議室裡。她不斷說：「我們必須保證所有乘客的匿名性。就像黑道審判中的證人一樣。這些人應該要可以人間蒸發，使用另外一個身分。」

她確實說過了，上帝會是一個問題……既然沒有任何事可以挑戰祂的全能，這架無中生有的波音，就是祂計畫中的一部分。諷刺的是，在模擬世界的假設中，有一件事已不再有爭議：人類是由一個更有智慧的至高者創造的。但是，誰又願意去崇拜一個巨型角色扮演遊戲的開發者呢？

「自總統宣布以來，醫院來了許多意圖輕生的患者。許多本來就很脆弱的人決定自殺。陰謀論大行其道，說整起事件都是假的，這個模擬世界的假設，是為了讓任何抗爭——從反對資本主義到全球暖化——都顯得毫無意義。地平說的擁護者認為這讓他們的信念更加堅定了。諸如此類。」米特尼克說。

「永遠都要警惕那些要我們警惕的人。」普德洛夫斯基總結道。

「外星人的話題也華麗地回歸了。」米特尼克繼續說道。「但那個，怎麼避免呢……還有那個女孩。金東美，一個網紅……她剛剛貼出了這張照片。」

米特尼克在螢幕上投射了一位纖細亞裔棕髮女子的自拍照。這張照片已經有一千五百一十二人點讚。她的額頭上有一縷紅髮，照片標題寫著「一，二，一千個阿德瑞娜們」。到了清晨兩點，照片被分享了一萬兩千八百一十六次。八點鐘時就會是七百萬次。早上，從巴黎到里約，從香港到紐約，到處都有成千上萬的人頂著阿德瑞娜·六月的紅色髮絲，來到街上遊行。他們所傳達的訊息並不明確，但顯然人們如今已經停止思考了，由網路上各種自由奔放的想法取而代之。

幾小時過後，同理心、情感和嘲諷成為很好的賣點，T恤賣家開始提供寫著「刺激我，不要模擬我」、「我是一個程式，重置我」、「我是一號，你是二號，我們都是自由的」的上衣。晨間節目的喜劇演員演出以複製為主題的短劇。

「希拉蕊，您知道什麼是假裝的嗎？」演員模仿記者問道。

「彼得。」希拉蕊·柯林頓的聲音回答道。「每位美國女人都知道怎麼假裝。」

✦

一百多位學者先前在機庫中思辨。突然，情勢變成了地球上的一千萬名研究者不得不就他們的理論進行辯論，提出替代方案。「影印機」與「蟲洞」理論從一開始就沒什麼支持者。如果大家覺得這最簡單的理論太瘋狂，就別放在心上了。

然而，天文物理學家並不是很喜歡模擬世界這個理論。各地的太空總署更不用說了。探索宇宙的成本已經很高昂，如果宇宙不存在，這費用就會付諸流水。粒子理論家也不喜歡這個理論。他們美麗的粒子、夸克、膠子、暗物質該怎麼辦？這全都是虛擬的嗎？還有他們引以為傲的巨大粒子加速器呢，這難道只是一個天大的3D笑話？時間呢？如果時間是人造的，就像在電動中，為了使人類有機會遊玩，一切都經過調整和放慢，要如何從我們的虛擬時間來測量真實的時間呢？最氣憤的是生物學家。演化呢，物種滅絕呢，生物多樣性的喪失呢？但大家現在都知道了：宇宙，虛擬與否，都是由愈來愈廣為人知的規律所支配的。這些科學家之中，沒有人不是以一臺超級電腦來進行某種模擬的，這電腦的能力在十年來增強了百倍。因此，他們也不難想像出一臺數十億倍強大的電腦。

星期三早上最好不要關注大家的工作進度。事實上，真的有在工作的只有程序四十二的那群男女。因為這個星期三早上，「荷米斯」行動開始了。梅蕾蒂思想到了這個代號，可以代表〇〇六航班上所有乘客的旅途和祕密，消逝的時刻到來了。大家都同意，雅各·艾文斯的罪行會使得乘客認為他們成為了目標，至少在美國是如此。因此，國家安全局刪除了這航班所有的數位資訊，法國與美國探員收回了飛行日誌。大眾只知道，那曾是一趟三月的法航巴黎紐約班機，但這其中有超過兩百架飛機。

✦

二〇二一年六月三十日，星期三

巴黎，亨利·德·法蘭西廣場，法國電視二臺，四號攝影棚

事實是，只需要幾個小時，世界就能變得毫無意義。宗教人士發表錯誤、爭議的教義，哲學家也紛紛提供抽象、謬誤的答案。世界各地，脫口秀猶如雨後春筍。尤其在法國，傳說中這裡有著最多喜歡上電視的哲學家。其中一位哲學家菲洛麥德，他和一位來賓——維克多·米塞爾，一起在國家電視臺的舞臺上。

「我不想評論模擬世界的想法。」菲洛麥德說。「但在我看來，這並不會改變任何事。我是唯物主義者：思考和認為自己在思考並無二異，存在和認為自己存在也一樣。」

「菲洛麥德，我們真的存在，或是我們是虛擬的，兩者之間還是有差別的。」主持人說。

「很抱歉，但這兩者是一樣的：我會思考，就算我只是一個會思考的程式，我還是存在。我能以同樣的方式感受到愛和痛苦，我也一樣會死去，謝謝。我的行為，在虛擬或是真實世界也有一樣的後果。」

「菲洛麥德，您身邊的是作家維克多．米塞爾，他的《異常》在過去已成為一本『邪典』，如今更是如此。維克多，您曾在那架飛機上，我們知道您的『複製人』已經自我了結，您今天下午剛召開一場記者會，感謝您今天來到這裡。您認為這些被複製的乘客，將來的命運會是什麼呢？」

「我們兩百多人正看著我們的『複製人』在三月到六月之間所走過的路，也許正在後悔沒能選擇另外一條路。有些人會想要以別的方式行事，或是以更好的方式，又或著改做別的事。但我，我始終沒有見到我自己。儘管……」

作家從口袋中拿出兩塊紅色樂高。

「自從三十多年前，我父親去世後，我就一直在口袋放著一塊樂高。這不是護身符，也不是幸運符。只是幾克的記憶，幾乎是一種習慣。他們還給我自殺的維克多隨身攜帶的那塊樂高，現在我有兩塊了。我忘記哪塊是哪塊，便把它們拼了起來。我不知該說它們象徵著什麼，但是我有種感覺，比以往更多選擇、更自由。儘管如此，我不太喜歡『命運』這個詞。這就像被箭射中之後才畫出來的一塊標靶。」

觀眾席上，《泰晤士報文學副刊》記者安·瓦瑟興致勃勃。她更喜歡另外一則笑話，唯一的箭要想射中目標，就必須錯失在此之前的所有標靶。當她在四月得知維克多的死訊時，她非常吃驚，甚至沮喪，這強烈的感覺也使她訝異。當然，她在亞爾時就注意到他了，她覺得他的訪談聰穎又感性。要拿甜點時，她被他孩子氣的努力所觸動。但她當時與別人交往，她並不想隨便玩玩。接著，她討厭那一刻的軟弱、輕率、驕傲，她討厭他受到她吸引，只是因為她也受到他的吸引。所以，她提前離開亞爾，為一種自私與輕率的慾望感到羞恥，她拒絕作一個背叛、享受、使人痛苦，最終對方卻不知她住在哪的女人。她逃跑了。有那麼一瞬間，她寧願自責也不願後悔，但她從來不想找任何藉口，去找這位岡察洛夫的譯者。她把這不可思議的「復活」視為一種徵兆，難以理解的徵兆，儘管如此還是一種徵兆。而她，這位文學記者，從《泰晤士報》的總編輯得到這個代替特派記者去參加會議的機會。此刻，她看著這位男人，他原可以成為她的命運，而不只是短暫的過客。

「告訴我，菲洛麥德，在這種情況下，您會如何反應呢？」訪談繼續著。

「首先，我不會一直抱有不真實的感覺。如果我懷疑自己的存在，只需捏一捏自己。再來，這另一個人，是一面毫不客氣的鏡子，但他也是唯一知曉我所有事物、祕密的存在。因此，我可以決定改變，或是跑得遠遠的。事實是，在一個人生中有兩個人存在，那就會有一個是多餘的。我會告訴自己：這些都是身外之物，公寓、工作，所有這些物質的東西……我將專注於我的內在核心，專注於我必須不惜一切保護的東西。我有一個女兒，我愛我的妻子，而當我說『我的妻子』、『我的女兒』時，我知道這個『我的』的重量……如果我得與別人分享她們，我可能會學著降低這種占有欲。說實話，我不知道我會怎麼反應。」

「您會如何解釋方濟各教宗的聲明呢？」

「抱歉，我完全不知道教宗說了什麼。」

「他說：『上帝給了人類一個徵兆，表達祂的全能，以及在其面前臣服、遵從祂旨意的機會。』」

「他這樣說嗎？」

「今早說的。」

「這有點像是在說『懺悔吧，可憐的罪人們』。請原諒我，我只是以為他會說些更好的話。也就是說，所有宗教的程式都是：『這就是我們的信仰，讓我們找到可以證明此信仰的事實吧。』就像伏爾泰書中的邦葛羅斯，他們以為鼻子是用來戴眼鏡的，這就是為什麼我們有眼鏡。在這件事上，我既沒有聽到上帝的聲音，也沒有看到祂出現在雲中。說真的，如果祂有話想和我們說，就該現在說。此時此刻。不。唯一真確的哲學和科學態度是：『這就是事實，讓我們看看可能的結論是什麼。』」

「對我們其他人而言，維克多．米塞爾，您認為，如果您要預言現在即將要發生的事，您會說什麼呢？」

「沒有。」

「什麼？」

「沒有，沒有任何事會改變。我們早上起床，去工作，因為還是必須繳房租，我們吃飯、喝水、像以前一樣做愛。我們將繼續表現得好似我們是真實的。我們對任何可能證明我們是錯誤的事都視而不見。這就是人性。我們並不理性。」

「菲洛麥德，維克多．米塞爾所說的，有點像您今早在《費加洛報》文章表示的，我們必須減少『認知的失調』？」

「沒錯。如果不想要迷失其中，我們就必須扭轉現實。我們想要回答每一次的焦慮，想要一種不用質疑我們的價值觀、情緒、行動，來思考世界的方式。想想氣候變化吧。我們從不聽科學家的話。我們毫無節制地排放虛擬的碳，使用虛擬與否的化石能源，暖化虛擬與否的大氣。還有我們的物種，無論是不是虛擬的，都將滅絕。沒有任何事改變。一如既往。富人不顧常理，只打算自救。其他人則只能寄望。」

「您同意菲洛麥德說的嗎，維克多．米塞爾？」

「當然。您記得潘朵拉和她的盒子嗎？」

「記得。」主持人驚訝地回道。「兩者有什麼關係？」

「有一個故事，您記得嗎？普羅米修斯從天上偷走了火，宙斯為了向他和褻瀆神明之人報仇，將潘朵拉送給他的弟弟艾比米修斯。在潘多拉的行李中，宙斯放了一件禮物，一個神祕的盒子，實際上是個花瓶，但他禁止潘朵拉打開盒子。然而她實在太過好奇，沒有聽從。所有人世間的邪惡都被釋放出來：年老、疾病、戰爭、飢荒、瘋狂、苦難……只有一個邪惡來不及逃出，或許也是遵從宙斯的意志。您記得這個邪惡是什麼嗎？」

「不記得。維克多，是什麼呢？」

「這個邪惡名叫 Elpis，希望。是所有邪惡之中最糟糕的。是希望阻止我們採取行動，延長了人類的不幸。正如他們總是違背著所有的證據，說出『一切都會好起來的』。不該成為的，就無法成為……我們真正該問的是：『接受一個特定的觀點，對我有什麼好處？』」

「我懂了。」主持人說。「菲洛麥德，您認為這就是此刻正在發生的事，我們每個人都找到了一種方法，來面對我們面臨的現實，是這樣嗎？」

「是的。完全正確。我能引用尼采嗎？『真理是我們早已忘卻是幻覺的幻覺。』全地球都面臨著一個新的真理，使我們所有的幻覺都受到質疑。毫無疑問地，我們收到了一個信號。可悲的是，思考需要時間。諷刺的是，作為虛擬的人，也許對我們的後代、我們的地球有著更多的義務。尤其是集體的義務。」

「為什麼？」

「因為——早有一位數學家說過——這個考驗並不是為了個體所準備的。這個模擬世界想的是海洋，它並不在乎每個水分子的運動。它期望看到全人類的反應。不會有什麼崇高的救世主。我們必須自救。」

三封信，兩封電子郵件，一首歌，絕對零度

二〇二一年七月十日，星期六

布魯克林，卡羅爾街

信封上寫著「艾比與喬安娜·瓦瑟曼」。喬安娜認出了自己緊湊、纖細的字跡。艾比打開信封，他們發現了一張折了四次的紙，還有兩封密封的信。

艾比與喬安娜，

你們會在信封中找到一封給妳，喬安娜的信，我知道妳會和艾比一起讀，因為如果是我，也會這麼做。還有一封只給你的信，艾比。

就像你，艾比，也像妳，喬安娜，就像其他上了這架飛機的人，我在《異常》，這本機上的法國作家寫的奇異之書尋找答案，或至少尋找線索。我什麼都沒找到，只除了這個句子：「我們該扼殺過去，才能使它再次成為可能。」

我們也是，我們曾想重現過去，我們擁抱仁慈的大自然，來到這間佛蒙特的小屋。艾比曾開車載我過去，曾開車載妳過去，喬安娜，就在我們決定生孩子的那個漫長冰雪日子裡。你和我，我們曾在那經歷過的，是如此強烈，以至於我們想過以這個回憶支撐我們，並決定以此支配我們三人今後的道路。

但在這條雲杉和冷杉之間的石頭窄徑，這條如此象徵性的道路上，我們無法並肩而行。我可憐的艾比，你無奈地在兩者之間徘徊，像是夾在兩個主人之間的獵犬，帶著哀傷的微笑，不斷因為自己走向另一位，而向其中一位請求原諒，接著又為了自己不得不立刻走向另一位而道歉。你從不在場，從沒和我在一起，也沒與她在一起，使我們心如刀割。你只是不斷地畫畫，那是你逃避無解之題的方式，而我已帶著那些會讓你想起我的水彩畫離開。

我離開了，沒錯，在我們互相毀滅之前，我將你們獨自留在那間悲傷的屋中。喬安娜，妳懷著艾比的孩子，早猜想到了我會先退讓、先崩潰。我會先逃跑。我知道，妳當然早料到了。

我逃跑了。

我回到了紐約，聯絡曼哈頓總部的傑米・普德洛夫斯基。聯邦調查局在一天之內就創建出了一個新的身分，以及六年的數位人生，為了謹慎起見，使用了喬安娜・艾什伯瑞這個名字。艾什伯瑞，就像是一座倫敦北部的英國小鎮，這座小鎮只有一座羅馬式教堂。還有，伍茲（Woods）是木頭的意思，艾什伯瑞（Ashbury）則是埋葬的灰燼。如果他們是刻意用這個名字的話，那還真幽默。

這位喬安娜・艾什伯瑞從此在聯邦調查局的法律部門工作，而且多虧了國家安全局，還以這個名字得到了史丹佛大學的學位。機構也提議支付愛倫的醫療費用。這是個慷慨的提議，我沒有拒絕。別離開妳在丹頓洛弗的工作，不過我想，我也沒必要如此勸妳，喬安娜，我早已知道妳的決定了。

當然，我們會再見面。有一天，我們會在去看愛倫時相遇。

祝你們安好幸福。

喬安娜・艾什伯瑞

喬安娜，

這樣稱呼妳真的好奇怪。

從此以後，妳就是瓦瑟曼，而我則是艾什伯瑞。瓦瑟（Wasser）像是水，艾什（Ash）是灰燼，真諷刺。喬安娜．艾什伯瑞，念起來有點像約翰．艾希伯里，妳還記得嗎，我一直想要讀他的長詩，《凸面鏡中的自畫像》。艾希伯里在書中談到一幅十六世紀的畫，帕爾米賈尼諾的作品，我很喜歡這首詩，也想知道這幅畫的故事。

有一天，畫家——他很年輕，二十一歲——在理髮師的凸面鏡看到自己，接著便想要畫一幅自畫像。他請人用木頭做了一塊和鏡子一樣大小的圓弧板，以便用同樣的形狀作畫。在下方的前景中，他把自己的手畫得很大、很美，就像真的一樣，而中間的部分幾乎沒有變形，他優雅天使般的身影，幾乎就像是個孩子。世界圍繞著這張臉旋轉，一切都在這裡被扭曲，天花板、光線、視角：這是弧線所構成的混亂。

這幅畫並不是我倆的影像，或是妳的，鏡之鏡，不過它應該帶有什麼寓意，因為我停下來看它，驟然，我開始哭泣——這些日子裡，我一直在哭。然後，我意識到，這隻太大的手抓著我、威脅我、偷走了屬於我的一切。

在這間佛蒙特的小屋中，我夢到妳突然死了，我又重拾之前的生活，看到妳死去，我好開心。我安慰艾比，贏回他的心、使他忘掉妳，是多麼容易的事。我醒來時是清晨，之後便無法睡著，我手中拿著一杯咖啡，去到露臺。妳早已在那了，妳也睡不著。和我一樣，妳拿著一杯咖啡，和我一樣，妳赤著腳，將頭髮用一個我也有的金色髮夾盤到後面，妳用雙手以一模一樣的手勢捧著咖啡杯。在我們面前，雲纏霧繞，太陽還在猶豫著要不要升起，我們交換了一個冰冷的眼神。我明白了，妳剛剛也在夢中殺了我。就在那一刻，我決定離開。不是害怕，而是嫉妒和苦痛使我變得醜陋，而這種醜陋，我在妳身上隨處可見，毫無掩飾。

我不知道自己將去哪。但我知道，會是個離妳很遠的地方，離你們很遠的地方，我還有機會找回自己、成為我想成為的人。

喬安娜

艾比跑到陽臺上，打開這封寫給他的信，字字句句都使他更加痛澈心脾。

艾比，

你是我唯一的摯愛，而我選擇離去。

一年前，我們還素未謀面。從沒信仰的你，說這是奇蹟；而我，愉悅地微笑著，卻只說是相遇。

我知道另一位喬安娜會讓你讀我的信。因此我只補充一些內容。

我抵達軍事基地那天，你提議我們到你工作室對面的公園，到那個我們曾聊過很多天的長凳上。我們坐著，你用雙臂環繞著我，我的頭靠著你的肩膀，而你，則把手放到我的肚子上。我馬上就知道這是你下意識的動作，是你們之間一種溫柔的儀式：你的手保護著你的孩子，你們的孩子。但在我的肚中，並沒有可保護的東西，沒有，艾比，只有我對你的渴望，而尷尬的你移開了手掌，開始語無倫次，你眼神中的一切訴說了你希望我什麼都沒猜到。然後，我們便回去了，如同我毫無生命的肚子，我感到虛空。

記得嗎，我們在你佛蒙特的小屋時，在那炎熱潮溼的夜晚，我把你拉到森林裡，希望和你在樹下做愛，但你已不敢再碰我或是另一位喬安娜的任何一根手指，不再讓絲毫的慾望燃起。我好希望你占有我，沒錯，感受你慾望的力量在我體內爆擊。我突然遠離你，並不是因為你拒絕了我，不是的，是我對自己感到反感。我當時最想要的，艾比，是也懷上你的孩子，讓命運給我一些可以與之競爭的東西。

看看痛苦使我成為怎麼樣的女人。我必須離開。別擔心，我的艾比：你讀過好幾遍《戰爭與和平》，如同庫圖佐夫將軍，你知道最強大的兩位戰士是耐心和時間。

另外一個男人將會到來，另外一個相遇，另外一個奇蹟。我對此毫不懷疑。我將再次去愛。愛至少可以避免我們不斷尋找生命的意義。

我看著你為我畫的這幅溫柔肖像，在夕陽中，我的頭傾斜靠著梁柱，閉著雙眼。

我愛你，我將永遠愛你，你會知道的，因為我將會以一種奇異的方式，一直在你身邊。

喬安娜

✦

前一天

紐約，克萊德．托爾森大樓

「您還好嗎，喬安娜？」傑米．普德洛夫斯基隔著聯邦調查局的無性別廁所門問道。不好，喬安娜．六月一點也不好。太多威士忌，太多痛苦。她頭暈目眩，內心像在旋轉，她想倒地睡覺，但這樣會弄髒自己。

幾個小時前，喬安娜寫了這幾封信，她自認無法將這些信寄出，便將信放進包包裡，但現在就像是不小心買下來的手槍。人們將它藏在床頭櫃下，它的存在卻一點一點地充斥了整個空間，糾纏不清，開始要求被使用，它最終會使我們成為殺人犯或自殺者。喬安娜．六月無法將這三封信燒掉，這些信要求被投入信箱。

要離開所愛之人，必須重建整個世界。喬安娜．六月不得不改寫他們的故事，挖掘出她曾經埋葬的疑慮，努力耗盡她對艾比的著迷，像是重複說著同一個字十幾遍，使文字的意義消失。她學會不去喜歡他過金的鬈髮、他乖乖的好學生樣、他瘦小男孩的笨拙樣、他有點時髦的衣服，不喜歡他不管做什麼都想笑，甚至不喜歡他像孩子一樣噗哧笑的樣子。她重新想起他稱讚她時，她有多麼尷尬，好似他急著結婚，急著把自己綁在婚約中，好似一切都會在隔日消失，好似他對自己、對她、對他們都缺乏自信。在一個痛苦的夜晚，她強迫自己重溫與他在一起的每一刻，迫使自己在內心找到冷漠，以審視這令人討厭的溫情畫面，她一點一點地去掉情感，直到厭惡湧起。律師成為了檢察官；她毫無仁慈地把自己的聰明才智用於處理犯罪工作。在這完美無比的艾比身上，在這根樹枝上，喬安娜的愛凝結成無數飄動閃爍的精鹽，這位年輕女子澆下一盆冷漠的雨，鹽消融，無葉的枝椏重新出現，毫無魅力，如此平庸、乏味，使人淚如雨下。

寄出這三封信之後的一個小時，喬安娜不再愛艾比了。接著，她所有的愛又如潮水般再次湧來，她打開了一瓶泰斯卡威士忌。

✦

寄件者：andre.vannier@vannier&edelman.com
收件者：andre.j.vannier@gmail.com
日期：二〇二一年七月一日上午九時四十三分
主旨：分手

親愛的安德烈（我該怎麼用其他方式稱呼你？）

我從德龍寫信給你，我要在這裡待一段時間，所以你可以待在我巴黎的家，你巴黎的家，待多久都行。附件是自紐約回來後，我與露西寫的所有信件。讀了之後，你就會明白了。我寫了很多，而她回得很少。你會讀到一些「我不想徒勞地追著你、鍥而不捨」之類的謊話，因為我枉然地一直寫，一直寫。而這冗長的最後一封信——媽的，精簡一點——這封信以一種自以為是的方式結束：「和妳走過最漫長的道路。」我會時而誇大其辭，時而堅持，時而淚流滿面，時而哀傷，而當她已經把我從她的生命中移除時，我仍然想讓她回頭。

我不是你的敵人，也不是你的競爭者，連同盟都不是。但我的過去就在我的信箱，如果你不想讓我的過去成為你的未來，那就行動吧。

再見。

安德烈

寄件者：andre.j.vannier@gmail.com
收件者：lucie.j.bogaert@gmail.com
日期：二〇二一年七月一日下午五時八分

主旨：妳和我，我和妳

露西，

我用我新的郵件地址寫到妳新的郵件地址，因為舊的被其他人使用了。與妳一樣，我加了代表六月的J字。為什麼是我們要配合呢？我想，妳和我都沒有活過的這四個月，給了這個安德烈和這個露西優勢。現在我們都知道「我們」發生了什麼事。「妳」離開了我，厭倦了我的殷勤，我的不耐煩。我讀了這些「我們」寫的郵件，另一個露西向另一個安德烈傳遞疏遠的文字，我在句子中找到自己脆弱、愚蠢的身影。

我長話短說。對妳來說，與我在一起從不是理性的選擇。但妳還是走向了我。與妳在一起是一個奇蹟，然而，我也成功失去了妳。

我們很少有機會能在愛情受到威脅之前拯救它。在毀掉第一次的機會之前，我想要有第二次的機會。

我愛妳。我想抱著妳，但不將妳抱得太緊。

安德烈

✦

幽靈之歌

作曲&歌詞

費米·哈邁德·卡杜納&山姆·凱辛德·切谷維茲

在此，我與聖靈
在卡拉巴爾沙灘上共舞
因為現在愛情遠在無盡的長路
哦，我們沒有看到他們的到來
我愛你的肌膚，那是我們的罪過
這就是為什麼，他們使你在輪胎中被大火活埋
把我們的彩虹扔進火海

我記得每一個吻
我想念你的整個人
啊，心從深淵沉淪

我唱著一個消失的幽靈
在陽光明媚的卡拉巴爾沙灘
現在連愛都遠在天邊
聽到我們周圍的狗吠聲
吹過塵土的風
我甜蜜的愛在黑暗中失蹤
來吧，讓我們和最後一條鯊魚一起游泳

我記得每一個吻
我想念你的整個人

啊，心從深淵沉淪

與你同行時，我的愛人湯姆
在哭泣的卡拉巴爾沙灘
看，連仇恨都遠在天邊
我想要一片寬恕的迷霧
但我會乞求全部
只為掩飾澎湃血淚
拜託，我只是想要你些許的愛

我記得每一個吻
我想念你的整個人
啊，心從深淵沉淪
只為掩飾澎湃血淚

我只是想要愛

拜託

拜託

✦

二〇二一年七月一日，星期四

紐約，克萊德·托爾森大樓

「您想要再聽一次錄音嗎，克萊夫曼女士？」

四月·六月搖搖頭。傑米·普德洛夫斯基看著她心不在焉地在座位上搖晃著。遊戲、嘴巴、肥皂，世界在旋轉，而每字每句都毫無意義地響起。聯邦調查局的女士給她一杯水，四月必須把這杯水放在桌上，因為她的手在顫抖。有了這起飛機的事件，現在又是這個。

「兒童心理醫生沒有特別引導您的女兒，他們讓她自己說想說的事。信任建立起來後，蘇菲亞解釋了她畫的每張圖、說了她的祕密。您明白嗎？」

四月渾身乏力。克拉克、她自己的女兒、洗澡，她全身細胞都拒絕著絲毫的想像。四月和藹，四月陰霾，不屬於克拉克的那首詩。普德洛夫斯基在解釋時停頓了很久。但每次，她都會輕柔地繼續。

「克萊夫曼女士，我是傑米。我可以叫您四月嗎？」

「可以，是我。」四月用平淡的聲音說。

普德洛夫斯基把水杯給了四月。

「喝吧，四月。」

四月空洞地依照她說的做。四月柔軟，溫暖睡意……

「好的，謝謝您。」

「四月……」普德洛夫斯基說。「您有聽到嗎？您的女兒可以度過這難關的。她可以談這件事。話語，這很重要，非常重要。認知學家與她談了很久，談論了她對水以及黑暗的恐懼，談到了她和自己身體的關係。他們認為蘇菲亞的創傷造成的短期後果並不是太嚴重。不過我們當然無法確信未來的發展會如何，克萊夫曼女士。希望一切都會好起來。」

「……一切都會好起來。」

「我們將面對的是：您的先生將接受審判，透過蘇菲亞的證詞，蘇菲亞們的證詞，我可以假設，他會被定罪。因為，自從在巴黎時，自那算起三個月……您未活過的……您的女兒，嗯……另外一個蘇菲亞又在您的家中受到猥褻。您有聽懂嗎？在我們居住的紐約州，這種罪行的刑責是十到二十五年。」

「二十五年。沒錯。」

「如果他接受治療、監控、遠離家人，刑責可能會減輕一些。妳必須向妳的孩子，尤其是利亞姆解釋，他或許會對您，對他的妹妹，甚至對他自己生氣……」

「利亞姆也有被……？」

「不，放心。透過談話，我們很確定他沒有。」

四月將手指劃過嘴脣，她的雙眼失神，把手插進髮絲中。普德洛夫斯基擔憂地觀察著她，繼續說：「您可以更改名字和居住地。您的複製人將會做一樣的事。她已經接受我們的提議了。我與軍隊談判好了，您將繼續留有您先生的撫卹金，當作他已戰死。」

「戰死。」四月無力地重複道。

她想到了小馬，就像她為母親畫的那些。小馬。血色小馬。牠們飄浮在鐵藍色的天空中。好冷，好冷。一切都凝結了。絕對零度。四月陷入冰冷的風暴。

「您和您的孩子將獲得醫療協助與心理諮商。」

四月來不及有任何動作，她的雙眼因驚恐而睜大，噁心感湧上，那是一股黑色、膽汁過多的、抑制不住的浪潮，她想吐，但吐不出來。

最終話

二〇二一年十月二十一日，下午一時四十二分

超級大黃蜂戰鬥機的飛行員請求重複指令三次。但他只是鍊條上的最後一環，如果手拒絕遵從大腦的指令，手還有什麼用處呢？

在五角大廈最神聖的房間——「坦克」，高層剛下達了決定。那是個無窗、強化過的空間，正式名稱為「2E924房」，看起來像一般公司的會議室，有著閃著金光的橡木桌、皮製旋轉扶手椅與歷久不衰的裝飾。一幅牆上的畫中，亞伯拉罕·林肯總統正在召開一場南北戰爭的戰略會議。他身旁有尤利西斯·格蘭特中將、威廉·特庫姆賽·薛曼少將，還有海軍少將大衛·迪克遜·波特。畫布上的所有軍官，都見證了各軍參謀長漫長地辯論後，做出最祕密的決定，而總統堅持要握有最終決定權。

導彈從向西北方爬升的戰鬥機機翼分離出來。AIM120隨即發射飛彈，立即達

到巡航速度，在身後留下一道灰色的筆直軌跡。陽光照在它的鋼壁上，它是閃耀的死神。在四馬赫時，距離目標只有十五秒。

在巴黎，維克多與安在盧森堡公園對面的露臺喝著晚餐前的最後一杯咖啡。已經十月底，但夏天還沒結束，人們說這是秋老虎。安抬頭看向維克多，對他微笑。作家從未感到如此生氣蓬勃，他有時甚至會認為，另一位維克多的死，使他的存在虛幻不實卻又珍貴。他把兩塊樂高放在桌上，如同兩塊鮮紅色方糖。他不停地組裝，又拆開。

傳道者說，虛空的虛空

Havel hevelim

凡事都是虛空。

維克多剛剛寫下了書中的最後一句話，這是關於飛機、異常、分裂的書。作為書名，他想到了「如果在冬夜，兩百四十三位旅客」——安搖搖頭，接著他想把這句話當作開頭——安嘆了一口氣。他決定最終的書名會很簡單，只有一個詞。唉，《異常》已經被使用過了。他並不試圖解釋。只想以簡單的方式見證。他只留下十一個人物，但他又猜想，唉，十一個也太多了。編輯要求過他：「維克多，拜託，這樣太複雜了，拜託簡化、修飾、開門見山。」然而維克多很固執。他模仿米基·史畢蘭寫下小說的開頭，講述一個沒人知道的人物。「不，不，作為第一章，這樣不夠有文學性，你什麼時候才會正經一點？」克萊蒙絲責備道。但維克多比以往任何時候都更不正經。

六千公里外的西奈山醫院，嬌笛·馬寇不再流淚，她閉上雙眼。這是她第二次失去大衛了。四天來，他一直處於深度鎮靜的狀態，因為連法國的奈米藥物也不足以緩解疼痛。瘦弱、憔悴、沉默不語的保羅站在弟弟的身邊。外頭玻璃碎裂的聲音使他分心，他拉起窗簾，探頭看向院子：停車場上，兩個男人圍著一個破掉的大燈互相謾罵。而在病房裡，心電圖的正弦波逐漸變得平坦，微弱的嗶嗶聲化為一道長音。

苗條男人在拉各斯熱帶的夜幕中結束了演唱會。唱到最後一首歌時，一位特別嘉賓登上舞臺，一位矮小金髮男子，他穿著粉色亮片西裝，戴著金色的發光大眼鏡，現場掌聲如雷。超過三千位奈及利亞年輕人與他們一同唱著副歌，大家都知道歌詞背後的含義：

我想要一片寬恕的薄霧

但我會乞求全部
只為掩飾澎湃血淚
拜託，我只是想要你些許的愛

喬安娜·三月變胖了，孩子隨時都有可能到來。她懷的是女孩，將會取名為恰娜，一位被遺忘的日本公主名，也是希伯來文中「年」的意思。她有些閒暇時間，因為瓦爾迪奧的官司撤告了。公司與原告達成協議，七氯退出市場。她將永遠無法去多爾德俱樂部，在那討論永生的問題，也不能在晚餐時討論地球上哪裡可以躲避全球暖化和移民潮。普萊爾在紐西蘭買了一百公頃的地。

艾比懷著混亂和內疚的心情，本想繼續與喬安娜·六月通信，但她拒絕保持聯絡。也許以後吧。她在局裡遇到一名男子，他是藝術品買賣的專家。他相信這是一段認真的感情，她對此雖有懷疑，但也渴望相信。

春日來到，西南極冰原以及思韋茨冰川上，這兩公里厚、面積如佛羅里達州的大冰塊可能在三個月內破裂，水面將會上升超過一公尺，但蘇菲亞、利亞姆和母親早已離開霍華德海灘那即將被淹沒的家。六月一家搬到了克里夫蘭附近的阿克倫，三月一家到路易維爾。軍隊和聯邦調查局遵守了承諾，換來他倆家庭同意，彼此不再試圖聯絡。他們可能有個共同點——克拉克，但他的定罪條款禁止他與家人有任何進一步聯繫。而兩位利亞姆都漸漸消氣了。

布萊克根本不必擔心。聯邦調查局內部沒人再去找他了。甘迺迪機場海關拍的兩張模糊照片中，有個男人可能是座位30E的乘客，國家安全局透過臉部辨識，在網路上找到了一百〇四萬九千兩百七十八張臉。在這一百萬人中，一千五百五十三人在隔週於東岸的機場再次被拍攝到，但這並不能證明什麼；其他四千四百八十二張臉孔並不符合任何資料，僅出現於照片中，有時還只是背景。誠然，這個人被複製了，但他顯然不想被注意。而且，除了破了機庫的門和偷車之外，他又犯了什麼罪呢？

安德烈．三月在蒙茹新房子的廚房碗櫥上放了一塊藍色陶瓷。八月初，在小鎮教堂的一場音樂會上，他遇見了一位低音提琴手：他準備好了。她是一位皮膚黝黑的高個女子，有著一雙深藍色眼睛，她讓他笑得很開心，也讓他嘗試戒菸。她有時會穿寬大的吊帶褲，安德烈的雙手很喜歡她吊帶褲的開口，而他也發現了電動腳踏車的美妙。今晨，做完愛之後，她在房裡睡著了，而當他擺設早餐餐桌時，露西．三月打給他，只是想和他講講話。她說，她「一直一直」在工作，但是她冷靜下來了，開始適應她和露西．

六月之間照顧路易的作息。一切都很好。「出乎意料地好」。

小男孩並不因為他的「另外一位」母親，露西・六月懷孕而不悅。露西生活的重心在幾個月內發生如此龐大的變化，以至於難以想像的事成了可能。「妳確定嗎？」安德烈・六月又幸福又安心地問道。「確定，很確定。」這是一個新的平衡，也是一種報復命運的方式。她不再打給拉非爾，也沒有任何暫時的情人將他取代。

阿德里安和梅蕾蒂思在歐洲，義大利，威尼斯。他們被異常潮汐困在飯店裡，但這短暫的隔離並不悲慘。從陽光明媚的房間中，他們可以俯瞰帕薩蒙特協會路，客房服務無可挑剔——飯店老闆認為阿德里安是某位美國演員，但究竟是哪位？——而白宮的紀念品，那件已經不那麼白，也不那麼乾淨的襯衫，被鋪在地上，上面蓋著一件黑色洋裝。他們躲在床單蓋起的金字塔下說悄悄話，可以聽到梅蕾蒂思清脆的笑聲。

國防部在九月終止了程序四十二，以專注於荷米斯行動。工作人員猜想了整個夏天，沒人想出什麼方法可以證實或推翻任何理論。美國人永遠不會得知中國那架飛機的存在。中方沒有給出任何消息。

傑米・普德洛夫斯基結束最後一次的培訓，正在匡提科的一間酒吧喝乾馬丁尼。兩天前，她送出了最後的〇〇六班機乘客保護計畫，並將被調派到西岸的舊金山，下週起，她將擔任區域辦公室與七個分區辦公室的主任。如果問她此刻在想什麼，她只會再點一杯乾馬丁尼。

超級大黃蜂戰鬥機左翼的攝影機追蹤著AIM120的路線。白宮地下室的指揮室，美國總統盯著巨大螢幕，皺著眉頭，拳頭緊握。是的，我獨自做了一個非常艱難的決定，因為我的職責就是獨自做出決定。當他得知大西洋上空出現了第三架法國航空〇〇六班機，上頭有著同一位馬寇機長，身旁有同一位法弗羅，載著同樣的乘客時，總統下令銷毀飛機。總不能讓同一架飛機一次又一次地降落。

「妳要喝最後一杯咖啡嗎？」維克多問道。他將安拉向他，撫摸她冰涼的手指，輕輕地吻她微張的嘴唇，她的呼吸中帶有菸草和薄荷的味道。事情就是這樣發生的。先有一縷氣息，地上落葉順著風吹瞬息旋轉。空氣中有一道微弱的音符，是低音提琴的fa。空氣振動，天空變得更加清晰，但只是滄海一粟。一位衣著講究的女士提著大包包，停在一間書店門口；一位穿著軋別丁大衣的男子遛著大黑狗；一位年輕女子騎著腳踏車經過他們身旁，停下來看手機，面帶微笑。這是個和平、寧靜的時刻。

飛彈離法航〇〇六班機只有一秒鐘的距離，而時間在爆炸前延伸。

要描述現在發生的事實在很困難，沒有任何詞彙可以定義世界的這種緩慢震動，這是在地球上無處不在的極小跳動，在同一瞬間，影響著阿肯色州一座小屋中在壁爐旁睡覺的貓、穿越波爾多上空的灰雁、尚比西河的瀑布、安納布爾納峰的純潔白雪、威尼斯大運河的里阿爾托橋、達拉維貧民窟擁擠的交通幹線、蒙茹一座水槽旁的髒海綿、孟買一座停車場中的舊輪胎、

維克夕米塞爾手中義式工色咖啡不和
安瓦必戒旨上黑色金石女德列瓦
尸耳買羊糸牛子車路西
博口腳下木木云采目帝
工日勿禾魚非亞十
來夫又里牛回
意布來口
潰疒
完
吉
糸

致謝

Ali Amir-Moezzi, Daniel Levin Becker, Paul Benkimoun, Eduardo Berti, Élise Bétremieux, Hadrien Bichet, Nick Bostrom, Hélène Bourguignon, Olivier Broche, Sarah Chiche, Christophe Clerc, Claire Doubliez, Paul Fournel, Jacques Gaillard, Thomas Gunzig, Jacques Jouet, Philippe Lacroute, Jean-Christophe Laminette, Clémentine Mélois, Anaëlle Meunier, Victor Pouchet, Anne-Laure Reboul, Virginie Sallé, Sarah Stern, Jean Védrines, Pierre Vivares, Charlotte von Essen, Ida Zilio-Grandi.

木馬文學 169

異常 L'anomalie

作者	埃爾韋・勒・泰利耶（Hervé Le Tellier）
譯者	陳詠薇
社長	陳蕙慧
副社長	陳瀅如
總編輯	戴偉傑
責任編輯	丁維瑀
行銷總監	陳雅雯
行銷企劃	趙鴻祐
封面設計	高偉哲
排版	顧力榮

出版	木馬文化事業股份有限公司
發行	遠足文化事業股份有限公司（讀書共和國出版集團）
地址	231 新北市新店區民權路 108-4 號 8 樓
電話	(02) 2218-1417
傳真	(02) 2218-0727
E-mail	service@bookrep.com.tw
郵撥帳號	19588272 木馬文化事業股份有限公司
客服專線	0800-221-029
法律顧問	華洋法律事務所 蘇文生 律師
印刷	中原造像股份有限公司

初版	2024 年 1 月
定價	新台幣 450 元
ISBN	978-626-314-569-6
EISBN	9786263145672（PDF）、9786263145689（EPUB）

* * *

Cet ouvrage, publié dans le cadre du Programme d'Aide à la Publication « Hu Pinching », bénéficie du soutien du Bureau Français de Taipei

本書獲法國在台協會《胡品清出版補助計劃》支持出版。

國家圖書館出版品預行編目 (CIP) 資料

異常 / 埃爾韋 . 勒 . 泰利耶 (Hervé Le Tellier) 作 ; 陳詠薇譯 . -- 初版 . -- 新北市 : 木馬文化事業股份有限公司出版 : 遠足文化事業股份有限公司發行 , 2024.01
368 面 ; 14.8x21 公分 . -- (木馬文學)
譯自 : L'anomalie
ISBN 978-626-314-569-6(平裝)

876.57 112021390